Jutta Wilke

Schwarz wie Schnee

Jutta Wilke

Schwarz wie Schnee

sauerländer

Für Alice Gabathuler
– meine allerliebste Kollegin.
Danke für deine Morgenmails. Und für dich!

Zitat auf Seite 117 aus Sophokles, Antigone, Reclam 1955, 2000
Abdruck mit freundlicher Genehmigung
der Philipp Reclam jun. GmbH & Co., Stuttgart

Bibliografische Information der Deutschen Nationalbibliothek

Die Deutsche Nationalbibliothek verzeichnet diese Publikation
in der Deutschen Nationalbibliografie;
detaillierte bibliografische Daten sind im Internet
über http://dnb.d-nb.de abrufbar.

Bibliographisches Institut GmbH
Dudenstraße 6, 68167 Mannheim
Lektorat: Nele Thiemann
Umschlaggestaltung: Suse Kopp
Umschlagabbildung: plainpicture/Readymade-Images/Baptiste Mourrieras
Herstellung: Sarah Kimmig
Druck: Friedrich Pustet KG, Gutenbergstraße 8, 93051 Regensburg

ISBN 978-3-411-81141-0
www.sauerlaender.de

Und der Name wird ein Zeichen,
tief ist der Kristall durchdrungen:
Aug in Auge sieht dergleichen
wundersame Spiegelungen.

aus: Entoptische Farben,
Johann Wolfgang von Goethe

Ich würde gerne sagen:
Als ich die Augen öffnete, war nichts mehr, wie es war.
Aber das stimmt nicht.
Als ich die Augen öffnete, war nichts mehr.
Einfach nichts.
Aus einem rechteckigen weißen Kasten, der an einer ebenfalls weißen Zimmerdecke hing, tropfte Licht auf mich herunter wie Milch. Es drang in mich ein und füllte mich aus. Lange lag ich so da und starrte auf das helle Viereck über mir. Ich wollte weglaufen, aber ich konnte mich nicht bewegen. Ich wollte schreien, aber ich hatte vergessen, wie es geht.
Als ich die Augen wieder schloss, sah ich, dass auch in mir drin alles weiß war.

1.

»Kira, kannst du mich hören?«
Das grelle Licht in meinen Augen tut mir weh. Ich will ihm ausweichen, aber ich kann den Kopf nicht bewegen. Ich blinzle gegen die Helligkeit an, versuche, etwas zu sagen, aber in meiner Kehle steckt ein Fremdkörper, etwas, das mir den Hals aufreißt, etwas, das brennt und das sich nicht herunterschlucken lässt.
Ich bewege meine Lippen. Die Haut ist spröde und aufgerissen.
»Pst, Kira. Nicht sprechen. Ruh dich aus.«
Dann fühle ich etwas anderes an meinem Mund. Etwas Weiches, Feuchtes. Watte vielleicht. Jemand tupft meine Lippen ab.
»Alles klar, Frau Berger, sie ist wieder bei uns. Jetzt ist es nur noch eine Frage der Zeit.«
Die Stimme, die das sagt, ist männlich. Das grelle Licht ist verschwunden. Ich höre ein Schluchzen.
»Wird sie …? Ich meine, kann sie … kann sie mich verstehen?«
Eine Frau. Ich schließe die Augen.
»Wir müssen abwarten. Noch kann man nichts sagen.«
»Kira, hörst du mich? Kira, schau mich an. Kira, ich bin's, deine …«
»Bitte, Frau Berger. Beruhigen Sie sich. Kira schläft. Sie müssen Geduld haben, viel Geduld.«
»Aber wird sie …?«
Wieder dieses Schluchzen.
»Geduld, Frau Berger. Gehen Sie nach Hause und legen Sie sich

ein paar Stunden hin. Sobald es etwas Neues gibt, rufen wir Sie an. Versprochen.«
Ich bin müde. So schrecklich müde. Dankbar versinke ich wieder in meiner weißen Welt.

2.

Von irgendwoher dringt ein gleichmäßiges Summen zu mir.
Ich öffne die Augen.
Diesmal ist das Licht bläulich. Wie Nebelschwaden wabert es durch den Raum und hüllt mich ein. Ich starre eine Weile auf den rechteckigen Kasten an der Decke, der heute fast im Dunkeln liegt. Das blaue Leuchten muss eine andere Quelle haben.
Eine Weile liege ich ganz still. Versuche herauszufinden, wo ich anfange und wo ich aufhöre. Meine Arme liegen seitlich neben mir. Ich spüre meine Finger. Krümme sie, strecke sie wieder. In meinen linken Handrücken schießt ein Schmerz. Etwas bohrt sich unter die Haut. Ich versuche, die Hand zu heben, aber irgendetwas hindert mich daran. Auch die andere Hand lässt sich nicht bewegen. Ich spüre einen Schlauch, der durch meine Nase in meinen Hals führt. Das Schlucken brennt wie tausend Nadelstiche.
Ich beginne, meinen Kopf zu drehen. Millimeter für Millimeter. Neben mir sehe ich Geräte. Einen Ständer mit einer durchsichtigen Plastikflasche, die kopfüber darin steckt. Jede Menge Schläuche. Und Drähte. Auf einem Monitor blinken rote Ziffern, deren Bedeutung ich nicht verstehe. Auch das Summen kommt aus dieser Richtung.
Mein Kopf tut so weh.
Ganz langsam drehe ich ihn zurück, bis ich wieder den weißen Kasten an der Decke über mir sehe.
Das Summen in meinem Kopf wird lauter. Schwillt an zu einem Brummen. Immer lauter. Dann – plötzlich – ein Quietschen.

Hoch und schrill. Dazu das grässliche Geräusch von Metall, das über Asphalt schabt. Ein Krachen. Ein Splittern. Ein Schrei. Und dann endlich Stille. Einfach nur Stille. Ich schließe die Augen und falle zurück in das weiße Licht.

Der Wald.
Ein dunkler Schatten nur.
Und auf dem Asphalt glitzert das Eis wie ein Spiegel.
Ihr Atem gleicht dem eines gehetzten Tiers.
Ein Schrei zerreißt die Nacht.
Und dann ist es ruhig.
Im weißen Schnee zwischen schwarzen Bäumen.
Das Blut macht keine Geräusche.

3.

Mund öffnen – schlucken. Mund öffnen – schlucken.
An meinem Bett sitzt wieder diese Frau. Sie schiebt mir mit einem Löffel warme Suppe in den Mund. Die Schläuche in meinem Hals sind weg. Aber das Schlucken tut weh. Alles in mir ist Schmerz.
»Ich bin deine Mutter«, sagt sie.
Sie sagt es immer wieder. Und sie sagt es so, als wolle sie es auswendig lernen. Ich bin deine Mutter.
Ich sehe sie an, öffne den Mund – schlucke. Endlich legt sie den Löffel zur Seite und stellt den Teller weg. Mit einem Tuch tupft sie meinen Mund ab.
Das Sprechen tut mir immer noch weh. Trotzdem könnte ich jetzt etwas sagen. Mit dem Arzt habe ich schon gesprochen. Er hat mir erklärt, dass ich einen Unfall hatte und für ein paar Tage vollkommen weggetreten war. Und dass alle froh sind, dass ich wieder da bin. Mit ›alle‹ meint er die Frau, die an meinem Bett sitzt.
Ich kenne sie nicht.
Der Arzt sagte: Doch, du kennst sie. Sie ist deine Mutter. Du erinnerst dich nur nicht. Aber das kommt wieder. Alles wird gut.
Ich sehe, wie sie darauf wartet, dass ich mich erinnere. Sie wartet, dass ich etwas zu ihr sage. In der rechten Hand zerknüllt sie das Tuch, mit dem sie mir eben noch im Gesicht herumgewischt hat. Mit der linken zupft sie an meiner Bettdecke. Das Problem ist, sie will ja nicht, dass ich *irgendetwas* sage. Irgendetwas wäre nicht schwer.

»Möchtest du noch einen Schluck trinken?« Sie greift nach dem Wasserglas auf dem Nachttisch.
Ich nicke. Selbst das Nicken tut mir weh. Sie schiebt eine Hand unter meinen Kopf und setzt mir das Glas an die Lippen. Vorsichtig trinke ich ein paar Schlucke. Dann nimmt sie das Glas wieder weg.
»Danke«, sage ich und lehne mich wieder zurück. Ich versuche ein Lächeln. Ob es mir gelingt, weiß ich nicht, denn ich habe alles vergessen. Ich habe sogar vergessen, wie man lächelt.
»Wie geht es dir heute?«
Wieder dieses Warten in der Stimme. Diese angespannte Hoffnung. Ich könnte sagen: Besser, Mama, es geht mir schon viel besser. Aber ich sage es nicht. Ich bringe es nicht fertig. Ich kann dieses *eine* Wort nicht aussprechen.
Langsam drehe ich meinen Kopf zum Fenster. Seit ein paar Tagen liege ich in einem anderen Zimmer. Ich erinnere mich an den weißen Kasten über meinem Bett und das schwache blaue Leuchten. Und ich erinnere mich an das gleichmäßige Piepsen. Das Licht und die Geräusche fehlen mir. Denn es sind die einzigen Erinnerungen, die ich habe.
Ich bin siebzehn Jahre alt. Das haben sie mir gesagt. Ich bin siebzehn Jahre alt, und das Einzige, an das ich mich aus meinem bisherigen Leben erinnere, sind ein paar Geräte, die piepsen und leuchten. Mehr nicht.
»Kira?«
Ich wende den Kopf wieder der Frau zu. Sie nennt mich Kira. Der Arzt nennt mich auch Kira. Auch die Schwestern sagen Kira zu mir. Ich bin mir sicher, dass ich diesen Namen noch nie zuvor gehört habe.
Du heißt Kira, hat der Arzt gesagt. *Du hast es nur vergessen.*
Kann es wirklich sein, dass man seinen eigenen Namen ver-

gisst? Und wer ist man überhaupt, wenn man nicht einmal mehr seinen Namen weiß?
Wer bin ich?
Ich höre ein leises Wimmern. Die Frau an meinem Bett zuckt zusammen. Erst da wird mir klar, dass ich es bin, die gewimmert hat.
»Kira, ist alles in Ordnung? Tut dir was weh? Kira, sag doch was!«
»Alles okay«, sage ich leise.
Dabei möchte ich eigentlich schreien. Nichts ist okay, gar nichts. Ich weiß nicht, wer ich bin. Ich weiß nicht, *was* ich bin. Ich weiß nicht, wer du bist. Ich weiß NICHTS. Wie könnte da irgendetwas okay sein?

Draußen vor dem Fenster sehe ich die Zweige eines Baums. Eines kahlen Baums. Warum weiß ich, dass das ein Baum ist? Und warum weiß ich nicht mehr, wie ich heiße?
Wenn ich die Augen schließe, sehe ich viele Bäume. Ich sehe meinen Atem, der wie Nebelschwaden zwischen den Bäumen verschwindet. Ich höre mein Keuchen. Und die Bäume ziehen immer schneller vorbei. Dann sind sie plötzlich überall. Oben, unten, neben mir. Ich falle. Immer tiefer falle ich. Ich höre einen Schrei. Dann ein Krachen. Und dann ist da nur noch Stille.
»Kira, was ist los? Erinnerst du dich an etwas? Kira? Sprich mit mir!« Die Frau legt mir eine Hand auf den Arm.
Ich wende ihr den Kopf wieder zu.
»Da waren Bäume«, sage ich leise. Sie nickt.
»Ja, weiter. An was erinnerst du dich noch?« Ich hasse die Hoffnung, die in ihrer Stimme mitschwingt.
»Ich weiß nicht. Nur an Bäume. Viele Bäume. Und sie waren überall.«
Sie seufzt.

»Und dann war da noch ein Schrei. Und ein Krachen.«
»Der Unfall: Du hast dich an deinen Unfall erinnert!« Sie wirkt ganz aufgeregt. »Du bist mit dem Roller in der Kurve weggerutscht. Dann bist du in den Abgrund gestürzt. Du wärst vermutlich nicht mehr am Leben, wenn der Baum dich nicht abgefangen hätte.«
Ich nicke. Das hat mir der Arzt auch schon erzählt. Ich bin mit dem Roller von der Straße abgekommen. In einer völlig vereisten Kurve. Ich wäre in den Fluss gestürzt, hätte da nicht dieser Baum gestanden.
»Kira, verdammt, warum bist du ohne deinen Helm gefahren?« Ihre Stimme überschlägt sich jetzt. »Du hättest tot sein können!«
Ich wundere mich, dass mir dieser Gedanke so egal ist. Warum breche ich nicht in Panik aus? Ich hätte tot sein können. Ja. Weg. Für immer.
Du *bist* tot, sagt eine Stimme in mir. Wer keine Vergangenheit hat, hat auch kein Leben. Ich schüttele den Kopf. Nein. Das stimmt so nicht. Ich habe ja eine Vergangenheit. Ich kann mich nur nicht daran erinnern. Ich habe eine Mutter. Schließlich sitzt sie hier an meinem Bett. Und ich bin siebzehn Jahre alt. Ich muss ja siebzehn Jahre lang irgendwas gemacht haben. Zum Beispiel Roller fahren. Mein Roller ist in den Fluss gestürzt. Die Polizei hat ihn später geborgen. Aber da war nichts mehr zu retten, hat meine Mutter gesagt. Tut mir leid für dich.
Ich kann mich an keinen Roller erinnern. Deshalb berührt mich dieser Verlust auch nicht. Etwas, an das man sich nicht erinnern kann, kann man nicht verlieren. So einfach ist das.
»Ich geh dann mal.« Die Frau, die behauptet, meine Mutter zu sein, steht auf und greift nach ihrem Mantel, den sie über das Fußende meines Bettes gelegt hat. »Versuch noch ein bisschen zu schlafen. Du musst dich ausruhen. Nicht so viel grübeln. Je

mehr du dich erholst, desto schneller kommt dein Gedächtnis zurück.«
Ich weiß nicht, ob ihr das jemand so gesagt oder ob sie sich das selbst ausgedacht hat.

»He, du kannst da nicht einfach reingehen! Die Patientin braucht noch viel Ruhe.«
»Ich will nur kurz was abgeben, ich verschwinde gleich wieder.«
»Also gut, drei Minuten, keine Minute länger, hörst du?«
Als ich die Augen wieder öffne, steht ein Junge neben meinem Bett.
»Entschuldigung, ich wollte dich nicht wecken. Ich wusste nicht, dass du ... also wenn ich gewusst hätte, dass du schläfst, hätte ich ...«
»Was willst du?«
Der Junge lächelt. Er sieht nett aus, denke ich.
»Ich wollte dir nur schnell das hier bringen.« Er zeigt auf einen riesigen Blumenstrauß, den er auf den Tisch gestellt hat. »Die Karte habe ich daneben gelegt. Wir haben alle unterschrieben.«
Er tritt von einem Fuß auf den anderen.
»Also ...« Er steckt die Hände in die Taschen seiner Winterjacke. »Ich geh dann wohl besser wieder. Schätze, die drei Minuten sind schon um.«
»Okay.« Ich nicke. Und dann frage ich ihn doch: »Wer bist du?«
Er reißt die Augen auf und starrt mich an. »Was?«
»Wer bist du? Ich kenne dich nicht.« Das Sprechen strengt mich total an.
»Kira, was ...?«
»Sie hat durch den Unfall ihr Gedächtnis verloren.« Eine Schwester ist ins Zimmer gekommen, hilft mir, mich in meinem Bett aufzusetzen, und stellt einen Teller mit belegten Broten sowie eine Tasse Tee auf meinen Nachttisch.

Ich hasse es, wenn sie über mich reden, als hätte ich nicht nur mein Gedächtnis, sondern auch gleich noch meinen Verstand verloren.

»Heißt das, du hast keine Ahnung, wer ich bin?«

Der Junge wendet sich direkt an mich, registriere ich dankbar. Ich schüttele den Kopf und sehe der Schwester nach, wie sie das Zimmer wieder verlässt.

»Aber«, er sucht nach Worten, »ich bin ... wir sind ... ich ... ach verdammt, Kira, das tut mir leid. Das habe ich ehrlich nicht gewusst. Sie haben uns nur gesagt, dass du einen schweren Unfall hattest. Und ja, dass du ein paar Tage im Koma gelegen hast, natürlich auch. Die Scholz hatte die Idee, dass wir dir eine Karte schreiben könnten... Unsere Deutschlehrerin«, fügt er hinzu, als er meinen fragenden Blick sieht. »Ich bin Julian«, sagt er dann endlich. »Wir haben zusammen Deutsch-LK.«

Zusammen LK. Ich schließe kurz die Augen und versuche, ihn mir vorzustellen. Meinen LK. Eine Gruppe voller Menschen in meinem Alter, Jungen und Mädchen, und alle kennen mich. Mit ein paar von ihnen bin ich vielleicht enger befreundet, mit anderen weniger. Ich suche und suche in meinem Kopf, aber da ist nicht ein einziges Bild.

»Die Karte«, sage ich leise. »Kann ich sie sehen?«

»Klar!« Fast zu eifrig springt er zum Tisch und reicht mir die Karte. Ich starre auf die Unterschriften. Nicht eine kommt mir bekannt vor. Die Buchstaben verschwimmen vor meinen Augen. Erst als ein Tropfen sich einen Weg durch die Namen sucht und die Tinte verwischt, begreife ich, dass ich weine.

»Kira, was ist los?« Der Junge klingt besorgt.

Und plötzlich halte ich es nicht mehr aus.

»Was los ist?« Irgendetwas in mir zerbricht. »Ich kenne dich nicht, das ist los!« Und dann schreie ich. »Ich habe keine Ahnung, wer du bist! Ich kenne die Frau nicht, die hier jeden

Tag an meinem Bett sitzt und mich anstarrt! Ich kenne nicht einen einzigen verdammten Namen auf dieser bescheuerten Karte!« Ich reiße die Karte mitten durch und werfe ihm die Reste vor die Füße. »Ich kenne ja nicht mal meinen eigenen Namen!« Meine Stimme überschlägt sich. »Ich habe keinen Namen, keine Vergangenheit, keine Erinnerungen. Ich bin tot, verstehst du? Tot, tot, tot!« Entsetzt starrt er mich an. »Und wer tot ist, der braucht auch kein Abendessen mehr!« Der Junge, von dem ich mittlerweile weiß, dass er Julian heißt, springt erschrocken zurück, als ich mit dem Arm das ganze Zeug von meinem Nachttisch fege.

»Was ist denn hier los?« Die Schwester reißt die Tür auf.

»Haut ab! Haut endlich ab!« Ich zerre mit der rechten Hand mein Kopfkissen unter mir hervor und schleudere es in ihre Richtung. Die Schwester drückt auf irgendeinen Knopf. Ich sehe, wie das Licht über meiner Tür blinkt.

»Du gehst jetzt besser.« Sie fasst Julian am Arm und zieht ihn vom Bett weg.

»Aber ich ...«

»Raus! Verschwindet! Alle beide!« Das weiße Licht in meinem Kopf explodiert und wird zu einem riesigen Ball aus buntem Feuer. Es breitet sich aus, erst in meinem Kopf, dann in meinem Hals und schließlich in meinem ganzen Körper. Ich brenne. Alles an mir ist glühend heiß. Trotzdem fangen meine Zähne an zu klappern, meine Arme und Beine zittern, als läge ich auf blankem Eis. Ich schreie. Ich greife nach der Nadel, die in meiner linken Hand steckt, und reiße sie raus. Sofort ist alles voller Blut. Ein Arzt und eine weitere Schwester stürzen ins Zimmer. Ich schreie und trete und schlage um mich.

»Ruhig, Kira, ganz ruhig.«

Vier Arme drücken mich zurück auf das Bett. Ich werfe meinen Kopf hin und her.

»Lasst mich los! Ihr verdammten Idioten, lasst mich los! Ich muss raus hier!«
Den Einstich der Spritze spüre ich kaum, aber ich sehe, wie der Arzt den Kolben ganz langsam herunterdrückt. Ich fühle, wie die Flüssigkeit, die mich wieder zurück in meine weiße Welt bringt, sich in meinem Körper ausbreitet. Tränen laufen mir übers Gesicht. Das Letzte, was ich sehe, ist Julian. Er ist in der offenen Tür stehen geblieben und schaut zu mir rüber. Er sieht erschrocken aus. Und irgendwie traurig. Vielleicht schaffe ich es wenigstens, die Erinnerung an dieses traurige Lächeln mitzunehmen, denke ich. Und dann schlafe ich ein.

Es ist still. Unheimlich still.
Sie hört nur dieses Rauschen, das von tief unten zu ihr aufsteigt.
Der Fluss, denkt sie. Das muss der Fluss sein. Der Fluss, der alles mit sich reißt bei seinem Sturz ins Tal.
Der jede Erinnerung wegwäscht und nichts zurücklässt als nackten Fels.
Die ersten Lichter kriechen über den Berg. Tasten sich durch die Bäume, verirren sich zwischen den Zweigen. Stimmen rufen einen Namen.
Und der Fluss brüllt mit seinem lauten Tosen zurück.
Zu spät, denkt sie. Viel zu spät.

4.

Kira. Kira. Kira.
Wie ein Mantra wiederhole ich diesen Namen. So als ob ich nur den Namen in mir finden müsste, um auch mich wiederzufinden. Ich flüstere meinen Namen und denke dabei an Julian.
Ich starre an die Decke und versuche, mich an sein Gesicht zu erinnern. Die dunklen Augen, die mich so traurig angeschaut haben. Das Lächeln, das er mir trotzdem geschenkt hat. Die braunen Haare, die so lang waren, dass er sie im Nacken zu einem Zopf zusammengebunden hatte. Erst als er sich umdrehte und das Zimmer verließ, habe ich das Zopfgummi gesehen.
Wie ein Indianer, denke ich. Dieser Julian sieht aus wie ein Indianer. Und genau so hat er sich auch in meine Erinnerungen geschlichen. Fast bin ich ihm dafür dankbar, dass da jetzt mehr ist als nur dieses Leuchten und die Geräusche.
Es tut mir leid, dass ich ihn so angeschrien habe. Das würde ich ihm gerne sagen. Aber er ist nicht zurückgekommen. Was ich verstehen kann. Ich würde auch niemanden besuchen, der sein Abendessen nach mir wirft und mich anschreit. Die Karte mit den Namen der Leute aus meinem Kurs hat eine Schwester später vom Fußboden aufgehoben und wieder zusammengeklebt.
»Vielleicht willst du sie ja doch als Erinnerung aufheben«, hat sie gesagt.
Als Erinnerung an was? Als Erinnerung daran, dass ich mich an nichts erinnern kann?

Ich liege immer noch in einem Einzelzimmer. Wegen der Ruhe, sagt der Arzt. Und damit wir dich noch ein bisschen beobachten und auf dich aufpassen können.
Ich weiß nicht, ob das so stimmt. Und dieses Beobachten rund um die Uhr macht mich nervös. Als ob ich weglaufen könnte. Selbst wenn ich wollte, wohin soll ich denn gehen? Ich kenne zwar inzwischen meine Adresse, eine Schwester hat sie mir aufgeschrieben, aber ich habe keine Ahnung, wo das ist und wie es dort aussieht.

Einmal kommen zwei Männer zu Besuch. Sie stellen sich vor. »Sie sind von der Polizei«, sagt meine Mutter. »Sie wollen mit dir sprechen.«
»Weißt du, wer du bist? Ich darf doch Du sagen?«, fragt der Erste und zieht sich einen Stuhl an mein Bett. In meinem Kopf nenne ich ihn den Sitzer.
»Natürlich. Mein Name ist Kira Berger«, antworte ich. »Zumindest hat man mir das gesagt«, füge ich hinzu, als ich sehe, wie er seine Augenbraue hochzieht. Er nickt und notiert etwas, während der andere aus dem Fenster starrt. Er ist der Steher.
»Haben Sie herausgefunden, wer hinter mir her war?«
Der Sitzer guckt mich irritiert an. »Hinter dir war niemand her, Kira. Du bist zu schnell gefahren und in der Kurve weggerutscht.« Er blättert in seinen Unterlagen. »Unfallursache: Überhöhte Geschwindigkeit auf vereister Fahrbahn. Kein Fremdverschulden.« Er klappt die Akte wieder zu. »Die Ermittlungen zu dem Unfallhergang sind abgeschlossen. Deswegen sind wir nicht hier.«
Ich starre ihn an. Nicht wegen des Unfalls? Aber warum dann?
»Wir wollen wissen, woher du die Tabletten hattest.« Der Steher am Fenster dreht sich zu mir um.
Tabletten? Welche Tabletten? Verwirrt schaue ich ihn an.

»Hat man dir das nicht gesagt? In deinem Körper wurden Spuren von verschiedenen Drogen gefunden. Du musst ziemlich viel eingeworfen haben, bevor du auf deinen Roller gestiegen bist.«

Ich schüttele den Kopf. »Ich habe keine Drogen genommen.«

»Woher weißt du das?« Das war wieder der Sitzer. »Du kannst dich doch an nichts erinnern, sagst du.«

Ich starre ihn an. Glaubt er, dass ich lüge? In meinem Kopf fängt es auf einmal an, sehr stark zu pochen. Hilflos schaue ich zu meiner Mutter, aber die tut so, als hätte sie meinen Blick gar nicht bemerkt. »Ich habe nichts genommen«, sage ich noch mal und wende mich diesmal an den Steher. »Warum glauben Sie mir nicht?«

»Weil der Arztbericht etwas anderes sagt«, erklärt mir der Steher freundlich. Aber es ist diese Art von Freundlichkeit, die einem kalt den Rücken herunterkriecht.

»Von wem hattest du das Zeug, Kira?« Der Sitzer beugt sich ein Stück vor und zeigt mit dem Stift auf mich.

»Ich sagte doch schon, ich habe nichts genommen.« Die Schmerzen in meinem Kopf werden stärker.

»Hör zu –« Der Steher dreht sich jetzt um und sieht mich direkt an. »Das Zeug war in deinem Blut. Das ist Fakt. Zusammen mit einer Menge Restalkohol. Keine gute Kombination. Wir wollen deswegen nichts von dir, du bist durch deinen Unfall genug gestraft. Aber wir wollen wissen, wer dir das Zeug verkauft hat. Es wäre besser für dich, uns zu antworten.«

Ich höre, wie meine Mutter scharf die Luft einzieht. Der Schmerz in meinem Kopf explodiert zu einem hellen, gleißenden Licht. Ich presse die Fäuste gegen meine Schläfen. »Aber ich habe keine Ahnung, was vor meinem Unfall passiert ist! Ich weiß nicht einmal mehr, wie ich heiße oder ob das hier wirklich meine Mutter ist!«

Der Sitzer zuckt zurück und meine Mutter gibt einen gequälten Laut von sich.
»Ich habe nichts genommen! Zumindest weiß ich davon nichts. Aber ich weiß, dass irgendjemand mich verfolgt hat! Irgendjemand war hinter mir her. Warum glauben Sie mir denn nicht? Es muss doch Spuren geben. Da war jemand. Ich weiß das!« Jetzt bricht meine Stimme weg und ich kann nur noch schluchzen.
Der Sitzer schüttelt resigniert den Kopf und steht auf. »Es gab keine Spuren. Gar keine. Die Verfolgung bildest du dir nur ein. Panikattacken sind Folgen des Tablettenkonsums. Frag deinen Arzt.« Er reicht meiner Mutter ein Kärtchen. »Rufen Sie mich an, sobald sie sich wieder an etwas erinnert.« Dann verlassen die beiden das Zimmer, ohne sich noch einmal umzudrehen.

Die Tage hier ziehen sich wie Kaugummi. Wenn ich wach bin, gucke ich Fernsehen, zappe mich kreuz und quer durch die Programme. Ich kann mich auf nichts konzentrieren. Lasse die Bilder einfach durch meinen Kopf rauschen, immer in der Hoffnung, dass ich irgendetwas oder irgendjemanden wiedererkenne. Besonders lange halte ich das aber nicht aus und so schalte ich den Fernseher meistens schon nach kurzer Zeit wieder aus. Ich blättere mich auch durch die Zeitungen, die die Schwestern mir bringen, aber nichts kann mich wirklich interessieren. Nur die Sudokus machen mir Spaß. *Seit wann das denn?,* hat meine Mutter beim letzten Besuch gefragt und dann wieder auf den Fernseher gestarrt, den sie jedes Mal als Erstes einschaltet, wenn sie ins Zimmer kommt. *So gut möchte ich es mal haben, den ganzen Tag im Bett liegen und Fernsehen gucken,* sagt sie dann. Habe ich es gut? Am liebsten schlafe ich, solange sie da ist, aber das gelingt mir immer seltener.

Plötzlich halte ich es nicht länger im Bett aus. Seit zwei Tagen darf ich ein bisschen rumlaufen. Aber jedes Mal, wenn ich mich aufsetze, überfällt mich dieser Schwindel und alles in meinem Kopf dreht sich. Ich muss erst eine Weile sitzen bleiben und abwarten, dann lasse ich die Beine aus dem Bett hängen und warte wieder ab und dann, endlich, kann ich ganz langsam aufstehen. Die Infusionsnadel steckt wieder in meiner Hand, aber was immer sie da in meinen Körper tropfen lassen, hängen sie jetzt zum Glück nur noch nachts dran. So muss ich wenigstens den blöden Ständer nicht neben mir herschieben. Ich angele nach meinen Schlappen und stütze mich am Bett ab. Meine Beine fühlen sich an wie Gummi, aber wenn ich ganz kleine Schritte mache, dann geht es. Trotzdem tut mir noch alles weh. Beim täglichen Waschen sehe ich die blauen Flecken, mit denen mein Körper übersät ist. Sie verblassen nur langsam. Es ist fast, als hätte mein Körper Angst, sich zusammen mit den blauen Flecken aufzulösen. Manchmal liege ich im Bett und stelle mir vor, ich würde unsichtbar. Erst verschwinden meine Erinnerungen. Meine Vergangenheit, mein Name, alle Bilder, die jemals in meinem Kopf waren. Und dann verblassen langsam die blauen Flecken, später dann so nach und nach der ganze Rest von mir. Ich werde immer durchsichtiger, bis ich mich eines Tages ganz in Luft aufgelöst habe. Vielleicht gibt es mich ja auch schon lange nicht mehr. Vielleicht ist das alles hier ja auch nur ein merkwürdiger Traum, etwas, das man träumt, wenn man schon längst gestorben ist. Denn dass ich eigentlich hätte tot sein müssen, das hat mir der Arzt jetzt schon mehrfach gesagt.

Du hast ein wahnsinniges Glück gehabt, dass du diesen Sturz überlebt hast.

Habe ich das? Glück gehabt? Ist es Glück, sich in einem Leben zu befinden, das leer ist wie ein Vakuum?

Ich stemme mich hoch, warte einen Moment und schlurfe dann langsam zum Fenster. Inzwischen weiß ich, dass ich im zweiten Stock liege. Der kahle Baum vor meinem Fenster ist eine Linde. Auch das hat mir der Arzt gesagt.
Ich schaue eine Weile nach draußen und betrachte die Menschen, die unten vorüberlaufen. Von hier oben sehen sie alle gleich aus. Graue Winterjacken, graue Schals, graue Wollmützen. Es muss kalt sein da draußen. Alle haben es eilig, weiterzukommen. Alle laufen in die gleiche Richtung. Alle haben sie die Hände in den Taschen vergraben. Einer wie der andere. Und doch hat jeder von ihnen einen eigenen Namen. Einen Namen, an den er sich erinnert. Jeder von ihnen hat ein eigenes Leben. Eine eigene Vergangenheit, die nur ihm gehört. Erinnerungen. Bilder. Nur ich, ich habe nichts mehr. Nichts außer ein paar blauen Flecken, die langsam verschwinden.
Ich sehe die nackten Äste vor meinem Fenster. Ich öffne den Mund, will meinen Namen sagen, mein Mantra, als die Linde plötzlich vor meinen Augen verschwimmt und ich stattdessen schwarze Bäume sehe. Sie stehen so dicht, dass ich die Menschen unten auf der Straße nicht mehr erkennen kann. Mir ist kalt, so schrecklich kalt. Ich renne auf einer Straße. Oder sitze ich auf einem Roller? Ich renne. Ich fahre. Ich renne. Dein Roller war nicht mehr zu retten. Tut mir leid. Ich höre das Geräusch. Das gleichmäßige Brummen des Motors. Schnell. Immer schneller. Da sind so viele Bäume. Und auf der Straße spiegelt sich das Licht des Mondes. Das Brummen wird immer lauter. Wird zu einem Dröhnen. Wummert in meinem Kopf. Ich presse meine Stirn gegen die kühle Fensterscheibe. Warum glüht mein Gesicht, wenn mir doch kalt ist? Ich klammere mich an die Fensterbank. So hoch oben. Etwas zieht mich nach unten. Der Spiegel unter meinen Füßen zerbricht. Ich falle. Ich schreie. Die Bäume sind jetzt überall. Immer tiefer falle ich. Versuche mich

festzuhalten, aber irgendetwas zieht mich erbarmungslos hinunter. Ich greife in Spiegelscherben. Der gefrorene Schnee reißt die Haut von meinen Händen. Ich höre das Rauschen des Flusses unter mir. Meine Hände auf der Fensterbank zittern, meine Beine wollen mich nicht mehr tragen. Mein Gesicht wird durch die Glasscheibe nach unten gezogen, ich schmecke Blut, ich schreie, auch wenn ich mich nicht wirklich höre, tief in mir drin, irgendwo in meinem Kopf höre ich diesen Schrei, meine Arme versuchen, meinen Kopf zu schützen, obwohl es mich nicht am Fallen hindert, ich schließe die Augen, so als wolle ich das Ende auf gar keinen Fall sehen, wenn es schon immer näher kommt. Äste schlagen mir ins Gesicht, mein Knie knallt auf einen Stein, ich überschlage mich und dann haut mir etwas mit fürchterlicher Wucht gegen meinen Brustkorb. Ich schnappe nach Luft, aber da ist keine Luft mehr, da ist nur noch dieser Panzer aus Schmerz und Panik, der mich nicht mehr atmen lässt und der sich immer enger zuzieht. Mein Schrei ist nur noch ein ersticktes Flüstern. Ich sehe die Äste des Baumes und dann wird alles schwarz.

Als ich zu mir komme, liege ich wieder in meinem Bett. Die Bettdecke ist fest um mich herumgestopft, meine Hände ruhen auf der Decke und in meine linke Hand tropft wieder gleichmäßig eine klare Flüssigkeit. Eine Schwester steht neben meinem Bett und misst meinen Puls.

»Du bist umgekippt«, sagt sie. »Dein Kreislauf ist noch nicht stabil genug. Du musst langsam machen.«

Langsam. Wie soll man langsam vor etwas davonlaufen? Ich drehe meinen Kopf zum Fenster. Danke, sage ich zu der Linde. Ich spreche es nicht laut aus, denn ich meine es nicht so. Hätte der Baum nicht im Weg gestanden, wäre ich jetzt endlich unten angekommen und alles wäre gut. So ist nur meine Vergangenheit in den Fluss gefallen, in den doch auch ich stürzen sollte. Jetzt hat das Wasser meine Erinnerungen fortgespült und mich vollkommen leer zurückgelassen.

Als die Schwester endlich den Raum verlässt, bleibe ich noch eine Weile still liegen und lasse alles noch einmal vor meinem inneren Auge ablaufen. Ein paar der Bilder konnte ich festhalten. Ich erinnere mich an die spiegelglatte Fahrbahn. Ich sehe die schwarzen Bäume, die aus dem gefrorenen Schnee herausragen. Ich sehe sie so deutlich vor mir wie den Baum vor meinem Fenster. Aber mehr sehe ich nicht. Sosehr ich auch suche, ich finde keine weiteren Bilder in mir. Obwohl ich mich dagegen wehre, spüre ich, dass die Enttäuschung mir Tränen in die Augen treibt. Nichts. Wieder einmal nichts. Wieder einmal bleiben mir nicht einmal mehr die Schatten der Erinnerungen, die ich doch haben müsste.

5.

Ich muss mal. Langsam setze ich mich auf. Ich habe keine Ahnung, wie spät es inzwischen ist, und auch keine Lust, nach der Schwester zu klingeln. Ich hasse es, wenn mir jemand dabei zuguckt, wie ich auf dem Klo hocke. Ich lasse die Beine einen Moment baumeln, dann stehe ich auf. Diesmal muss ich den Infusionsständer mitnehmen. Zentimeter für Zentimeter schiebe ich ihn in Richtung Bad. Ich bin froh, als ich die Badezimmertür erreiche. An der Klinke halte ich mich einen Moment fest, bevor ich sie runterdrücke und mich mit dem Ständer in das Bad quetsche. Ich vermeide einen Blick in den Spiegel und konzentriere mich auf das Klo. Hose runterziehen, hinsetzen. Die Nadel in meiner Hand schmerzt bei jeder Bewegung.

Als ich fertig bin, gehe ich zum Waschbecken und wasche erst meine rechte und dann ganz vorsichtig meine linke Hand. Und dann hebe ich den Blick.

Ich sehe zwei braune Augen und halblange braune Haare. Die Haare fallen bis auf die Schultern, ein paar hängen ein bisschen strähnig in die Stirn. Es ist nicht das erste Mal seit dem Unfall, dass ich in den Spiegel gucke. Trotzdem fühlt es sich an, als ob ich eine Fremde betrachten würde. Eine Fremde, die aus dem Spiegelglas zu mir hinausschaut, so wie ich zu ihr hereingucke. Ihre Augen liegen in dunklen Höhlen. Meine Augen. Die Haut ist blass, fast durchsichtig. Ich sehe eine Nase und einen Mund. Ich sehe ein Gesicht. Mein Gesicht. Ich sehe ein Gesicht, das ich nicht kenne. Bin ich hübsch? Vor dem Unfall war ich es vielleicht. Im Moment sehe ich nur müde aus. Und ängstlich,

denke ich und bekomme Mitleid mit dem Mädchen da vor mir im Spiegel.
Ungefähr einen Zentimeter über meiner rechten Augenbraue finde ich die Stelle, die geklammert werden musste. Die Haut ist dort immer noch rot, ein bisschen verschorft. Den Verband haben sie mir schon vor zwei Tagen abgenommen. Fast wundere ich mich, dass die im Spiegel die gleiche Verletzung hat. Ich bewege mich ein Stückchen näher an den Spiegel heran und befühle vorsichtig die Wunde mit meinem rechten Zeigefinger, fühle die kleinen Wülste auf der Narbe, sehe die dünne neue Haut, die rosa schimmert. Kleine rote Punkte verraten noch die Stellen, in denen die Klammern saßen. Ich stütze mich am Waschbecken ab, atme ein paarmal tief durch, dann schiebe ich meinen Infusionsständer wieder aus dem Bad.
Mein Blick fällt auf die Zimmertür. Bisher habe ich mein Zimmer erst zweimal verlassen. Beide Male war Steven bei mir. Steven ist der Physiotherapeut, der jetzt regelmäßig vorbeikommt und mir hilft, wieder fit zu werden. Wir sind zusammen im Gang auf und ab gelaufen, ich durfte mich dabei an der Haltestange entlang der Wand festhalten. Ich kam mir vor wie eine alte Oma mit ihrem Zivi. Dabei ist Steven mindestens zwanzig Jahre älter als ich. Ich zögere einen Moment, dann beschließe ich, es heute einmal alleine zu probieren. Ich öffne die Tür und schiebe mich hinaus auf den Gang. Es ist still hier draußen. Die meisten schlafen jetzt wohl. Die matte Beleuchtung taucht den langen Flur in ein schummeriges, waberndes Blau. Ich greife mit der rechten Hand nach der Haltestange, an der linken hängt die Infusion. Schritt für Schritt schiebe ich mich an der Stange entlang. Die Prellungen an meinem Körper schmerzen immer noch. *Es ist wie ein Wunder, dass du dir nichts gebrochen hast,* hat der Arzt gesagt. *Bis auf ein paar Prellungen ist alles in Ordnung. Prellungen sind oft schmerzhafter als Brü-*

che. Das ist normal. Nur dein Kopf hat einen heftigen Schlag abbekommen. Ein Helm wäre besser gewesen.

Ein Wunder. Immer wieder reden alle von einem Wunder. Nur ich kann dieses Wunder nicht begreifen. *Freu dich, dass du noch am Leben bist,* sagen sie. Ich schaffe es nicht, mich über etwas zu freuen, das ich überhaupt nicht einordnen kann. Was ist das: mein Leben?

Ich weiß nicht, wie viel Zeit ich am Anfang mit Schlafen verbracht habe. Also nachdem ich das erste Mal wach geworden war. Ich bleibe kurz stehen, um zu verschnaufen. Dann mache ich den nächsten Schritt. In den ersten Tagen, an die ich mich erinnern kann, war ich so zugedröhnt mit Schmerzmitteln und irgendwelchem anderen Zeug, dass ich alles nur ganz verschwommen mitbekommen habe. Erst nach und nach habe ich kapiert, dass da immer dieselbe Frau an meinem Bett saß, bis sie mir gesagt haben: Das ist deine Mutter.
Außer Julian und meiner Mutter hat mich hier noch niemand besucht. Okay, die beiden Polizisten noch. Aber die zählen nicht. Viele Freunde kann ich also nicht gehabt haben in meinem früheren Leben. Einmal habe ich meinen ganzen Mut zusammengenommen und meine Mutter gefragt: Wie geht es meinen Freundinnen? Sie hat mich völlig verständnislos angeschaut und geantwortet: *Welchen Freundinnen?* Damit war dieses Thema erledigt und wir haben nie wieder darüber gesprochen. Ich bleibe kurz stehen. Denke an den Baum vor meinem Fenster. Irgendjemand ist hinter mir. Ich drehe mich um. Sehe verwirrt nichts als den leeren Gang. Mein Herz schlägt schneller. Ich mache zwei langsame Schritte. Versuche mich zu beruhigen. Ich bin müde. Das ist alles, sage ich mir. Ist es das wirklich? Ich fühle Schweißtropfen auf meiner Stirn.

Als mein Blick auf meine Füße fällt, merke ich erst, dass ich ganz vergessen habe, die Schlappen anzuziehen, die meine Mutter mir extra von zu Hause mitgebracht hat. Vorsichtig bewege ich die Zehen, fühle erst jetzt, wie kalt der Boden unter meinen nackten Füßen ist. Ich hebe wieder den Kopf und sehe nach vorne. Zwei Meter nur noch, dann kommt eine Tür. Eine leicht milchige Glasscheibe trennt unsere Station von der nächsten.

Wieder habe ich das Gefühl, dass hinter mir jemand ist. Dass da *etwas* ist. Über meinen Rücken kriecht eine Gänsehaut. Mein Körper gefriert zu Eis. Ich starre auf meine Hand, die sich um den Infusionsständer krallt, als wollte sie ihn durchbrechen. Ich bekomme keine Luft.

Lauf!, schreit eine Stimme in meinem Kopf, aber mein Körper gehorcht dieser Stimme nicht, bleibt einfach stehen und bewegt sich keinen Millimeter. Hinter dir, flüstert es in meinem Kopf. Es ist hinter dir. Dreh dich um! Obwohl alles in mir sich dagegen wehrt, wende ich ganz langsam den Kopf. Zuerst sehe ich nur das leere Bett. Es ist mit einer Plastikplane überzogen, unbenutzt. Ein junger Mann schiebt es mit kräftigen Stößen über den Flur, genau auf die große Glastür zu. Kurz bevor er mit dem Bett einfach in die Tür reinknallt, schwingt diese automatisch auf, um sich hinter ihm wieder sanft zu schließen. Die Kälte in mir löst sich augenblicklich auf, aus meiner Kehle steigt der Laut eines gequälten Tieres. Als ich die Tür erreiche, ist sie wieder geschlossen.

Das ist deine Grenze, sage ich mir. Die Glaswand zeigt dir, wie weit du gehen darfst. Ich schaue hoch, sehe in zwei Augen, die mich anstarren, sehe einen Mund, der sich öffnet, sehe dunkle Haare, die wirr und ein bisschen strähnig in die Stirn fallen. Ich spüre, wie meine Hand an dem Handlauf anfängt zu zittern. Dann zittert mein ganzer Arm, dann meine Beine. Ich starre in

das Gesicht, das mich durch die Glasscheibe beobachtet, mit aufgerissenen Augen anstarrt von oben bis unten. Dann höre ich den Schrei. In meinem Kopf rasen die Bilder vorbei.
Asphalt
Mond
Spiegel
Bäume
Augen
Ich höre Stimmen hinter mir, will weglaufen, aber meine Hand klebt wie festgewachsen auf dem Handlauf, meine andere Hand umklammert den Infusionsständer, meine Beine wollen mich nicht mehr tragen, sacken weg, als zwei starke Arme mich unter den Achseln packen und festhalten. Endlich höre ich auf zu schreien.
Es war nur ein Spiegelbild. Kira, es war nur *dein* Spiegelbild.
Ich lasse mich behutsam von den Armen, die mich festhalten, umdrehen. Höre die gemurmelten Worte, die mich beruhigen sollen, setze vorsichtig einen Fuß vor den anderen und schiebe ganz langsam den Infusionsständer zurück zu meinem Zimmer. Kurz bevor ich die Tür erreiche, drehe ich mich noch einmal um und wage einen letzten Blick zurück. Das Gesicht ist verschwunden.
Ich fühle, wie sich in mir diese Müdigkeit wieder ausbreitet, mein Kopf wird immer schwerer. Ich versuche, mich an das Gesicht zu erinnern, das mein Gesicht war. Aber es fällt mir immer schwerer, mich zu konzentrieren. Ich wehre mich nicht, als ich wieder ins Bett verfrachtet werde, widerspreche nicht, als jemand die Bettdecke wieder feststopft. Ich bewege nicht einmal mehr den Kopf zur Seite, um zu sehen, wer mich da zurück gebracht hat. Es ist egal. Alles ist mir ganz egal. Ich bin auf einmal so müde, dass es mir sogar egal ist, ob ich jemals wieder aufwachen werde.

Das Summen des Fahrstuhls brennt sich in ihren Kopf.
Diese langen Gänge.
Und immer wieder Glas.
Wände aus Glas.
Glaskäfige.
Sie hasst die langen Gänge, die jedes Geräusch gleich verdreifachen.
Selbst ihr Atem ist laut hier.
Nur der Blick ist frei. Alles andere zerbricht.
Jede Wahrheit kann zugleich auch Lüge sein.
Selbst das Licht bricht im Spiegel.
Sie sieht das Gesicht.
Sieht die Wunde über dem Auge.
Sie hebt die Hand und fühlt – nichts.

6.

Ich schließe den Reißverschluss der Sporttasche, in die ich meine Sachen gepackt habe, und schaue mich noch einmal um. Seit Tagen wünsche ich mir nichts sehnlicher, als aus diesem Zimmer rauszukommen. Plötzlich aber scheint mir dieser Raum der einzig sichere Ort zu sein.
Was, wenn ich auch da draußen nicht das finde, was ich suche? Was, wenn *es* da draußen mich findet? Was auch immer es ist, es verfolgt mich. Es macht mir Angst. Lässt mich frieren. Und es geht nicht weg.
»Hast du alles?« Meine Mutter steht am Fenster und guckt auf die Straße. Sie wirkt ungeduldig und nervös heute. Hat nicht mal ihren Mantel ausgezogen.
Als die Schwester ihr für alle Fälle Schmerzmittel für mich mitgibt und ihr erklären will, wann und wie ich sie einnehmen soll, hört sie kaum hin. Selbst beim Packen hilft sie mir nicht. Aber viel ist auch nicht einzupacken. Nur ein paar T-Shirts, mein Waschzeug, ein bisschen Unterwäsche. Meinen Jogginganzug habe ich angezogen. Er ist grau. So grau wie die Bilder in meinem Kopf.
Ich sehe meine Mutter, die mit den Fingern am Verschluss ihrer Handtasche spielt, sehe den Fernseher über dem Bett. Den kleinen Tisch, auf dem die Blumen aus meiner Klasse standen, die längst verwelkt sind, den leeren Infusionsständer in der Ecke. Ich sehe die Tür zum Badezimmer und den Baum vor dem Fenster. An ihm bleibt mein Blick hängen.
Das also ist es, was in Zukunft meinen Kopf ausfüllen wird,

denke ich. Das ist deine ganze Welt. Ein leerer Infusionsständer und ein kahler Baum. Meine Erinnerungen an meine Zeit im Krankenhaus. Blaues Leuchten und eine Milchglasscheibe.
»Das Taxi ist da! Komm, wir müssen gehen!«
Meine Mutter greift nach der Tasche, hält mir ihren Arm hin, um mich zu stützen. Ich tue so, als ob ich ihn nicht sehe, und gehe langsam zur Tür.
Der Krankenhausgang ist leer. Von den Schwestern habe ich mich schon verabschiedet. Steven war gestern das letzte Mal da. *Pass auf dich auf,* hat er gesagt. *Und fahr in Zukunft ein bisschen vorsichtiger.* Ich wollte etwas erwidern, hab es dann aber runtergeschluckt. Was hätte ich auch sagen sollen? Dass ich zu schnell gefahren bin, ist so ziemlich das Einzige, was feststeht. Zumindest hat mir der Arzt das gesagt.

»Wir haben kein Auto«, antwortet meine Mutter auf die Frage, warum wir mit dem Taxi fahren. »Das Taxi zahlt die Krankenkasse.«
Sie steigt vorne ein, ich hinten. Auf dem Weg durch die Stadt schweigen wir. Ich lehne meinen Kopf gegen die Fensterscheibe, versuche, etwas zu erkennen da draußen, wiederzuerkennen, mich zu erinnern. Aber Häuser, Straßen, Plätze – alles rauscht nur an mir vorbei. Davon, dass ich in dieser Stadt siebzehn Jahre lang gelebt habe, merke ich nichts. Genauso gut hätten wir durch irgendeine andere Stadt fahren können. Irgendwann verlässt das Taxi die große vierspurige Straße und fährt nur noch durch Nebenstraßen. Ich sehe ein paar Geschäfte. Einen Waschsalon. Einen Getränkeladen. Eine Spielhalle. Dann kommen Wohnblocks, ein Supermarkt. Noch ein Getränkeladen. Auf dem Parkplatz spielen ein paar Kinder. Das Taxi hält, meine Mutter steigt aus.
»Los, komm schon, wir sind da.«

Ich steige aus dem Auto und schaue mich um. Ich bin mir sicher, dass ich hier noch nie in meinem Leben gewesen bin.

So gut es geht, folge ich meiner Mutter über einen schmalen Weg zu einem der Häuser. Auf dem Wäscheplatz lässt eine alte Frau ihren Hund pinkeln und zerrt ihn schnell weiter, als sie uns sieht. Auf dem Plattenweg liegt ein umgekippter rostiger Einkaufswagen. Meine Mutter beachtet ihn gar nicht. Endlich bleibt sie stehen und holt einen Schlüssel aus ihrer Manteltasche. Ich betrachte die Namensschilder neben den Klingelknöpfen, suche unseren Namen. Berger. Ich finde ihn irgendwo in der Mitte. Aus den Briefkästen quellen Werbezeitungen. Ein Teil ist herausgefallen und liegt auf dem Fußboden. Keinen scheint das zu interessieren. Meine Mutter schließt auf und hält mir die Tür auf. Als ich unschlüssig in der offenen Tür abwarte, sehe ich ihre Enttäuschung.

»Im dritten Stock«, murmelt sie. »Wir wohnen im dritten Stock. Fahrstuhl gibt es keinen. Mach einfach langsam auf der Treppe.« Dann geht sie vor mir die Treppe hoch.

Ich greife nach dem Geländer und folge ihr. Stufe für Stufe. Auch Treppensteigen habe ich mit Steven geübt. Krankenhaustreppenhäuser sind so ziemlich das Langweiligste, was es gibt. Das liegt daran, dass kein Mensch sie benutzt, hat Steven mir erklärt. Alle fahren nur mit dem Fahrstuhl, selbst die Ärzte, die doch wissen sollten, dass Treppensteigen viel gesünder ist. Ich setze meinen Fuß auf die nächste Stufe und denke an meinen Physiotherapeuten. Mit wem er jetzt wohl im Schneckentempo die Treppen hoch- und runtersteigt? Vermutlich werde ich ihn nie wiedersehen.

Ich betrachte die Stufen unter meinen Füßen. Steven hätte mein Vater sein können. Es muss schön sein, so einen Vater zu haben. Ich habe meine Mutter nach meinem Vater gefragt. *Du kannst dich nicht erinnern?* Es war das erste und einzige Mal, dass sie erleichtert darüber wirkte, dass ich keine Erinnerungen mehr habe. *Es gibt keinen Vater. Nur dich und mich.* Damit war das Thema für sie erledigt.

Ich höre, dass meine Mutter bereits oben angekommen ist, höre, wie sie den Schlüssel ins Schloss steckt und die Wohnungstür aufschließt. Ich bleibe stehen und verschnaufe. Am liebsten würde ich wieder umkehren. Ich habe Angst vor dem, was mich da oben erwartet. Dein Leben, Kira, da wartet dein Leben, versuche ich mir Mut zu machen. Aber was, wenn da oben genau das wartet, was auch sonst überall ist: nämlich nichts?
Das Treppenhaus ist leer. Es riecht nach Putzmittel und nach Mittagessen. Und nach kaltem Rauch. Bestimmt ist es nicht erlaubt, im Treppenhaus zu rauchen, überlege ich und nehme das nächste Stockwerk in Angriff. Aber vermutlich interessiert das hier niemanden. Die Türen, an denen ich vorbeikomme, sind geschlossen. Trotzdem fühle ich mich beobachtet. Ich bin gerade im zweiten Stock, als eine Tür sich kurz öffnet. Noch bevor ich jemanden erkennen kann, wird sie wieder zugeknallt. Niemand kommt raus. Ich werfe einen kurzen Blick auf das kleine Guckloch hoch oben in der Tür. Fühle, wie das Frösteln zurückkommt. Wende schnell den Blick ab und konzentriere mich auf meine Hand auf dem Treppengeländer. Sie zittert.

Als ich endlich oben bin, steht meine Mutter in der offenen Wohnungstür. Ihren Mantel hat sie schon ausgezogen. Ihre hellblaue Bluse macht sie viel zu blass, denke ich. Sie sieht müde aus. So als hätte sie seit Wochen nicht geschlafen. Zum ersten Mal bekomme ich so etwas wie ein schlechtes Gewissen. Sie ist meine Mutter. Auch wenn ich mich nicht an sie erinnern kann, ist sie doch meine Mutter. Wie schlimm muss es für sie

sein, dass sie für mich eine Fremde geworden ist? Sie ist der Mensch, der dich am längsten kennt, sage ich mir. Sie weiß alles über dich. Sie hat dich geboren. Sie liebt dich.
»Willkommen zu Hause«, sagt sie und ich lächle sie an.
»Danke, Mama.« Ich sehe, wie sie zusammenzuckt. Und mich anstarrt. »Ist alles in Ordnung?« Ihre Reaktion verunsichert mich.
»Du hast ›Mama‹ gesagt«, stammelt sie. Ich nicke. »Du hast nie ›Mama‹ zu mir gesagt«, flüstert sie dann. »Immer nur *›Mum‹*.«
Dann dreht sie sich um und geht in die Wohnung.

Ich hänge meine Jacke an einen der Haken im Flur und schaue mich um. Ich fühle den Blick meiner Mutter im Rücken. Sie beobachtet mich. Wartet darauf, dass ich irgendetwas sage, etwas wiedererkenne. Genau wie ich. Aber da ist nichts, das mir vertraut vorkommt. Ich sehe einen schmalen Flur. Direkt gegenüber der Wohnungstür einen Spiegel, darunter eine Kommode. Am Ende des Flurs sehe ich eine Tür.
»Das Badezimmer«, sagt meine Mutter, die meinen Blick bemerkt. »Links davon ist mein Zimmer, gegenüber von meinem Zimmer wohnst du. Und hier«, sie dreht sich zur anderen Seite des Gangs, »die Küche und das Wohnzimmer.«
Ich nicke und vermeide es, ihr in die Augen zu sehen. Ich ertrage ihre Enttäuschung nicht länger.
»Ich mach uns mal was zu essen.« Sie dreht sich um und geht in die Küche. Ich gehe erst ein Stück hinter ihr her, überlege es mir dann aber anders. Ich will mein Zimmer sehen. Und ich will es alleine sehen. Seit Tagen habe ich in meinem Kopf nach Bildern gesucht. Habe versucht, mich zu erinnern, wie mein Zimmer ausgesehen hat. Wie unsere Wohnung ausgesehen hat. Aber sosehr ich mich auch bemüht habe, ich konnte mich nicht erinnern.

Langsam gehe ich zu der Tür, auf die meine Mutter gezeigt hat. Jemand hat einen Zettel darauf geklebt. *Betreten verboten!*, steht dort in dicken schwarzen Buchstaben. Ich lege eine Hand auf die Klinke. Schon wieder dieses Zittern! Es ist nur ein Zimmer, versuche ich mich zu beruhigen. Es ist nichts als ein ganz normales Zimmer. *Dein* Zimmer, füge ich in Gedanken hinzu. Da ist nichts, wovor du Angst haben müsstest. Aber genau davor habe ich Angst, sagt eine Stimme in meinem Kopf. Davor, dass da *nichts* ist.
Langsam drücke ich die Klinke herunter.

Das Erste, was ich sehe, ist ein riesiger Spiegel. Erst auf den zweiten Blick erkenne ich, dass der Spiegel Teil eines Kleiderschranks ist, der an der gegenüberliegenden Wand steht. Ich betrete das Zimmer, vermeide es, in den Spiegel zu gucken, und sehe mich um.
Gleich neben der Tür steht eine Kommode, darüber hängt ein Poster. *Krabat* steht darauf. Offensichtlich ein Filmplakat. Sehr dunkel. Über zwei Jungen und einem Mädchen kreisen schwarze Raben. Und darunter steht: *Alles auf dieser Welt hat seinen Preis.* Ich kann mich an keinen Film mit diesem Namen erinnern. Aber das habe ich auch nicht erwartet. Alles auf dieser Welt hat seinen Preis, murmele ich und schließe die Tür hinter mir.
In der Wand links von mir befindet sich ein Fenster. Unter dem Fenster steht ein Schreibtisch. Gardinen gibt es keine. Nur ein Rollo, das halb heruntergezogen ist. Langsam gehe ich näher und werfe einen Blick nach draußen. Ich kann den Wäscheplatz sehen, auf dem vorhin die Frau ihren Hund ausgeführt hat. Der umgekippte Einkaufswagen liegt vermutlich genau unter meinem Fenster, aber um ihn sehen zu können, müsste ich es öffnen und meinen Kopf hinausstrecken. Meine Finger streifen

über den Schreibtisch, eine einfache weiße Oberfläche, auf der jemand mit schwarzem Edding herumgekritzelt hat. *Fuck* kann ich lesen und etwas, das wie *Halloween* aussieht. Allerdings sind die Buchstaben mit so vielen Spinnennetzen verziert, dass ich sie kaum auseinanderhalten kann. Vielleicht auch der Name einer Musikgruppe, geht es mir durch den Kopf. Neben den Wörtern, die ich auf Anhieb lesen kann, stehen noch ein paar Kritzeleien, die sich nicht sofort entziffern lassen, und dann sind da noch jede Menge Kreuze, Grabsteine und Totenköpfe gemalt.

Wer immer das geschrieben hat, hat ganz eindeutig einen ziemlich düsteren Geschmack.

Du hast das geschrieben, flüstert eine Stimme in mir. Du. Ich schüttele mechanisch den Kopf. Nein. Das bin nicht ich. Ich würde niemals mit Edding auf weißen Schreibtischplatten herumschmieren. Doch, sagt die Stimme in meinem Kopf. Doch. Das bist du. Sieh es dir an. Das. Bist. Du.

Wieder kriecht dieses Gefühl in mir hoch, dass alles ganz falsch ist. Wieder packt mich dieser Schwindel und ich schließe schnell die Augen. Und sehe doch nur die Bäume vor mir. Schwarz und unbeweglich. Und alle flüstern:

Das.

Bist.

Du.

Ich öffne die Augen wieder und sehe erst jetzt den Laptop, der zugeklappt mitten auf dem Tisch steht. Sein Deckel ist schwarz. Und mitten auf dem Deckel prangt ein weißer Totenkopf.

Ich wende den Blick ab und schaue mich im restlichen Zimmer um. Neben meinem Kleiderschrank entdecke ich eine Pinnwand und gehe näher. Viel hängt nicht daran. Ein Ausweis der Schülerbibliothek, ausgestellt auf meinen Namen: Kira Berger. Ich betrachte mein mürrisches Gesicht, das mir von dem Ausweis

entgegenstarrt. Daneben hängt eine rausgerissene Seite aus einem Busfahrplan. Außerdem ein Stundenplan. In einer Woche soll ich wieder in die Schule gehen. So lange bin ich noch krankgeschrieben. Eine Woche noch. Und ich habe keine Ahnung, wer ich bin.
Dann sehe ich das Foto. Darauf bin ebenfalls ich neben einem anderen Mädchen. Vorsichtig nehme ich das Bild von der Pinnwand und betrachte es. Mein Arm liegt auf der Schulter dieses Mädchens und sie streckt dem Fotografen die Zunge raus. Ich selbst halte fröhlich grinsend einen Mittelfinger in die Kamera. Ich spüre, wie die Kälte zurückkommt. Das Mädchen neben mir hat raspelkurze hellblonde Haare. Auffallend blonde Haare, fast weiß. Du musst dich erinnern, flüstert diese Stimme in mir. An so helle Haare musst du dich doch erinnern. Aber da ist nichts. Gar nichts. Wieder einmal. Keine Erinnerung. Meine Hand, die das Bild hält, fängt an zu zittern. Jemand hat die Augen des blonden Mädchens mit einer Schere zerstochen. Nicht jemand. Du, flüstert die Stimme in mir wieder. Das Bild in meiner Hand wird glühend heiß und fast lasse ich es fallen. Schnell hänge ich es wieder zurück an die Pinnwand. Warum habe ich das getan? Wer ist dieses Mädchen neben mir und warum habe ich ihr Gesicht zerstört? Wer bin ich, dass ich so etwas mache?
Die toten Augen dieses fremden Mädchens scheinen mich vorwurfsvoll anzustarren. Ich wende mich ab und setze mich auf mein Bett. Die Tagesdecke, die darauf liegt, ist mit tausend kleinen Rosen verziert und will so gar nicht zum Rest meines Zimmers passen. Ich bin erschöpft. Den ganzen Tag außerhalb meines Krankenhauszimmers zu sein, strengt mich mehr an, als ich erwartet hätte. Müde greife ich mit beiden Händen an meine Stirn, schließe die Augen und massiere meine Schläfen, so als könnte ich dadurch die Bilder in meinem Kopf wieder hervorholen, die Erinnerungen wecken. Aber sosehr ich mich

auch anstrenge, es passiert nichts. Keine Namen, keine Gesichter, keine Stimmen. Nur die schwarzen Bäume, mein Keuchen und dann dieser Schrei.

»Kommst du essen?« Ich zucke zusammen, als meine Mutter an meine Zimmertür klopft.

»Ja klar, ich komme.« Am liebsten würde ich mich unter meiner Bettdecke verkriechen und das Bett nie wieder verlassen. Stattdessen stehe ich auf und werfe einen Blick zu dem großen Schrank. Als mir mein Spiegelbild daraus entgegenblickt, schließe ich schnell die Augen. Ich bin du, flüstert die Stimme in meinem Kopf. Sieh mich an. Ich bin du. Ich bin du. Ich bin du. Ich presse mir wieder die Hände gegen meinen Kopf. Will, dass diese Stimme endlich aufhört. Ich öffne meine Augen, starre mein Spiegelbild an und dann sehe ich die Tränen. Bitte, flüstere ich lautlos, bitte erinnere dich endlich. Wer bist du? Und wer warst du vor diesem Unfall?

In dem Spiegel sehe ich mein ganzes Zimmer. Ich sehe die Kommode in meinem Rücken, das Poster, die Zimmertür, in der Ecke einen Sessel, über dem eine schwarze Jacke hängt. Und dann sehe ich etwas, das meinen Herzschlag für einen Moment aussetzen lässt. Ich starre weiter in den Spiegel, gucke auf den Sessel, der irgendwo schräg hinter mir steht, und spüre, wie meine Beine anfangen zu zittern.

Der Hase. Auf dem Sessel liegt der Hase. Er hat keinen Namen. Und das Verrückte ist, ich *weiß*, dass er keinen Namen hat. Er war immer nur *der Hase*.

Ich wage nicht, mich umzudrehen. Wenn ich mich umdrehe, ist er weg, denke ich und starre ihn weiter durch den Spiegel an. Ich schließe kurz die Augen und sehe ein kleines Mädchen, das diesen Hasen fest an sich drückt. Einen weichen Plüschhasen mit einem Glöckchen, das in seinen Schwanz eingenäht ist. Wenn man den Hasen bewegt, klingelt es leise. Sein Fell war

einmal weiß und kuschelig, jetzt ist es abgegriffen und eher grau als weiß. Ich schließe nochmals die Augen, öffne sie wieder. Er ist immer noch da. Und ich erinnere mich an ihn.
Ich nehme meinen ganzen Mut zusammen und drehe mich um. Weg von dem Spiegel. Ich starre auf den Sessel. Der Hase ist noch da. Mit zwei Schritten bin ich bei ihm, reiße ihn hoch, presse mein Gesicht in sein Fell und weine.

Sie kniet auf dem Boden und drückt ihr Gesicht in das nicht mehr ganz weiße Plüschfell.
Vorsichtig streicht sie mit ihrem Zeigefinger über die langen Schlappohren, die kleine mit schwarzem Garn aufgestickte Nase, den weichen, abgegriffenen Rücken und fühlt dann das runde Glöckchen, das in den Schwanz eingenäht ist.
Behutsam schüttelt sie den Hasen und lauscht dem leisen Klingeln.
Sie gräbt ihre Nase in das künstliche Fell. Für einen Moment ist sie verunsichert. Er riecht anders, denkt sie. Er riecht nach einem Waschmittel, das ich nicht kenne. Und vor ihrem inneren Auge erscheint das Bild eines kleinen Mädchens. Es steht unter einer Wäscheleine. Oben an der Leine hängt der Hase, mit zwei Klammern an den Schlappohren aufgehängt zum Trocknen. Und darunter steht das kleine Mädchen und weint bitterlich.
Stell dich nicht so an, sagt eine Stimme hinter ihr. Ist doch nur ein blödes Stofftier. Und das Mädchen beschließt zum ersten Mal, dass es diese Stimme hasst …

7.

Ich wache auf. Schweißgebadet. Das Letzte, was ich gesehen habe, war mein Gesicht, der Mund weit geöffnet zu einem Schrei. Ich taste nach dem Lichtschalter, aber meine Finger berühren nur eine Wand. Erst als ich mich zur anderen Seite drehe, erkenne ich meinen Irrtum. Ich brauche einen Moment, bis ich wieder weiß, wo ich bin. Zu Hause. Nicht mehr im Krankenhaus. Mein Herz schlägt bis zum Hals, in meinen Ohren hallt noch der Schrei nach. Habe ich wirklich geschrien? Oder habe ich nur geträumt?

Ich lausche in die Dunkelheit, aber alles bleibt ruhig. Meine Mutter hat den Schrei jedenfalls nicht gehört, denke ich. Ich weiß nicht, ob ich darüber erleichtert oder enttäuscht sein soll. Mein Pyjama klebt an meinem Körper, meine Hände krampfen sich um die Bettdecke. Der Traum lässt mich nicht los. Etwas war hinter mir her. Ich bin nicht einfach nur zu schnell gefahren. Etwas hat mich verfolgt. Und dieses Etwas wollte mich töten. Verzweifelt suche ich in meinem Kopf nach einem Bild, aber alles, was ich sehe, ist immer wieder nur mein eigenes Gesicht. Sonst ist da nichts, an das ich mich erinnern kann.

Es war nur ein Traum, versuche ich mich zu beruhigen. Es war nur ein dummer Albtraum. Niemand war hinter dir her. Sogar in der Polizeiakte steht: Fremdverschulden ausgeschlossen.

»Wer bist du?«, flüstere ich in die Dunkelheit und meine Stimme gehorcht mir kaum, mein Hals ist vom Schlaf noch eng, mein Kehlkopf noch wund von dem Schrei. Wer bist du wirklich?

Ich taste nach dem Schalter neben meinem Bett und knipse das Licht an. Der kleine Wecker auf meinem Nachttisch zeigt mir, dass es erst kurz nach fünf ist. Mein Blick fällt auf den Stoffhasen, der vor dem Bett liegt. Behutsam hebe ich ihn auf und drücke ihn an mich.
Seit ich ihn im Krankenhaus zum ersten Mal geträumt habe, kommt dieser Traum immer häufiger. Und jedes Mal lässt er mich mit einem Kopf voller Fragezeichen zurück. Der Arzt hat mir erklärt, dass das Zeug, das sie in meinem Blut gefunden haben, tatsächlich Panikattacken oder so etwas wie Verfolgungswahn auslösen kann. *Panikattacken sind eine körperliche Reaktion deines Körpers auf eine Gefahr, die real gar nicht existiert,* hat er gesagt. *Dein Körper zeigt in diesem Moment alle Anzeichen von Todesangst, obwohl dein Kopf weiß, dass da nichts ist, was dir Angst machen müsste. Wenn eine Attacke kommt, trink sofort ein Glas eiskaltes Wasser, das hilft.* Ich habe ihm wieder und wieder gesagt, dass ich nichts genommen habe, aber er hat mir nicht geglaubt. Er hat mir die Ergebnisse der Untersuchungen gezeigt, die kurz nach meiner Einlieferung ins Krankenhaus gemacht worden sind. Für mich sind das nur Zahlen und irgendwelche lateinischen Namen. Für die Mediziner waren es illegale Drogen, die unter Jugendlichen momentan wohl sehr beliebt sind. Deshalb war auch die Polizei im Krankenhaus, um herauszufinden, von wem ich das Zeug hatte. Das wüsste ich inzwischen selbst gerne, denn ich bin mir absolut sicher, dass ich so etwas niemals freiwillig nehmen würde.

Ich glaube nicht an den Trick mit dem kalten Wasser. Trotzdem habe ich Durst. Mein Hals ist ausgetrocknet und das Schlucken tut weh. Ich seufze und quäle mich aus dem Bett. Ich habe keine Lust auf den langen Weg in die Küche, beschließe deshalb, nur schnell einen Schluck aus dem Wasserhahn im Badezimmer zu trinken. Mit ausgestreckten Armen taste ich mich durch den dunklen Flur. In der Wohnung ist alles ruhig. Die Tür zum Schlafzimmer meiner Mutter ist geschlossen. Zum ersten Mal frage ich mich, was sie wohl für ein Mensch ist und warum es keinen Mann in ihrem Leben gibt. Oder gibt es einen und ich kann mich nur nicht erinnern? *Es gibt keinen Vater,* hatte sie gesagt. Mehr nicht.

Das Licht im Bad ist grell und tut mir in den Augen weh. Ich nehme meine Zahnbürste aus dem Becher und fülle ihn mit Leitungswasser. Während ich ihn an den Mund setze, fällt mein Blick in den Spiegel. Ich zucke zusammen. Bleich starrt mich mein Spiegelbild an, die Augen in dunklen Höhlen, die Haare vom Schlaf verwuschelt, die Narbe über dem Auge nur noch ein blassroter Strich. Mein Blick bleibt an der Narbe hängen. Etwas stimmt nicht damit. Aber ich komme einfach nicht darauf, was es ist.

In meinem Kopf überschlagen sich die Gedanken. Ich sehe Spiegel. Überall sind Spiegel. Auf der Fahrbahn das Eis, im Krankenhaus, ich sehe den Infusionsständer, meine Finger, die sich um das Metall krallen, mein Gesicht in der Milchglasscheibe, den weißen Hasen auf dem Sessel. Etwas ist falsch. In meinem Kopf zerspringt mit einem hellen Klirren das Eis zu tausend Spiegelscherben und aus jeder einzelnen dieser Scherben starrt mein Gesicht mich an und ruft: Erinnere dich!

Diese Kopfschmerzen! Es sind die Kopfschmerzen, denke ich und stelle den leeren Becher ab. Meine Hände krampfen sich um den Rand des Waschbeckens und ich schließe für einen Moment die Augen. *Es wird noch eine Weile dauern, bis die Kopfschmerzen verschwinden,* hat der Arzt gesagt und die Schwester angewiesen, mir Schmerzmittel mitzugeben. Suchend sehe ich mich um. Auf der Waschmaschine finde ich die Schachtel mit den Tabletten und nehme eine heraus.

Schlafen kann ich jetzt nicht mehr. Auch wenn die Schmerzen in meinem Schädel allmählich abklingen, ist er doch noch voller Fragen, die ich nicht beantworten kann. Zurück in meinem Zimmer fällt mein Blick auf den Schreibtisch. Der Laptop! Ich klappe den schwarzen Deckel auf und schalte den Laptop an. Es scheint ewig zu dauern, bis er endlich hochgefahren ist. Ich betrachte den Desktop und bewege den Mauszeiger unschlüssig hin und her. Wonach soll ich suchen? Welche Antworten hoffe ich hier zu finden? Ich sehe das kleine Logo eines Mailprogramms und klicke darauf. Vielleicht können meine Mails aus der Zeit vor dem Unfall mir sagen, wer ich wirklich bin. Das Programm öffnet sich und im selben Moment fängt es an, Mails herunterzuladen, die während meiner Abwesenheit eingegangen sein müssen. Ich starre auf den Monitor, der gar nicht mehr aufhört, sich zu füllen. Als endlich das *Pling* ertönt, das das Ende des Ladevorgangs anzeigt, zucke ich erschrocken zusammen. *147 ungelesene Mails im Posteingang* steht in der Zeile unten am Bildschirmrand. Einhundertsiebenundvierzig? Ich will jede einzelne von ihnen anklicken und lesen. Aber ich sehe ziemlich schnell, dass die meisten Mails nur Spam sind. Werbemails für Klamotten und Schuhe. Dubiose Angebote von Onlinebanken. Irgendwelcher Mist in Sprachen, die ich nicht verstehe. Nicht eine einzige Mail scheint wirklich interessant zu sein. Ich überfliege die Absender und klicke fast ununterbrochen auf *Löschen.* Plötzlich zuckt meine Hand zurück. Mist, zu spät. Ich bin mir ziemlich sicher, dass ich gerade eine Mail von Julian gelöscht habe. Vor meinem inneren Auge erscheint dieser Junge mit dem traurigen Lächeln. Julian hat mir gemailt? Mein Herz schlägt schneller, während ich hektisch den Ordner mit den gelöschten Mails suche. Ich verschaffe mir einen kurzen Überblick, sehe, dass die gelöschten Mails alphabetisch nach Absendern geordnet sind, und fange an zu suchen. Mit dem Zeigefinger fahre ich dabei über den Monitor. Da! Aufgeregt halte ich inne. Julian Annel. Julian. Das muss er sein. Ich schiebe die Mail zurück in den Posteingang und will sie gerade öffnen, als ich es mir anders überlege. Erst werde ich die restlichen Mails checken. Es fühlt sich irgendwie nicht richtig an, Julians Mail so mitten zwischen diesem ganzen Spamzeug zu lesen. Ich beschließe, seine Mail aufzuheben. So wie man einen ganz besonderen Brief aufhebt und erst eine Weile mit sich herumträgt.

Die meisten Mails lösche ich ungelesen, nur in manche werfe ich vorsichtshalber einen kurzen Blick. Wirklich wichtige Nachrichten hat mir niemand geschickt in all der Zeit. Keine Post von Vereinen, nichts von Schulfreundinnen, nicht einmal irgendetwas Offizielles von der Schule oder so. Nur unwichtiges Zeug. Besonders spannend scheint mein Leben ja wirklich nicht gewesen sein. Es sei denn, es fand einfach außerhalb des Internets statt, überlege ich, während ich die letzte Mail mit einem mir unbekannten Absender öffne. Eigentlich schwebte der Mauszeiger schon über dem *Löschen*-Button, aber irgendetwas an diesem Absender ist anders. Vielleicht ist es auch einfach nur Neugier oder der Wunsch, das Öffnen der Mail von Julian noch ein bisschen hinauszuzögern. Auf jeden Fall lösche ich die letzte Nachricht doch nicht sofort, sondern öffne sie neugierig.

Irritiert starre ich auf den Monitor. Doch nur Spam? Statt eines Textes erscheint auf meinem Bildschirm ein Foto. Das Foto eines Zeitungsausschnitts, der auf einem Holztisch oder so liegt. Erst glaube ich an einen Werbegag, aber dann fällt mein Blick auf die Überschrift dieses Zeitungsartikels:

Schülerin (17) lebensgefährlich verletzt

Ich spüre, wie die Kälte mir wieder über den Rücken kriecht und von meinem Körper Besitz ergreift. Ich klicke auf das Bild, das sich sofort vergrößert in einem neuen Fenster öffnet, und beuge mich vor, um den ganzen Artikel sehen und vor allem lesen zu können.

Schülerin (17) lebensgefährlich verletzt
Mit schweren Verletzungen wurde die 17-jährige Kira B. in der Nacht von Samstag auf Sonntag in das Städtische Klinikum eingeliefert, nachdem sie bei spiegelglatter Fahrbahn mit ihrem Roller von der Straße abgekommen und eine steile Böschung hinabgestürzt ist. Wie es zu dem Unfall kam, konnte nicht abschließend geklärt werden, ein Fremdverschulden schließt die Polizei aber aus. Laut Polizeibericht sollen im Blut von Kira B. Spuren von Ecstasy und anderen Drogen gefunden worden sein. Woher sie die Drogen hatte, ist bislang noch nicht bekannt. Die Schülerin war wohl auf dem Heimweg vom Jugendtreff Royal, wo sie zuvor gesehen worden war. Eine dort durchgeführte Razzia verlief ergebnislos. Derzeit liegt das Unfallopfer noch im Koma.
Es sei noch zu früh, eine Prognose zum Heilungsverlauf abzugeben, teilte der behandelnde Arzt mit.

Ich starre auf den Text. Es überrascht mich nicht wirklich, dass auch in dem Zeitungsartikel von irgendwelchen Drogen die Rede ist, an die ich mich beim besten Willen nicht erinnern kann. Was mich viel mehr überrascht, ist, dass überhaupt etwas über meinen Unfall in der Zeitung gestanden hat. Und dass jemand sich die Mühe gemacht hat, mir diesen Artikel zu schicken. Der Artikel wurde nicht einfach online weitergeleitet oder so. Nein, auf meinem Monitor ist ein Zeitungsartikel, der fein säuberlich ausgeschnitten und abfotografiert worden ist. Das Wort *Razzia* hat der Absender zuvor noch mit einem roten Filzstift oder Kugelschreiber dick eingekreist. Ich fühle, wie die Kälte sich in mir ausbreitet. Wer tut so etwas? Und was will er mir damit sagen? Der Absender der Mail besteht nur aus ein paar Zahlen und Buchstaben in vollkommen wirrer Reihenfolge, damit kann ich überhaupt nichts anfangen. Falls das irgendein Code sein soll, dann kenne ich ihn nicht. Immer wieder fällt mein Blick auf das Wort *Razzia*. Offensichtlich hat die Polizei gehofft, den Drogendealer gleich dingfest machen zu können. Jugendtreff Royal. Ich habe diesen Namen noch nie gehört, und sosehr ich mich auch anstrenge, die Erwähnung des Namens ruft keinerlei Erinnerungen in mir hervor.

Ich beschließe, später meine Mutter zu fragen, was es mit diesem Jugendtreff auf sich hat. Wieder fällt mein Blick auf das Wort *Razzia* und wieder überläuft mich ein Schauer. Die Tatsache, dass jemand sich die Mühe gemacht hat, diesen Artikel auszuschneiden, zu kennzeichnen, zu fotografieren und mir zu schicken, macht mir Angst. Von der ganzen Mail geht etwas Bedrohliches aus. Meine Finger zittern, als ich das Foto schließe und weiter nach unten scrolle. Vielleicht hat der Absender ja auch noch eine Nachricht hinterlassen. *Razzia.* Warum ist das Wort eingekreist? Zunächst denke ich, dass unter dem Zeitungsartikel nichts mehr kommt, dass mir tatsächlich jemand nur dieses Foto geschickt hat. Aber dann sehe ich die Nachricht. Ich bin wie gelähmt. Starre auf den Text, ohne ihn zu lesen. Das heißt, ich betrachte die Buchstaben, setze aus ihnen die Wörter zusammen, aber mein Verstand weigert sich, zu begreifen, was da steht. Ich lese den Satz noch mal. Diesmal langsam, Wort für Wort, und hämmere dabei die Bedeutung in meinen Kopf:

Rot wie Blut, Schneewittchen …

Ich atme schneller, schnappe nach Luft. Scrolle weiter nach unten, aber da kommt nichts mehr. Scrolle wieder hoch zu dem Artikel. Bleibe an dem rot umkreisten Wort *Razzia* hängen.

Bewege den Mauszeiger wieder tiefer bis zu dem einen Satz, der ja eigentlich nicht mal ein richtiger Satz ist. Blut, Blut, Blut. Das Wort bohrt sich in meinen Verstand. Hektisch scrolle ich wieder nach oben, suche nach dem Absender. Meine Finger gehorchen mir nicht richtig, ich scrolle zu weit, meine Hände schwitzen, ich muss wieder ein Stückchen herunterscrollen. Es bleibt dabei, der Absender hat eine völlig unlogische Folge von Buchstaben und Zahlen gewählt, mit der ich nichts anfangen kann. Wer bist du?, schreit die Stimme in mir und zum ersten Mal meine ich nicht mich damit. Ziemlich lange mache ich nichts. Sitze einfach nur vor dem Monitor, starre auf die geöffnete Mail und mache nichts. Weil ich überhaupt keine Ahnung habe, was ich jetzt tun soll. Wie in Trance schiebe ich den Mauszeiger auf das Feld *Antworten* und klicke darauf. Wer bist du?, tippe ich jeden einzelnen Buchstaben mit dem Zeigefinger. Dann klicke ich auf *Senden.*

Minutenlang sitze ich mit klopfendem Herzen und frierend vor dem Rechner und warte auf eine Antwort, bis mir klar wird, dass, wer auch immer diese Mail geschrieben hat, vermutlich um diese Uhrzeit im Bett liegt.

Ich springe vom Stuhl auf und laufe in meinem Zimmer auf und ab. *Dein Kopf weiß, dass da nichts ist, was dir Angst machen muss. Trink ein Glas kaltes Wasser.* Fast hätte ich gelacht. Bilde ich mir die Mail nur ein? Werden die Worte *Blut* und *Schneewittchen* verschwunden sein, wenn ich noch ein Glas kaltes Wasser trinke? Ich starre auf den Monitor, der unter dem Fenster bläulich leuchtet. Das Summen der Lüftung meines Laptops mischt sich in meinem Kopf mit den Bildern und Geräuschen aus dem Krankenhaus. *Rot wie Blut.* Und warum *Schneewittchen*? Ich kann mich nicht daran erinnern, je so genannt worden zu sein. Du kannst dich an gar nichts erinnern, vergiss das nicht, lacht eine Stimme höhnisch in mir.

Mein Blick fällt auf die Uhr.
05:57
Was soll ich jetzt machen? Die Mail der Polizei zeigen? Und dann? Bombardieren sie mich dann wieder mit Fragen, auf die ich keine Antworten weiß? Meine Mutter fragen? Was, wenn es hier um Dinge geht, von denen meine Mutter keine Ahnung hat? Und wenn ich eigentlich gar nicht will, dass sie etwas davon mitbekommt? Was, wenn hinter all dem viel mehr steckt als nur eine spiegelglatte Fahrbahn? *Schneewittchen.* Weiß wie Schnee, rot wie Blut, schwarz wie ... Vor meinem inneren Auge tauchen wieder diese Bäume auf. Schwarze Bäume in weißem Schnee. Wer zur Hölle bin ich? Und was habe ich getan?
Ich lasse mich auf mein Bett sinken und presse die Fäuste auf meine Augen. Mein Kopf fühlt sich an, als ob er jeden Moment zerspringen könnte. Es muss doch irgendjemanden geben, der mir sagen kann, was ich vor meinem Unfall gemacht habe. Was für ein Mensch war ich, wer waren meine Freunde? Davor. Dieses Wort gewinnt von Tag zu Tag an Bedeutung. Alles in meinem Leben teilt sich plötzlich auf in *davor* und *danach.* Und in der Mitte ist nur ein großes, schwarzes, eiskaltes Loch.
Julian!
Ich springe auf und fahre den Laptop, der sich zwischenzeitlich in den Stand-by-Modus verabschiedet hat, wieder hoch. Vor lauter Aufregung habe ich die Mail von Julian ganz vergessen. Hektisch suche ich seinen Absender und klicke auf *Öffnen.* Die Mail ist von gestern.

Von: Julian Annel
An: Kira Berger
Betreff: Willkommen

Hi Kira,
ich war im Krankenhaus und wollte dich noch mal besuchen. Da haben sie mir gesagt, dass du entlassen worden bist. Ich hoffe, es geht dir gut.
Weißt du schon, wann du wieder in die Schule kommst? Du musst ja bestimmt ganz schön viel nachholen. Ich könnte dir zeigen, was wir in Deutsch gemacht haben nach den Weihnachtsferien. Und wenn du willst, besorge ich dir auch die Unterlagen aus deinen anderen Kursen.
Meld dich doch einfach mal.
Julian

Julian will mir dabei helfen, den Stoff nachzuholen? Hausaufgaben machen? Das alles kommt mir im Moment so unwirklich vor, dass ich die Mail ein zweites Mal lese. Wie gut kennt mich dieser Julian? Und warum kann ich mich an ihn überhaupt nicht erinnern? Also aus der Zeit vor meinem Unfall erinnern, meine ich. Wenn ich die Augen schließe, sehe ich ihn vor mir stehen mit seinem langen Zopf und seinen erschrockenen Augen, und wie er trotzdem versucht hat, zu lächeln.
Das Lesen seiner kurzen Mail hat mir gut getan, stelle ich fest. Mein Herzschlag hat sich etwas beruhigt. Ich fasse einen Entschluss: Ich werde herausfinden, wer ich bin, und Julian soll mir dabei helfen. Ich klicke auf *Antworten.*

Von: Kira Berger
An: Julian Annel
Betreff: Re: Willkommen

Hallo Julian,
danke für deine Mail.
Ja, ich bin wieder zu Hause. Eine Woche habe ich noch Schonfrist, dann soll ich wieder in die Schule gehen. Klar, würde mich freuen, wenn du mir hilfst, in den Stoff wieder reinzukommen. Meldest du dich? Wäre nett.
Kira
PS: Das mit dem Abendessen im Krankenhaus tut mir leid!

Ich schicke die Mail ab und atme aus. Erst jetzt merke ich, dass ich beim Schreiben die Luft angehalten habe.

06:14
Es ist noch zu früh. Ich habe keine Ahnung, wann meine Mutter für gewöhnlich aufsteht, aber ich bin mir ziemlich sicher, dass es noch zu früh ist. Trotzdem halte ich es keine Minute länger in meinem Zimmer aus. Ich gehe zu meinem Kleiderschrank und suche mir etwas zum Anziehen. Es ist seltsam, wenn du den eigenen Schrank öffnest, dich aber überhaupt nicht an ihn erinnern kannst. Du fühlst dich, als wolltest du in eine verbotene Welt eindringen. Wenn du jemals in einem fremden Bad in den kleinen Schrank geguckt hast, der fast überall hängt, dann weißt du, was ich meine. Du findest absolut keine ungewöhnlichen Dinge darin, vielleicht Zahnpasta, Taschentücher, ein Make-up, Lippenstifte oder Tampons. Im Grunde nichts, was du nicht in jedem anderen Badezimmer auch finden würdest. Trotzdem betrachtest du all diese vertrauten und eben doch völlig fremden Dinge mit Herzklopfen. Weil

sie dir einen Bereich öffnen, den andere gerne vor dir verborgen hätten.
So ähnlich fühle ich mich, als ich den Kleiderschrank in meinem Zimmer öffne. Es ist *mein* Kleiderschrank, muss ich mir wieder und wieder sagen, als ich die Tür aufziehe. Es ist nicht verboten, hineinzuschauen. Es ist nichts darin, was nicht auch schon vorher darin war, nichts, was nicht auch schon früher zu meinem Leben gehört hat. *Davor.* Und genau das ist das Problem, denke ich, während ich in den Schrank starre. Ich weiß ja nicht mal mit Sicherheit, dass ich früher ein Leben hatte. Wenn, dann war es anscheinend ganz anders, als ich bisher angenommen habe, denn die Klamotten vor meinen Augen sind vollkommen anders als alles, was ich erwartet hatte. Sie sind vor allem eins: schwarz.
In meinem Kleiderschrank gibt es schwarze Jeans, schwarze T-Shirts, schwarze Pullover. Es wundert mich kein bisschen, dass auch meine Unterwäsche und meine Socken schwarz sind. Ich ziehe eins der T-Shirts aus dem Schrank. *Schwarz wie Schnee* steht darauf. Ich zucke zurück. Schwarz wie Schnee? Rot wie Blut… Hat mich deshalb jemand Schneewittchen genannt, weil ich solche T-Shirts getragen habe? Ich lege das Shirt zurück und greife mir ein anderes. Wenigstens ist es ganz schwarz, ohne jeden Spruch. Meine Hände zittern. Die Stimme in meinem Kopf ist wieder da. Und sie lacht.
Ich nehme mir frische Unterwäsche, eine Jeans, ein Kapuzenshirt und ziehe mich an. Ich schließe die Schranktür wieder und bleibe einen Moment vor dem Spiegel stehen. Wie blass ich in den dunklen Sachen aussehe. Meine Haut ist fast weiß. Weiß wie Schnee, denke ich, nicht schwarz, und ich spüre, wie die Kälte wieder meinen Rücken hochkriecht.
Schnell wende ich mich ab und gehe zur Tür. Im Vorbeilaufen fällt mein Blick auf den weißen Plüschhasen auf meinem Bett

und auf einmal ist sie da, die Geschichte von dem weißen Kaninchen, das es immer so eilig hat und ständig *zu spät, zu spät!* ruft. In meinem Kopf ist sie auf einmal da, und ich begreife, dass ich diese Geschichte einmal geliebt habe und dass es eine Erinnerung aus der Zeit vor dem Unfall ist. Ich greife nach dem Hasen und drücke ihn an mich. Fast habe ich Angst, diese Erinnerung, die eigentlich nur ein Flüstern ist, könnte sich wieder verflüchtigen. Ich klemme mir das Stofftier unter den Arm und verlasse mein Zimmer. So leise wie möglich schleiche ich mich in die Küche. Erst als ich dort bin, traue ich mich, das Licht anzumachen.

Neben der Spüle steht noch unser Geschirr von gestern Abend. Ich bekomme sofort ein schlechtes Gewissen, als ich den Stapel sehe. Ich war müde gestern, so unendlich müde. Der erste Tag außerhalb des Krankenhauses war viel anstrengender, als ich gedacht hatte. Und jetzt begreife ich, dass meine Mutter genauso müde gewesen sein muss. Sie hat nichts mehr gespült, alles nur zur Seite gestellt.

Ich gehe zum Spülbecken, stecke den Stöpsel in den Abfluss und öffne den Wasserhahn. Ich werde jetzt hier abspülen und dann werde ich Frühstück machen, beschließe ich. Als ich den ersten Teller in das lauwarme Wasser tauche, sehe ich den blauen Fleck auf meinem Handrücken. Es ist die Stelle, wo bis vorgestern noch die Infusionsnadel gesteckt hat. Die Einstichstelle ist noch gut zu sehen, die Haut darum hat sich blau und grün verfärbt. Bald wird auch dieser Fleck verschwunden sein. Und meine Erinnerungen mit ihm.

Ich stelle das letzte Glas zum Abtropfen neben die Spüle. Dann fange ich an, den Frühstückstisch zu decken. Ich muss eine Weile suchen, bis ich die kleinen Teller und die Tassen finde. Nicht mal daran kann ich mich erinnern. Ich ziehe eine Schublade auf, suche das Besteck. Ich finde Notizblöcke und Kugel-

schreiber. In der zweiten Schublade sind die Kochlöffel. Ich schiebe sie wieder zu und drehe mich einmal um mich selbst. Wo ist die Besteckschublade? In der nächsten Schublade liegt ein Dosenöffner neben ein paar Untersetzern. Ich spüre, wie mir Tränen in die Augen steigen.
»Ganz links, die zweite von oben«, höre ich eine Stimme und fahre herum. In der Küchentür lehnt meine Mutter. Sie trägt einen bunt gestreiften Morgenmantel und hat die Arme vor der Brust verschränkt. Keine Ahnung, wie lange sie da schon steht und mich beobachtet. Ich ziehe die Nase hoch und öffne endlich die richtige Schublade.
»Was machst du da eigentlich?« Meine Mutter kommt jetzt in die Küche und lässt sich auf einen Stuhl fallen.
»Ich wollte Frühstück machen. Habe ich dich geweckt?«
Sie schüttelt nur stumm den Kopf und schaut mich weiter fragend an.
»Was, ähm...« – ich wünsche mir, ich müsste diese Frage nicht stellen – »was frühstücken wir normalerweise, du und ich?«
»Meistens Toastbrot«, sagt meine Mutter und nickt mit dem Kopf in Richtung Brotkasten. »Toastbrot mit Marmelade.«
Ich sehe die beiden Marmeladengläser neben dem Toaster und stelle sie schnell auf den Tisch.
»Warum bist du so früh wach?« Meine Mutter steht auf und befüllt die Kaffeemaschine. Ich erzähle ihr von meinen Kopfschmerzen. Von der Mail erzähle ich nichts.

Wir frühstücken. Schweigen.
Meine Mutter sieht müde aus. Und erschöpft. Sie nippt an ihrem Kaffee, betrachtet immer wieder ihre Fingernägel, knibbelt an ihnen herum. So als ob sie das Schweigen zwischen uns nicht aushalten könnte. Aber was sie sagen soll, weiß sie anscheinend auch nicht. Es gibt nichts zu sagen, wenn man

keine gemeinsamen Erinnerungen hat. Ich überlege, ob das schon immer so war. Wüsste gerne, ob dieses Schweigen zu uns gehört oder ob es erst mit meinem Unfall hier eingezogen ist. Aber ich traue mich nicht, sie danach zu fragen.
Nach einer Weile steht sie auf, räumt ihre Tasse weg und verlässt die Küche. Gegessen hat sie nichts.
Als sie wiederkommt, sehe ich, dass sie sich angezogen hat. Sie trägt ein Kostüm, wieder hellblau. Ich muss ihr dringend sagen, dass diese Farbe ihr überhaupt nicht steht und sie nur blass macht.
»Ich muss jetzt zur Arbeit.«
»Zur Arbeit? Ich dachte …?«
Meine Mutter arbeitet in einem Nagelstudio, das ihrer besten Freundin gehört. Hat sie mir gestern Abend erzählt. Und gleich gesagt, dass sie noch ein paar Tage frei hat, damit ich mich erst wieder an zu Hause gewöhnen kann. Warum muss sie auf einmal doch heute schon zur Arbeit?
Sie hält ein Handy hoch, zeigt auf eine SMS. Seufzt.
»Nina ist krank geworden. Ich muss für sie einspringen. Der Terminkalender platzt aus allen Nähten.«
Ich antworte nichts.
»Kommst du hier klar?« Besorgt schaut sie mich an.
»Ja, natürlich. Was soll schon passieren?« Jetzt bin ich froh, dass ich ihr nichts von den Mails erzählt habe. Ihr Blick bleibt skeptisch.
Auf einmal weiß ich, wie ich ihr eine Freude machen kann.
»Ich habe mich an etwas erinnert«, sage ich, nehme den Stoffhasen vom Küchentisch und halte ihn hoch. »Siehst du den? Der Hase hat mich an etwas erinnert!« Ich schüttele ihn und lasse das Glöckchen in seinem Hasenschwanz leise klingeln. »An das weiße Kaninchen bei Alice im Wunderland, weißt du, das immer ›zu spät, zu spät‹ ruft?«

Meine Mutter guckt mich verständnislos an.
»Mein alter Stoffhase hat mich an die Geschichte von Alice erinnert und daran, wie lustig ich das Kaninchen da drin fand. Weiß du noch? Das weiße Kaninchen?«
Etwas stimmt nicht. Meine Mutter müsste sich doch freuen, dass die Erinnerungen an die Zeit vor dieser Sache langsam zurückkommen. Davor. *Diese Sache.* Das ist auch so eine Bezeichnung von meiner Mutter.
Wir werden diese Sache *schon schaffen.*
Kannst du dich an etwas vor dieser Sache *erinnern?*
Warum hast du nur diese Sache *gemacht?*
Und jetzt? Jetzt habe ich endlich eine richtige Erinnerung an etwas vor *dieser Sache* mit meinem Unfall und meine Mutter hört mir überhaupt nicht zu.
»Erinnerst du dich? Hast du mir zugehört? Ich erinnere mich an das weiße Kaninchen aus Alice im Wunderland. Das war vor dieser Sache«, erkläre ich ihr vorsichtshalber.
»Ich kenne kein weißes Kaninchen«, flüstert meine Mutter. In die Augen schaut sie mir dabei nicht.

8.

Als meine Mutter gegangen ist, bleibe ich noch eine Weile in der Küche sitzen.
Auf dem Küchentisch liegt noch das Fotoalbum, das sie mir gestern gezeigt hat. Ich sehe wieder ihren Blick vor mir, in dem so viel Hoffnung lag, als sie die erste Seite aufschlug, ihren Gesichtsausdruck, der von Minute zu Minute mehr in sich zusammenfiel, ihre Erklärungen zu den Bildern, ihre Stimme, die immer leiser wurde. Ich konnte mich nicht erinnern. Nicht ein einziges Foto vermochte es, Erinnerungen in mir zu wecken. *Damals hattest du eine rosa Schultüte,* hat sie gesagt und auf das Foto gezeigt. *Erinnerst du dich?* Ich habe das Kind mit der rosa Schultüte betrachtet und mich gefragt, was für ein Kind das wohl war. War es glücklich am Tag der Einschulung? Hatte es Angst? Hat es sich über die Schultüte gefreut? Ich guckte auf das Foto und sehe ein fremdes Mädchen. *Hier waren wir im Zoo, weißt du noch, es gab so ein starkes Gewitter,* erzählte meine Mutter weiter und wieder sah ich ein Foto von dem fremden Mädchen und ich wusste nichts mehr von einem Gewitter, ich wusste ja nicht einmal mehr etwas von einem Zoo. Hat es dem Mädchen im Zoo gefallen? Hatte es Angst vor dem Gewitter? Meine Mutter blätterte auf die nächste Seite.
Das Mädchen auf den Bildern wurde älter. Es hatte meine Augen, meine Nase, meinen Mund. Und blieb für mich eine Fremde. Schulausflug? Konfirmation? Weihnachten? Nichts davon fühlte sich wie Leben an. Man müsste sich doch an irgendeine dieser Sachen erinnern, wenn man sie tatsächlich

erlebt hat? Ich konnte meiner Mutter ansehen, dass sie das Gleiche dachte. Du musst dich doch erinnern! Erinnerst du dich nicht?
Ich wollte so gerne etwas sagen, das ihr ein bisschen Mut machte, aber ich hatte keine Ahnung, woher ich die Worte nehmen sollte.
Egal, meinte sie irgendwann und klappte das Album zu. *Wir werden das schon irgendwie schaffen.*
Was genau *das* sein soll, hat sie nicht gesagt.
Ich nehme das Fotoalbum und lege es zur Seite auf den Küchenschrank.

»Du könntest vielleicht später den Müll runterbringen.« Mit diesen Worten hatte meine Mutter sich verabschiedet. Da ich sonst nichts zu tun habe, kann ich das genauso gut jetzt erledigen.
Ich habe meiner Mutter nicht gesagt, dass ich keine Ahnung habe, wohin ich das Zeug bringen soll. Es kann ja nicht so schwer sein, ein paar Mülltonnen zu finden.
Ich greife nach dem Schlüssel, den sie mir auf den Küchentisch gelegt hat, und fummele die volle Mülltüte aus dem Eimer.
Es dauert eine Weile, bis ich endlich unten bin. Meine Prellungen sind zwar inzwischen abgeklungen, aber mein linkes Bein gehorcht mir immer noch nicht so richtig. *Das kommt vom langen Liegen,* hat Steven gesagt. Am Anfang, als ich zum ersten Mal unter diesem weißen Kasten wach geworden bin, haben sie viele dünne Drähte überall auf meinen Kopf geklebt und ich musste auf Befehl Arme und Beine bewegen. Diese Tests habe ich alle bestanden. *Mit deinem Kopf ist alles in Ordnung,* meinte der Arzt, *dein Körper muss nur erst wieder lernen, dir zu gehorchen.* Mit meinem Kopf ist gar nichts in Ordnung! Ich packe den Müllbeutel in meiner Hand fester. Wäre alles in Ord-

nung, könnte mein Kopf sich erinnern, wohin ich jetzt gehen soll.
Zum Glück sehe ich die Container sofort. Hinter einer Hecke stehen große gelbe, blaue und schwarze Container. Ich gehe hinüber und schmeiße den Beutel in meiner Hand mit Schwung in den schwarzen Container. Mülltonnen, Müllcontainer, Mülltonnen, Container. Die Bilder aus meinem Kopf schieben sich über die Container. Einen Moment verstehe ich nicht, was da passiert. Aber plötzlich weiß ich: Ich habe Mülltonnen gesucht. Keine Container. Vor meinem inneren Auge habe ich die ganze Zeit blaue und gelbe und schwarze Mülltonnen gesucht. Für Container hatte ich gar kein Bild in meinem Kopf. Warum kann ich mich an das Aussehen von Mülltonnen erinnern, obwohl hier nur Container stehen? Ich frage mich, was wohl schlimmer ist: sich an nichts mehr zu erinnern oder sich an die falschen Dinge zu erinnern. Und woher soll ich wissen, welche Bilder in meinem Kopf falsch und welche richtig sind?
Ich schlüpfe zurück ins Haus. Es ist immer noch nicht richtig hell draußen und die Außenbeleuchtung erinnert mich mit ihrem Flackern an den weißen Kasten im Krankenhaus. Auf dem Fußboden unter den Briefkästen liegen immer noch jede Menge Zeitungen und Prospekte. Ich bücke mich und fische von jedem ein Exemplar aus dem Stapel. Vielleicht freut sich meine Mutter, wenn sie heute Abend was zu lesen hat.
»Haben sie dich endlich entlassen?«
Ich fahre hoch und knalle mit dem Kopf gegen die überhängenden Briefkästen. Meine Hand zittert und ich kann nichts dagegen tun. Hinter mir steht ein Mädchen, etwa so alt wie ich, sie trägt einen pinkfarbenen Jogginganzug, die blonden Haare hat sie zu einem Zopf zusammengebunden. Ihre Füße stecken in weißen Turnschuhen, in der rechten Hand hält sie ein Päckchen Zigaretten.

»Ich geh eine rauchen, kommst du mit?«, fragt sie, als sie meinen Blick bemerkt, und hält die Schachtel mit den Zigaretten hoch.
»Ich rauche nicht«, murmele ich und suche verzweifelt nach einer Erinnerung an dieses Gesicht. Aber da ist nichts. Gar nichts.
»Seit wann das denn?« Sie guckt mich an, als hätte ich Chinesisch gesprochen. Ich antworte nicht. Was hätte ich auch sagen sollen? Habe ich davor geraucht? Anscheinend. Sonst hätte sie ja wohl nicht gefragt. Ich wüsste gerne ihren Namen, aber fragen möchte ich sie nicht. Sie zuckt mit den Schultern und wendet sich zum Gehen. In der Tür dreht sie sich noch einmal um.
»Kannst du mir bald was besorgen? Ich sitz ziemlich auf dem Trockenen.« Sie hat ihre Stimme zu einem Flüstern gesenkt. Ich verstehe nicht.
»Was besorgen? Was soll ich denn besorgen?« Verständnislos starre ich sie an.
»Machen wir jetzt einen auf unschuldig?« Sie verdreht die Augen und stößt die Tür weiter auf. »Sag deinem Freund, dass ich Kohle zum Geburtstag gekriegt hab. Ich brauch das Zeug echt, okay?«
Ich frage sie nicht, von welchem Zeug sie redet. Mir reicht, *wie* sie davon redet.
In deinem Blut wurden Spuren von Ecstasy gefunden.
Ich habe aber keine Drogen genommen. Ich würde niemals Drogen nehmen.
Die Sätze in meinem Kopf verschwimmen, genauso wie die Bilder.
Ich suche die Mülltonnen. Ich werfe den Müll in den Container.
Kannst du mir was besorgen?
Razzia. Rot. Blut. Drogen. Container. Die Worte schwirren durch

meinen Kopf und ich suche vergeblich nach einer Erinnerung, an der ich mich festhalten kann. Ich falle und falle, immer tiefer, die Worte schwirren an mir vorbei, schlagen mir ins Gesicht wie die Äste der schwarzen Bäume, meine Haut reißt auf, ich sehe das weiße Kaninchen, und da ist sie, die eine Erinnerung, an der ich mich festhalte. So wie Alice falle ich immer tiefer in den Kaninchenbau und kann nichts dagegen tun. Bis der Baum kommt und mir das Leben rettet.

Ich frage nicht, was ich besorgen soll. Die Tür fällt wieder ins Schloss. Und ich frage auch nicht, welchen Freund sie meint. *Rot wie Blut, Schneewittchen.* Verschickt ein Freund solche Mails?

So schnell es geht, stürze ich zurück in unsere Wohnung und schließe die Tür hinter mir ab. *Kannst du mir was besorgen?* Ich presse die Hände gegen meinen Kopf. *Machen wir jetzt einen auf unschuldig?* Bin ich unschuldig? Oder konnte ich etwas besorgen? Früher. In meinem Leben davor. Wer bist du? Schneewittchen? Wieder und wieder und wieder steht diese Frage in meinem Kopf und füllt mich ganz aus: Wer zur Hölle warst du davor?

Sag's deinem Freund.

Ich lehne den Kopf an die Wand und reibe wieder mit den Fäusten über meine Schläfen. All die Fragen den ganzen Tag, die verzweifelte Suche nach Erinnerungen, nach Verstehen. Mein Kopf fühlt sich an, als ob er jeden Moment platzen wolle. Das Klingeln des Telefons erschreckt mich so sehr, dass ich zusammenzucke. Für einen Moment weiß ich nicht, was ich machen soll. Wie gebannt starre ich auf den Apparat, der auf der Kommode vor mir liegt, und kann mich keinen Millimeter bewegen. Das Klingeln hört nicht auf, schwillt an, wird immer lauter. Mühsam stehe ich vom Fußboden auf und gehe zur

Kommode. Meine Hand zittert, als ich nach dem Hörer greife und das Gespräch annehme.
»Ja, hallo?« Ich bin mir nicht sicher, ob ich überhaupt etwas gesagt habe. Ich will sprechen, aber meine Stimme gehorcht mir nicht.
»Kira, bist du dran?«
Die Stimme meiner Mutter. Zum ersten Mal macht sich Erleichterung in mir breit, als ich ihre Stimme höre. Ich schlucke, aber sprechen kann ich immer noch nicht.
»Kira, ist alles in Ordnung? Bist du dran?«
Ich nicke. Dann fällt mir ein, dass sie das ja nicht sehen kann. Endlich gehorcht mir meine Stimme wieder. »Ja, alles in Ordnung. Entschuldigung, ich habe dich nicht gleich verstanden.« Ich bin froh, dass meine Mutter durchs Telefon nicht sehen kann, wie ich rot werde.
»Gut, prima. Ich wollte nur kurz hören, ob alles in Ordnung ist. Wir sehen uns dann später.«
»Ja, bis dann.« Mein Herz klopft bis zum Hals, als ich das Gespräch beende und den Hörer wieder auf die Ladestation stelle. Eine Weile stehe ich noch einfach so da und starre auf das Telefon.
Wenn ich so weitermache, werde ich noch völlig paranoid. Ich muss damit aufhören! Muss aufhören, dauernd und überall Gespenster zu sehen.
Du musst Geduld haben, hat meine Mutter gesagt. Vielleicht hat sie ja recht. Vielleicht habe ich ja zu wenig Geduld. Vielleicht sollte ich einfach versuchen, mich um meine Zukunft zu kümmern. Meine Vergangenheit kommt bestimmt irgendwann ganz von selbst wieder zurück. So hat es mir jedenfalls der Arzt im Krankenhaus erklärt.
Versuch, soweit es geht, ein ganz normales Leben zu leben. Deine Erinnerungen sind nicht weg. Sie sind irgendwo in deinem Kopf

gespeichert wie auf einer Computerfestplatte. Du kannst sie im Moment nur nicht abrufen, weil irgendetwas die Datenleitung blockiert. Aber das wird wieder. Du wirst sehen, eines Morgens wachst du auf und alles ist wieder da.

Seitdem mir der Arzt das gesagt hat, horche ich jeden Morgen zuerst in mich hinein. Versuche, mich zu erinnern an die Kira, die ich vor dem Unfall war.

Aber da ist nichts, absolut nichts.

9.

Warum dauert es immer so ewig, bis mein Laptop hochgefahren ist?

Ich drehe mich um mich selbst, nehme mein ganzes Zimmer mit diesem einen langen Blick wahr. Irgendwo muss es etwas geben. Etwas, das eine Verbindung zwischen mir und meinem früheren Leben herstellt. Du bist hier nicht mehr im Krankenhaus, erinnere ich mich selbst. Du bist zu Hause. Du bist in deinem eigenen Zimmer, dem Zimmer, in dem du auch vor *dieser Sache* gelebt hast. *Davor.* Es muss hier Dinge geben, die dich an die Zeit davor erinnern. Du musst sie nur finden!

Ich ziehe die oberste Schublade aus meiner Kommode und kippe den Inhalt auf den Boden. Ohne zu wissen, was ich eigentlich suche, wühle ich mich durch schwarze BHs und schwarze Unterwäsche. Nichts. Jedenfalls nichts, was mir eine Antwort auf meine Fragen geben könnte. Ich stopfe alles wieder zurück an seinen Platz und öffne die nächste Schublade.

Dort finde ich Socken. Und ein paar Strumpfhosen. Schwarze Strumpfhosen. Enttäuscht schiebe ich auch diese Schublade wieder zu.

Die dritte Schublade klemmt, will sich nicht auf Anhieb öffnen lassen. Ich fluche und zerre die Schublade heraus. Es reicht, dass sich in meinem Kopf nicht jede Tür oder jede Schublade einfach öffnen lässt.

Ich finde einen Stapel Hefte und Notizblöcke, zum Teil neu und noch leer, zum Teil schon abgegriffen, und eine Schachtel mit verschiedenen Stiften. Und Schulbücher.

Jetzt, als ich sie sehe, wird mir klar, dass es sie gegeben haben muss: meine Schulsachen. Aber bis eben bin ich überhaupt nicht auf die Idee gekommen, nach ihnen zu suchen. Die Notizblöcke und Hefte nehme ich heraus, blättere sie kurz durch, um sie dann erst mal zur Seite zu legen. Ein Tagebuch ist nicht dabei. Nur ganz normale Collegeblöcke, vollgeschmiert mit Notizen aus dem Unterricht und irgendwelchen dummen Sprüchen. Trotzdem nehme ich mir vor, die Sachen mal gründlicher durchzugucken. Vielleicht finde ich in den alten Unterlagen doch irgendwelche Hinweise auf mein Leben vor dem Unfall, vielleicht einen Namen, eine Adresse. Irgendetwas.
Ich stehe auf und packe den Stapel Bücher behutsam zusammen, um ihn auf meinen Schreibtisch zu tragen. Dabei werfe ich einen Blick aus meinem Fenster – und pralle zurück.
Da unten zwischen den Containern steht jemand. Und dieser Jemand starrt zu mir hoch. Erst denke ich, es ist das Mädchen aus dem Haus, das mich eben angesprochen hat, aber die Person da draußen trägt irgendwelche dunklen Klamotten, keinen pinken Jogginganzug. Wer steht da und beobachtet mich? Und warum fällt mir erst jetzt auf, dass ich die Müllcontainer ja von meinem Fenster aus sehen kann?
Lauf!, schreit es wieder in meinem Kopf, und ich sehe mich um, obwohl ich genau weiß, ich bin in meinem Zimmer, hinter mir ist niemand. Keine Gefahr. Ich lege die Bücher ab und gehe dichter an die Fensterscheibe. Mein Rollo ist nur halb hochgezogen und draußen wird es langsam schon wieder dunkel. Aber ich bin mir sicher, dass da unten jemand ist und mein Fenster beobachtet. Meine Hand zittert, als ich das Rollo ganz hochziehe. Ich mache einen Schritt vom Fenster zurück, um nicht direkt gesehen werden zu können, und starre in die Dämmerung. Alles, was ich sehe, ist mein Gesicht. Meine Augen, meine Nase, mein Mund.

Mein Herz rast.
Es ist nur eine Spiegelung, Kira, beruhige ich mich. Du wirst nicht verfolgt, niemand ist hinter dir her. *Fremdverschulden ausgeschlossen.* Du bist auf einer spiegelglatten Fahrbahn weggerutscht. Endlich kapiere ich, dass ich tatsächlich nur mein eigenes Gesicht in der Fensterscheibe sehe. Ich muss das Licht ausmachen, um besser nach draußen gucken zu können. Mit zwei Schritten bin ich am Lichtschalter. Als ich zurück zum Fenster komme, ist die Spiegelung verschwunden.
Der Schatten zwischen den Containern ist ebenfalls weg. Verdammt.

Meine Finger sind immer noch so zittrig, dass ich Mühe habe, die Tasten zu treffen, als ich mein Mailprogramm öffne.
Ich habe Angst, wieder irgendwelche Nachrichten mit Zeitungsausschnitten oder merkwürdigen Drohungen zu finden. Aber ich muss wissen, ob Julian mir geantwortet hat. Während das Programm nach neuen Mails sucht, fällt mein Blick über den Monitor wieder nach draußen. Bei den Containern ist jetzt niemand mehr zu sehen. Über den Wäscheplatz laufen ein paar Kinder mit dicken Jacken und Mützen auf dem Kopf. Ich hätte gerne gewusst, wer das Mädchen aus dem Treppenhaus war. Ich habe mich nicht getraut, meine Mutter am Telefon nach ihr zu fragen. Nicht einmal an die Menschen aus diesem Haus kann ich mich erinnern. Nicht einmal an die, die ich offensichtlich gekannt habe.
Dass das unbekannte Mädchen hier im Haus wohnt, steht für mich ziemlich sicher fest. Vielleicht hinter der Tür, die bei meiner Ankunft so schnell zugeworfen wurde. Vielleicht aber auch hinter einer der vielen anderen Türen. Ich könnte natürlich durchs Haus gehen und nach ihr suchen. Aber was soll ich den Leuten erzählen? Soll ich sie fragen, ob sie ein blondes Mädchen

mit einem pinken Jogginganzug kennen? Ein Mädchen, das raucht und Drogen nimmt? Und selbst wenn ich sie finde, was soll ich ihr dann sagen? Hallo, ich bin der Freak, der immer schwarze Klamotten trägt und sich an nichts mehr erinnern kann? Ich verwerfe diese Idee.

Julian. Ich will warten, bis Julian sich meldet. Vielleicht kann er mir helfen, herauszufinden, wer ich vor meinem Unfall wirklich war und was dann passiert ist.

Diesmal sind es nur vier neue Mails, die in meinem Posteingang landen, und ich sehe auf den ersten Blick, dass Julian nicht geantwortet hat. Mit klopfendem Herzen schaue ich nach den anderen Mails. Erst will ich sie alle sofort löschen, weil es sich ganz offensichtlich wieder nur um Werbung handelt, aber dann fällt mir der merkwürdige Absender dieser Razzia-Mail ein und dass ich den ja gefragt habe: »Wer bist du?«, und so öffne ich sie doch alle. Vielleicht hat er jeden Tag einen anderen Absender und vielleicht sind es manchmal nicht nur wirre Kombinationen aus Buchstaben und Zahlen.

Du weißt doch gar nicht, ob es ein *er* ist, der dir diesen Zeitungsausschnitt geschickt hat, korrigiere ich meine Gedanken und öffne gleichzeitig die letzte Mail. Für einen Moment halte ich die Luft an. Nichts. Nur Spam. Erleichtert atme ich aus. Ich schließe das Programm, klappe den Laptop zu und stehe auf. Mein Blick fällt auf die Müllcontainer neben dem Wäscheplatz. Ich spüre, wie die Kopfschmerzen wieder zurückkommen. *Erinnerst du dich?* Die Stimme meiner Mutter hat wieder in meinen Kopf zurückgefunden. Nein!, will ich schreien. Nein! Nein! Nein! Ich erinnere mich nicht, ich erinnere mich verdammt noch mal an gar nichts. Nicht daran, dass es im Zoo geregnet hat, nicht an irgendwelche Tabletten, die ich geschluckt haben soll, nicht an rosafarbene Schultüten, nicht an das Mädchen mit den ausgestochenen Augen. Ich erinnere mich nicht daran, jemals geraucht zu haben, und auch nicht an meinen Freund. Wenn ich einen Freund hatte, dann muss es doch irgendwo ein Foto von ihm geben! Oder Liebesbriefe. Oder Geschenke. Irgendetwas. Man kann doch nicht einfach einen Freund haben, der dann spurlos aus dem Leben verschwindet! Warum hat er mich nicht im Krankenhaus besucht? Warum meldet er sich nicht bei mir?

Vielleicht hat er dich ja im Krankenhaus besucht, flüstert die Stimme in meinem Kopf. Vielleicht war er ja da und du hast ihn nur nicht erkannt.

Julian. Der Gedanke kommt so plötzlich, dass ich die Luft anhalte. Konnte das sein, dass Julian mein Freund war in dem Leben, an das ich mich nicht erinnere? Mir fällt ein, wie erschrocken Julian mich angestarrt hat, als ihm klar wurde, dass ich ihn nicht erkenne.

Blödsinn, wische ich diesen Gedanken beiseite. Wäre Julian vor dem Unfall dein Freund gewesen, hätte er dir das doch gesagt. *Wir haben zusammen Deutsch-LK.* Das klang wirklich nicht gerade nach einer Liebesbeziehung. Trotzdem, es muss in diesem verdammten Zimmer doch irgendetwas geben, das mir hilft, mich an mein früheres Leben zu erinnern! Mein Blick fällt auf das Nachtschränkchen neben meinem Bett. Ich öffne die Schublade und wühle mich durch eine Packung Taschentücher, ein paar Kaugummis, einen Kugelschreiber, jede Menge leerer Bonbonpapierchen, Haargummis, Tampons. Enttäuscht schließe ich die Schublade wieder. Jetzt bleibt nur noch das untere Fach. Ich öffne die kleine Tür und starre auf einen Stapel Pyjamas. Ordentlich gefaltet liegen sie in meinem Nachtschrank. Ich spüre, wie die Enttäuschung sich in mir ausbreitet, wie sie mir den Rücken hinaufkriecht, über die Arme, in den Hals, ich höre das Schluchzen, dass sich durch meine Kehle einen Weg nach draußen sucht.

Ich greife einen Pyjama, zerre ihn aus dem Fach, möchte ihn am liebsten zerreißen. Wer war ich vor meinem Unfall und warum gibt es in diesem Zimmer verdammt noch mal nichts außer ein paar Klamotten und Schulbüchern? Ich reiße den nächsten Pyjama aus dem Fach, dann noch einen dritten. Ich kann die Tränen nicht länger zurückhalten. Warum meldet sich Julian nicht? Vor wem bin ich davongelaufen? Du bist gefahren, flüstert die Stimme in meinem Kopf. Du bist gefahren und auf dem Eis weggerutscht. Es war kalt, Schneewittchen, kalt und spiegelglatt. Die Stimme lacht höhnisch. Fremdverschulden ausgeschlossen.
»Hör auf!« Ich presse mir das Stück Stoff, das ich eben aus dem Schrank gezerrt habe, auf den Mund. »Hör endlich auf, verdammt noch mal!« Ich greife nach den Schlafanzügen, die ich wild um mich herum auf dem Fußboden verteilt habe, und stopfe sie zurück in den Schrank. Mit beiden Händen drücke und stopfe ich diesen Klumpen aus Stoff in das leere Fach, als wollte ich mein ganzes bisheriges Leben zurückstopfen. Dahin, wo es hergekommen ist. Das Fach ist viel zu klein. Ich bekomme die Tür nicht mehr zu.
Du musst sie zusammenlegen, flüstert die Stimme in mir. Genervt ziehe ich den ganzen Stapel wieder raus, um die Pyjamas ordentlich zu falten. Dabei fallen meine Tränen auf den Stoff. Ich ziehe die Nase hoch, zerre die Schublade auf, taste nach den Taschentüchern. Endlich finde ich das Päckchen, fummele eins heraus und wische mir damit im Gesicht herum. Ich wische und wische, aber die Tränen hören überhaupt nicht auf zu fließen. Ich schmeiße das Taschentuch auf den Boden und falte weiter Pyjamateile und stopfe sie in den viel zu kleinen Schrank. Hör endlich auf damit, Kira. Hör endlich auf, Gespenster zu sehen und etwas zu suchen, das es gar nicht gibt. Hör auf damit, Mülltonnen zu suchen, wenn du Container meinst.

Konzentriere dich immer nur auf das, was vor dir liegt, Kira, hat der Arzt gesagt. *Stell dir einfach vor, du bist durch eine Tür in ein anderes Zimmer gegangen. Und dann schau dich in diesem Zimmer um. Was siehst du? Was kannst du dort machen?*
Ich bin nicht gegangen, ich bin gerannt! Ich erinnere mich, dass ich ihn angeschrien habe.
Zu schnell gefahren. Er hatte genickt. *Du bist einfach nur zu schnell gefahren.*
Warum hätte ich das tun sollen? Ich bin vor etwas geflohen, etwas hat mich verfolgt! Meine Stimme war ganz hoch und schrill geworden, als ich das gerufen habe.
Du bist vor dir selbst geflohen, Kira. Die Drogen in deinem Körper… sie haben das ausgelöst. Du bist einfach nur vor dir selbst davongelaufen.
Aber warum hätte ich das tun sollen? *Rot wie Blut.* Vor mir selbst davonlaufen? Ich erinnere mich an die Panik, spüre meinen Herzschlag, fühle dieses tiefschwarze Gefühl der Verzweiflung, das in mir aufsteigt, wieder und wieder, und mich einhüllt und nicht wieder loslässt.
Ein Geräusch hinter mir lässt mich herumfahren.
»Kira, was machst du da?« Meine Mutter steht in meinem Zimmer.
Verlegen wische ich mir mit dem nächstbesten Stück Stoff über das Gesicht. Ich habe gar nicht gehört, dass sie nach Hause gekommen ist. Ohne ein weiteres Wort kniet sie sich neben mich und hilft mir dabei, die Pyjamas wieder zu falten. Ich sehe, wie schwer es ihr fällt, nichts zu sagen, und ich bin ihr dankbar dafür, dass sie es trotzdem versucht. Als der letzte Schlafanzug in meinem Nachtschrank verschwindet, schließt sie das Fach und hilft mir auf die Füße.
»Du musst ein bisschen Geduld haben, Kira«, sagt sie. »Das wird schon alles wieder.«

Ich starre sie an. Geduld ...
»Seit wann haben wir Müllcontainer?«
»Wie bitte?«
»Die Müllcontainer vor dem Haus. Seit wann stehen die da?«
Meine Mutter schüttelt den Kopf. »Ich verstehe nicht ...«
Ich spüre, wie mir wieder Tränen in die Augen steigen. Ich will das nicht! Es ist vollkommen albern, wegen ein paar Müllcontainern in Tränen auszubrechen. Mühsam schlucke ich sie herunter. Meine Mutter sieht müde und abgespannt aus. Und irgendwie genervt. Sie lässt sich auf mein Bett sinken, als liege die ganze Last der Welt auf ihren Schultern.
Einen Moment lang sagt sie gar nichts, starrt nur auf den Fußboden vor ihren Füßen. Dann hebt sie den Kopf.
»Kira, es tut mir leid. Die Sache mit deinem Gedächtnis tut mir leid. Ich verstehe, dass dir das Angst macht. Aber kannst du nicht einfach mal versuchen, gar nicht daran zu denken?«
»Ich weiß nicht, wie das gehen soll.« Ich hebe den Blick und sehe mein Spiegelbild in dem großen Spiegel am Kleiderschrank. Schau dich doch mal an, flüstert die Stimme in meinem Kopf. Allein wie du aussiehst. Mit deinen schwarzen Klamotten. Deine Haut ist weiß wie die Wand. Und dann diese rote Narbe über deinem Auge. Ist doch kein Wunder, dass du Albträume kriegst. Weiß wie Schnee, rot wie Blut und schwarz wie ..., höhnt die Stimme hinter meiner Stirn. Schneewittchen.
»Da sind immer diese Träume.«
Meine Mutter stöhnt auf und ich verstumme sofort wieder.
Nach einer Weile holt sie tief Luft.
»Welche Träume?«, fragt sie, und es fühlt sich an, als ob sie erst innerlich die Entscheidung treffen musste, dass eine gute Mutter das jetzt fragen würde.
»Ich habe Albträume. Immer wieder. Etwas verfolgt mich. *Jemand* verfolgt mich«, korrigiere ich mich schnell, als ich ihren

Blick sehe. »Irgendjemand war hinter mir her. Ich weiß das! Ich bin nicht einfach nur zu schnell gefahren. Du musst doch wissen, dass ich das niemals tun würde.«

»Kira, ich …«, meine Mutter hebt abwehrend die Hände.

»Bitte, du musst mir glauben.« Meine Gedanken überschlagen sich jetzt. »Ich habe heute unten dieses Mädchen getroffen, hier aus dem Haus.«

»Welches Mädchen?« Irre ich mich oder sieht meine Mutter erschrocken aus?

»Keine Ahnung, wie sie heißt, aber sie hat mit mir gesprochen. Wollte mit mir eine rauchen. Habe ich jemals geraucht?«, frage ich meine Mutter, warte aber ihre Antwort gar nicht erst ab. »Und sie hat noch etwas gesagt: Sie hat gesagt, dass ich einen Freund habe. Aber ich kann mich an keinen Freund erinnern. Verstehst du?«

Als meine Mutter endlich antwortet, ist ihre Stimme so leise, dass ich sie kaum verstehen kann.

»Dein Unfall war eine schlimme Sache, Kira. Kannst du dir ungefähr vorstellen, was ich durchgemacht habe?« Sie schaut mich nicht an. Ihre Hände hat sie im Schoß verschränkt und sie knetet ununterbrochen ihre Finger. »Am Anfang wussten sie nicht mal, ob du überhaupt wieder aufwachen würdest.«

Ich muss an den weißen Kasten über meinem Bett denken und das weiße Licht, in das ich mich so gerne zurückfallen ließ.

Jetzt ist alles um mich herum irgendwie grau geworden. Abgegriffen. So wie mein Plüschhase.

»Aber ich habe das doch nicht absichtlich gemacht«, flüstere ich. Glaubt sie das? Glaubt sie, ich hätte mich absichtlich in diese Schlucht gestürzt?

Meine Mutter schüttelt den Kopf und steht auf.

»Dein Roller war nicht mehr zu retten. Sie mussten ihn aus dem

Fluss bergen. Es tut mir leid. Aber für einen neuen Roller habe ich kein Geld.«
»Aber ich will doch auch gar keinen neuen Roller!« Was redet sie da? Hat sie mir überhaupt zugehört?
»Hast du mir überhaupt zugehört?«, schreie ich sie an. Sie antwortet nicht, aber ich sehe, wie sie zusammenzuckt. Sie steht inzwischen am Fenster und schaut nach draußen.
»Wer war das Mädchen, das mich heute angesprochen hat? Und sag mir endlich, ob ich einen Freund hatte! Wie heißt er? Wo wohnt er? Und warum besucht er mich nicht?« Meine Stimme überschlägt sich fast. Ich spüre, wie das Zittern zurückkommt. Halte mich am Kleiderschrank fest, warte, bis ich meine Beine wieder unter Kontrolle habe.
»Sie heißt Jenny«, sagt sie leise. »Sie wohnt im zweiten Stock. Und nein, du hattest keinen Freund. Jedenfalls keinen, von dem ich wüsste.«
Dann dreht sie sich zu mir um.
Sie stößt sich von der Fensterbank ab und geht in Richtung Tür. »Tu mir einen Gefallen, ja? Ruh dich aus. Hör auf zu grübeln. Und vor allem hör auf, hier alles durchzuwühlen.« Jetzt klingt sie genervt.
»Aber ich ...«
Sie lässt mich nicht ausreden. »Es ist weiß Gott nicht witzig, eine Tochter zu haben, die sich erst mit Drogen und Alkohol vollpumpt, dann ihren teuren Roller zu Schrott fährt und wochenlang im Krankenhaus liegt.«
Ich starre sie mit offenem Mund an. Will etwas sagen, aber ich bringe keinen Ton hervor.
»Ich gehe schnell etwas einkaufen.« Sie dreht sich um, geht aus meinem Zimmer und gleich darauf höre ich die Wohnungstür ins Schloss fallen.
Jetzt kann ich meine Tränen nicht länger zurückhalten und lasse

sie einfach laufen. Ich zittere am ganzen Körper. Meine Angst kommt zurück, packt mich und schüttelt mich.
Rot wie Blut, Schneewittchen.
»Nein«, schluchze ich. »Nein, nein, nein!« Ich presse die Hände auf meine Ohren, kneife die Augen zusammen und sehe wieder die Mülltonnen vor mir. Blau, gelb, schwarz.
Ich muss raus hier! Brauche dringend frische Luft.

Ich hole mir den Schlüssel vom Küchentisch und stopfe ihn in meine Hosentasche. Als die Wohnungstür hinter mir ins Schloss fällt, zucke ich kurz zusammen. Meine Hand zittert immer noch, als ich nach dem Treppengeländer greife.
Gib dir einfach ein bisschen Mühe. Ich habe das Gefühl, dass ich seit Tagen nichts anderes mehr mache, als mir Mühe zu geben. Langsam steige ich Stufe für Stufe nach unten. Erst als ich die Haustür öffne und mir kalte Luft entgegenschlägt, merke ich, dass ich vergessen habe, mir eine Jacke anzuziehen. Ist ja nur für einen Moment, beruhige ich mich. Nur mal kurz Luft schnappen. Als ich einen Blick zu den Containern werfe, bleibt mir vor Schreck fast das Herz stehen. Die Gestalt, die ich aus meinem Fenster gesehen habe, steht wieder dort und starrt nach oben. Ich drücke mich an die Hauswand und folge ihrem Blick. Beobachtet sie tatsächlich mein Zimmer? Jemand rempelt mich an, ich mache einen Schritt zur Seite. Gucke verwirrt auf das Fahrrad, das ein Mann so dicht an mir vorbeischiebt, dass der Lenker meinen Arm berührt.
»Ihnen auch einen schönen Tag«, murmele ich wütend. Als ich wieder zu den Containern gucke, ist die Gestalt verschwunden.
Die Haustür öffnet sich und zwei Mädchen kommen aus dem Haus. Die eine erkenne ich sofort. Auch wenn sie ihren rosa Jogginganzug jetzt gegen eine weiße Jeans getauscht hat und in

eine dicke pinkfarbene Winterjacke eingemummelt ist, erkenne ich das Mädchen von heute Morgen.
»Na guck mal, wer da ist.« Ihr Grinsen hat nichts Freundliches und auch das andere Mädchen starrt mich böse an. Sie trägt einen grünen Parka, den sie ebenfalls gegen die Kälte hochgeschlossen hat. Um den Hals hat sie einen Schal gewickelt, der ihr halbes Gesicht verbirgt. Wieder suche ich in meinem Kopf nach einem Namen, aber mir fällt einfach keiner ein.
»Hast du das Zeug dabei?« Die Pinkfarbene kommt so dicht an mein Gesicht, dass ich den Kaugummi in ihrem Mund riechen kann.
Ich drücke mich gegen die Hauswand.
»Ich hab doch schon gesagt, ich hab keine Ahnung, wovon du sprichst.«
»Hör auf mit diesem Scheiß, okay?« Sie dreht sich zu der im grünen Parka um. »Los, sag ihr, sie soll mit dem Scheiß aufhören!« Die Dunkle hat beide Hände in den Jackentaschen vergraben und stampft ständig von einem Fuß auf den anderen. Dabei kaut auch sie die ganze Zeit mit offenem Mund auf ihrem Kaugummi rum.
»Du hast doch gehört, was Jenny gesagt hat. Rück das Zeug endlich raus, mir ist nämlich kalt«, sagt sie und rückt ein Stückchen dichter.
Ich schüttele den Kopf und spüre, wie die Tränen wieder zurückkommen. Nur das nicht, denke ich. Nur jetzt nicht vor den beiden anfangen zu heulen. Versuch lieber herauszufinden, was sie wirklich von dir wollen. Immerhin war es ja die Blonde, die behauptet hat, dass du einen Freund hast.
Ich versuche, an der Hauswand entlang ein Stückchen von ihnen wegzurücken.
»Ich weiß ehrlich nicht, wovon ihr redet. Ich kenne euch ja nicht mal, ich …«

Eine flache Hand knallt wenige Millimeter neben mir gegen die Hauswand.

»Schlimm genug, dass du der Polizei so einen Scheiß erzählt hast. War wirklich wahnsinnig komisch, als die Bullen hier plötzlich aufgekreuzt sind, nicht wahr, Tammy?«

Das Mädchen, das die Blonde mit Tammy angesprochen hat, nickt eifrig. »Riesenspaß, klar! Die Typen waren in jeder Wohnung, haben uns alle befragt. Meine Eltern haben einen Mordsstress gemacht deswegen.« Sie kaut weiter mit offenem Mund.

»Im Royal waren sie auch.« Jenny beugt sich dicht an mein Ohr und flüstert. »Haben dort alles rundgemacht. Gefunden haben sie nix. Aber es war knapp. Und das alles wegen dir, du Schlampe!«

Ich starre sie an. »Ich habe keine Ahnung, wovon du redest!«

»Bist du dir da ganz sicher?« Ihr Lächeln jagt mir einen Schauer über den Rücken.

»Wir haben dichtgehalten. Haben den Bullen nicht gesagt, wer uns den Stoff besorgt hat, okay?«

»Geht die Arschlöcher ja auch nix an«, murmelt Tammy und zappelt weiter von einem Fuß auf den anderen.

»Aber ich habe der Polizei nicht …«

»Halt's Maul, Süße!« Jenny grinst mich jetzt an. Ich spüre, wie die Panik sich wieder in mir breitmacht. Dieses Grinsen … Meine Beine zucken. Wollen weglaufen. Ich zwinge sie verzweifelt dazu, einfach stehen zu bleiben. Lauf!, flüstert die Stimme in meinem Kopf.

»Du weißt doch, dass Tarek es nicht mag, wenn du ihm ins Handwerk pfuschst.« Sie nimmt ihre Hand von der Wand und berührt mit ihrem Zeigefinger mein Gesicht. Ich zucke zurück, als hätte mich ein Stromstoß getroffen. »Also sag ihm einfach, dass Jenny neuen Stoff braucht, und kümmere dich drum, dass ich das Zeug auch kriege. Okay?«

Sie lächelt, als hätte sie eben einem Kleinkind einen Lolli angeboten.
»Tarek?«, ist alles, was ich stammeln kann.
»Du machst das schon, ich weiß das.« Ihr Zeigefinger gibt meinem Gesicht einen Schubs, so dass mein Hinterkopf schmerzhaft gegen die Hauswand knallt. Ich beiße mir auf die Lippen.
»Komm, Tammy. Kira hat jetzt keine Zeit mehr für uns. Sie muss sich um ihren Lover kümmern.«

Als ich endlich wieder oben in der Wohnung bin, stehe ich kurz vor einem Nervenzusammenbruch. Was wollen die beiden von mir? Und wer zur Hölle ist Tarek? Habe ich vor meinem Unfall wirklich mit Drogen gehandelt? Und wenn ja, mit welchen? Ich habe doch überhaupt keine Ahnung von Drogen! Das Wenige, was ich weiß, hat der Arzt im Krankenhaus mir erklärt.
Ich renne im Flur auf und ab wie ein Tiger in seinem Käfig. Tarek. Tarek. Ich wiederhole den Namen mehrmals und spüre ihm nach, ob er irgendeine Erinnerung in mir hervorruft. Aber da ist nichts.
Plötzlich fühle ich mich nur noch alleine. Ich sehe diesen Flur, den ich nicht kenne, sehe die Kommode und die Jacken an der Garderobe, die ich nicht kenne, sehe die Türen, die zu den einzelnen Zimmern führen. Nichts, gar nichts davon weckt irgendeine Erinnerung in mir.
Du kennst ja nicht einmal mehr dich selbst, flüstert die Stimme in mir böse.
Und es stimmt. Alles, was ich weiß, ist, dass ich 17 Jahre alt bin und einmal einen Roller hatte. Und dass ich offensichtlich auf schwarze Klamotten stehe, füge ich in Gedanken hinzu und verziehe das Gesicht. Langsam lasse ich mich an der Wand entlang auf den Fliesenboden gleiten.
Ich denke an meine Mutter, die jetzt irgendwo da draußen rum-

läuft und sauer auf mich ist. Wer ist sie? Was für ein Mensch ist sie? Wovon träumt sie? Selbst von meiner Mutter weiß ich nichts. Das alles ist bestimmt auch für sie nicht leicht. Aber warum hilft sie dir so wenig?, meldet sich wieder die Stimme in deinem Kopf. Sie muss doch wissen, was du vor dem Unfall gemacht hast, wer deine Freunde waren, mit wem du dich getroffen hast. Ich lehne den Kopf an die Wand und reibe wieder mit den Fäusten über meine Schläfen. All die Fragen den ganzen Tag, die verzweifelte Suche nach Erinnerungen, nach Verstehen. Mein Kopf fühlt sich an, als ob er jeden Moment platzen wolle.

Ich gehe in mein Zimmer, lege mich auf mein Bett und starre an die Decke. Hier ist kein rechteckiger Kasten und auch kein weißes Licht. Ich erschrecke, als ich merke, dass ich darüber traurig bin.

Manchmal wünschte ich mir tatsächlich, jemand würde kommen und mir einfach helfen, wieder zurückzufallen in dieses weiße Licht, das alles verschluckt hat, in dem nichts wichtig schien und es einfach nur ruhig war.

10.

Als ich wach werde, weiß ich nicht gleich, wo ich bin. Erst ein Blick auf meinen Wecker zeigt mir, dass ich auf meinem Bett liege, mit Klamotten, und dass ich offensichtlich die ganze Nacht so geschlafen habe.

Es ist schon spät. Meine Mutter muss schon längst wieder im Studio sein. Ich bin ihr dankbar, dass sie mich nicht geweckt hat. Es ist lange her, dass ich eine ganze Nacht ohne Albträume durchschlafen konnte.

Ich stehe auf, ziehe mich an und mache mir Frühstück. Auf dem Küchentisch finde ich etwas Geld und einen Zettel von ihr: *Damit du dir was zum Essen kaufen kannst. Mach doch mal einen kleinen Spaziergang.*

Ich trage meinen Teller mit den Toastbroten ins Wohnzimmer und mache es mir vor dem Fernseher gemütlich. Aber schon nach ein paar Minuten schalte ich ihn genervt wieder aus.

Schon im Krankenhaus haben mich diese ganzen Talkshows nur gelangweilt. Hier zu Hause finde ich sie unerträglich.

Ich löse ein paar Sudokus aus der Fernsehzeitung, durchforste das Bücherregal nach einem Buch, das mich interessieren könnte, aber nichts spricht mich so wirklich an. Wenn man sich an nichts mehr erinnern kann, weiß man auch nicht mehr, welche Filme man gemocht und welche Bücher man gerne gelesen hat.

Ich blättere mich noch mal durch mein altes Fotoalbum, das ich aus der Küche mitgenommen habe, dann fasse ich einen Entschluss:

Ich will meiner Mutter einen Kuchen backen. Als Überraschung. Und als kleine Wiedergutmachung für unseren Streit gestern. Ich gehe in die Küche, um das Geld einzustecken, das sie mir auf den Küchentisch gelegt hat.

Ich habe keine Ahnung, woher auf einmal die Idee mit dem Kuchen gekommen ist, und ich weiß auch nicht wirklich, ob ich das hinkriegen werde. Du kannst doch gar keinen Kuchen backen, flüstert die Stimme in mir. Schon vergessen? Du bist doch die, die sich an nichts erinnert. Woher willst du dann wissen, wie man Kuchen backt? Die Stimme in meinem Kopf lacht höhnisch.
Keine Ahnung, antworte ich ihr. Ich habe ehrlich keine Ahnung, aber ich bin mir ziemlich sicher, dass ich es kann.
Ich stopfe das Geld zu dem Hausschlüssel in die Hosentasche. Diesmal denke ich an meine Winterjacke, die im Flur an der Garderobe hängt, ziehe sie an und verlasse die Wohnung. Die Idee mit dem Kuchen macht mich zuversichtlich. Vielleicht können wir bei Kaffee und Kuchen dann noch mal ganz in Ruhe miteinander reden. Und dann werde ich ihr auch von den beiden Mädchen gestern Abend erzählen und sie fragen, was sie von diesem Tarek weiß.
Wieder begegnet mir niemand im Treppenhaus, es ist, als ob nicht nur mein Leben verloren gegangen wäre, sondern als hätte sich alles Leben aus diesem Haus zurückgezogen und irgendwo anders verkrochen.
Ich habe keine Ahnung, wo ich einkaufen gehen soll. Sosehr ich auch in meinem Kopf suche, eine Erinnerung an ein Einkaufszentrum oder einfach nur einen Lebensmittelladen finde ich nicht. Alles andere hätte mich auch schon fast verwundert. Also gehe ich erst einmal den schmalen Weg am Wäscheplatz vorbei in Richtung der breiten Straße, an der uns das Taxi vor-

gestern abgesetzt hat. Ein paar Läden habe ich auf der Fahrt hierher ja gesehen, zumindest werden die Leute hier also wissen, wo ich die Zutaten für den Kuchen kaufen kann.
Obwohl es offensichtlich eine Hauptstraße ist, sehe ich weit und breit niemanden. Nur ein paar Autos fahren vorbei und sind gleich darauf wieder verschwunden. Mein Atem malt weiße Wolken in die Luft. Es ist einfach zu kalt, um draußen spazieren zu gehen.
Aber dann treffe ich doch jemanden. Auf der anderen Straßenseite zerrt eine Frau ein kleines Kind hinter sich her, mit einer Hand schiebt sie einen leeren Buggy, mit der anderen zieht sie den Jungen, der offensichtlich nicht alleine laufen will und mehr hinter der Frau herstolpert, als dass er wirklich Schritte macht. Ich beeile mich, über die Straße zu laufen.
»Entschuldigung!« Ich muss mich direkt vor dem Buggy aufbauen, damit sie mich überhaupt bemerkt und stehen bleibt. Mürrisch schaut sie mich an. Der kleine Junge hört sofort auf zu weinen und betrachtet mich interessiert. Sein kleines Gesicht ist vom Weinen ganz rot und verquollen, auch seine Finger sind rot, und ich frage mich, warum er bei dieser Kälte keine Handschuhe anhat.
»Was ist?«, herrscht die Frau mich an und versucht, den Buggy mit der freien Hand an mir vorbeizumanövrieren. Verwirrt gucke ich sie an, dann fällt mir wieder ein, dass ich sie ja nach dem Weg fragen wollte. Die Frau zeigt ein Stück hinter sich und murmelt etwas in einer Sprache, die ich nicht verstehe. Dann hat sie es geschafft und schiebt den Buggy einfach mit einer Hand um mich herum, während sie mit der anderen den Jungen weiterzerrt.
Ich gehe in die Richtung, in die die Frau gezeigt hat, und erleichtert sehe ich nur wenige Querstraßen weiter einen Supermarkt. Ich nehme mir einen von diesen tragbaren Einkaufskörben und

schlendere durch die Regalreihen. Es dauert einen Moment, bis ich das System hier verstanden habe, aber nachdem ich erst einmal weiß, in welcher Ecke sich die Konserven und wo die frischen Lebensmittel sich befinden, habe ich alle Zutaten, die ich für meinen Kuchen brauche, schnell zusammen.
Die Verkäuferin an der Kasse guckt nicht mal hoch, während sie meine Einkäufe über den Scanner zieht. Erst jetzt fällt mir auf, dass ich gar keine Tasche mitgenommen habe, und ich lege noch schnell eine Plastiktüte zu den Lebensmitteln.

Eine Stunde später sitze ich in der Küche und warte darauf, dass ich den Kuchen aus dem Ofen nehmen kann. Zum ersten Mal seit Langem fühle ich mich richtig glücklich. Es hat eine Weile gedauert, bis ich alle notwendigen Utensilien gefunden hatte, aber dann ging alles sehr schnell.
Woher weißt du denn, wie man Kuchen backt?, hat die Stimme in mir geflüstert, aber ich habe mir einfach verboten, ihr zuzuhören. Ich weiß es einfach. Fertig. Nach dem kalten Spaziergang draußen zwischen den grauen Häusern mit ihren unfreundlichen Bewohnern ist es in unserer Küche jetzt warm und gemütlich und es duftet nach Vanille und nach Nüssen.
Ich habe keine Ahnung, wann meine Mutter heute nach Hause kommt, aber ich fange schon mal an, den Tisch zu decken. Und diesmal finde ich die Besteckschublade auf Anhieb, stelle ich glücklich fest.
Ich bin gerade dabei, Kuchengabeln neben die Teller zu legen, als das Telefon klingelt. Das wird sie sein, hoffentlich kommt sie nicht so spät, denke ich, während ich in den Flur laufe und nach dem Hörer greife.
»Kira Berger?« Diesmal schaffe ich es sogar, mich mit meinem Namen zu melden. »Hallo?«
Am anderen Ende der Leitung bleibt es still.

»Hallo, ist da jemand?« Ich horche in den Hörer. Tot ist die Leitung nicht, ich höre leises Rauschen und Kratzen. Und dann ein Atmen.
Ich fühle, wie eine eiskalte Hand nach mir greift. Sehe wieder die Bäume, wie sie schwarz aus dem Schnee herausragen, höre den Fluss, der sich tosend ins Tal stürzt, verliere den Halt, muss mich an der Kommode festklammern, höre den Atem, der immer schneller und schneller wird, ein Keuchen, stolpere, renne, falle.
Nimm dich zusammen, Kira, das ist bestimmt eine ganz normale Störung. Verdammt noch mal, reiß dich zusammen!
»Hallo?«, rufe ich noch mal in den Hörer. Habe ich mich verhört oder hat da eben jemand leise gelacht?
Ich will gerade auflegen, als ich das Wort höre. Ganz leise nur. Fast ein Flüstern.
»Schneewittchen«, wispert es in mein Ohr.
Meine Zähne fangen an, aufeinanderzuschlagen, meine Hand zittert so, dass mir fast das Telefon runterfällt.
»Wer ist da?« Verzweifelt schreie ich in den Hörer.
Wieder höre ich das leise Lachen. Und dann noch einmal das Wispern: »Schneewittchen.«
Ich schreie auf. In der Leitung knackt es und dann ist es plötzlich still.
Das Telefon rutscht mir aus der Hand. Ich sinke mit einem Wimmern auf die Knie und presse die Arme gegen meinen Kopf.
In dem Moment höre ich den Schlüssel in der Wohnungstür.

11.

»Kira, was ist passiert?«
Ich kann nicht antworten.
»Kira, bitte sprich mit mir!« Meine Mutter beugt sich zu mir herunter und hebt das Telefon wieder auf. »Sag doch was! Warum kniest du hier auf dem Boden? Ist dir schlecht geworden? Soll ich einen Arzt rufen?«
Ich schüttele nur stumm den Kopf.
Schneewittchen, flüstert die Stimme in mir drin. Schneewittchen.
Habe ich das eben wirklich gehört? Oder habe ich mir die Stimme am Telefon nur eingebildet? So, wie ich mir auch alles andere nur einbilde. Ich denke an die Enttäuschung im Gesicht meiner Mutter, an ihre Bitte, mir doch mehr Mühe zu geben. Soll ich ihr tatsächlich sagen, dass jemand am Telefon war, der leise gelacht hat? Ich kann nicht einmal mit Sicherheit sagen, ob die Stimme männlich oder weiblich war. Eigentlich war es mehr ein Krächzen als eine menschliche Stimme. Ich kann meine Mutter nicht schon wieder enttäuschen.
»Es ist alles in Ordnung.« Ich bemühe mich, ihr nicht ins Gesicht zu sehen. »Wirklich. Mir ist nur kurz schwindelig geworden.« Langsam stehe ich vom Fußboden auf. Meine Mutter fasst mich hilflos am Arm. Ich zucke zurück. Aus dem Augenwinkel sehe ich, wie sie erschrocken die Hand wegzieht.
Warum kann ich ihr nicht vertrauen? Warum erzähle ich ihr nicht einfach von der Mail, von dem Zeitungsausschnitt und

dem merkwürdigen Kommentar darunter? Und warum empfinde ich so gar nichts für sie, wenn sie doch meine Mutter ist? Ich beobachte sie, wie sie ihre Jacke auszieht und an die Garderobe hängt. Ihre Bewegungen sind fahrig und nervös. So als ob sie nicht wüsste, wie sie sich mir gegenüber verhalten soll. Da haben wir wenigstens *etwas* gemeinsam, denke ich.

»Ich habe uns einen Kuchen gebacken. Magst du Kaffee trinken?«

Meine Mutter dreht sich um.

»Du hast was?«

»Du hast mir doch Geld auf den Küchentisch gelegt. Ich war einkaufen und habe uns einen Kuchen gebacken.« Irgendwie ist alles schiefgelaufen. Ich hatte mir diesen Nachmittag ganz anders vorgestellt. Schöner. Ich hatte gedacht, sie würde sich freuen.

Sie wischt sich mit der Hand über die Stirn, als müsste sie schnell ihre Gedanken wegwischen, bevor sie sie aussprechen kann.

»Ich wollte dich überraschen«, sage ich und füge leise hinzu: »Ich dachte, wir könnten irgendwie noch mal von vorne anfangen.«

Meine Mutter schiebt sich an mir vorbei in die Küche. Bleibt vor dem Tisch stehen, den ich gedeckt habe, betrachtet den Kuchen, der noch aufgeschnitten werden muss. Ich sehe, wie sie nach einer Kuchengabel greift, sie ein bisschen zurechtrückt. Wie ihr Zeigefinger über die Tischdecke streift, die ich im Küchenschrank gefunden und extra aufgelegt habe.

»Warum machst du das, Kira?« Sie fragt das, ohne sich umzudrehen.

»Warum mache ich was?«

Ich wünsche mir, dass sie einfach still ist. Dass sie sich hinsetzt, sich Kaffee einschenkt, den Kuchen anschneidet und einfach mal nichts sagt. Aber sie setzt sich nicht. Und sie dreht sich auch nicht zu mir um. Sie steht einfach nur da und starrt auf den gedeckten Tisch und wischt mit dem Zeigefinger darauf herum. Ich spüre, wie die Enttäuschung in mir hochkriecht, wie ich die Fäuste balle, um sie gleich wieder zu öffnen. Ich will mir ja Mühe geben. Ich will nach vorne gucken, aber wie verdammt noch mal soll ich das machen, wenn sie mir wieder und wieder das Gefühl gibt, alles falsch zu machen? Ich schlucke, will verhindern, dass meine Enttäuschung nach draußen dringt.

»Magst du keinen Kuchen?« Meine Stimme zittert ein bisschen und ich ärgere mich darüber. »Das habe ich nicht mehr gewusst.«

Sie schüttelt den Kopf. Dreht sich immer noch nicht zu mir um, steht nur da vor dem Tisch.

Warum sagt sie nichts? Warum steht sie die ganze Zeit einfach nur da und sagt nichts?

Plötzlich dreht sie sich um und funkelt mich wütend an. »Hör auf, mir dauernd ein schlechtes Gewissen zu machen! Erzählst allen, du könntest dich an nichts erinnern, und tust einfach so, als ob wir immer eine glückliche Familie waren, als ob alles, was passiert ist, überhaupt keine Rolle spielt. Gibst mir das Gefühl, eine schlechte Mutter zu sein, weil ich dir nicht helfe, weil ich dir keinen Kuchen backe, weil ich dich vor all dem nicht beschützt habe. Ich kann überhaupt nicht backen, verdammt noch mal!« Nach einer kurzen Pause fügt sie hinzu: »Und du kannst es eigentlich auch nicht.«

Sie vergräbt ihr Gesicht in den Händen.

Erzählst allen, du könntest dich an nichts erinnern.

Fassungslos starre ich sie an, balle die Hände zu Fäusten, öffne sie wieder, balle sie wieder zu Fäusten, öffne sie, die ganze Zeit. Versuche, die Wut wegzuschieben, die sich wieder in mir breitmacht, aber dann bricht sie doch heraus.

»Das ... das glaubst du nicht wirklich ...« Meine Stimme will mir nicht gehorchen. »Du glaubst nicht wirklich, dass ich euch allen nur vorspiele, ich hätte mein Gedächtnis verloren.«
Sie antwortet nicht. Und ihr Schweigen ist schlimmer, als jede Antwort es hätte sein können.
»Verdammt noch mal, sag mir, dass du das nicht wirklich glaubst!« Jetzt schreie ich.
Das Pochen in meinem Kopf kehrt zurück, all die Fragen, die ich mir fast ununterbrochen stelle, dazu ihre Vorwürfe und die Angst, die nackte, erbärmliche Angst vor der Wahrheit.
Rot wie Blut, Schneewittchen.
Ich sehe noch, wie ihre Schultern zucken, bevor ich die Küche verlasse. In der Tür bleibe ich noch einmal kurz stehen.
»Ich weiß nicht, was passiert ist«, flüstere ich.
Ich weiß doch nicht einmal mehr, wer ich überhaupt bin. Aber das Letzte sage ich nicht laut.

Sie öffnet die Seite und ruft ihr Profil auf.
Keine neuen Einträge.
Der Cursor blinkt verführerisch über dem leeren Feld.
Wer hat von meinem Tellerchen gegessen?
Wer hat in meinem Bettchen geschlafen?
Sie wirft einen Blick in den Spiegel.
Spieglein, Spieglein …
Aber der Spiegel schweigt.

12.

Erzählst allen, du könntest dich an nichts erinnern, hat sie gesagt. Meine eigene Mutter glaubt, dass ich allen nur etwas vorspiele. Dass ich in Wirklichkeit nur so tue, als ob ich das Gedächtnis verloren hätte.
Ich liege da und starre in die Dunkelheit. Warum tut sie das? Sie ist meine Mutter. Warum glaubt sie, ich würde alle so erbärmlich anlügen? Warum sieht sie nicht, wie schlecht es mir wirklich geht?
Ich habe die halbe Nacht nicht geschlafen, bin immer wieder schweißgebadet aufgewacht. Die Bilder in meinem Kopf verfolgen mich. Immer wieder die gleichen Bilder. Die Bäume. Der Schnee. Die spiegelglatte Straße. Dazu die Geräusche, das Keuchen, der Schrei. Und das weiße Licht aus dem Krankenhaus. Mehr nicht. Immer und immer wieder. Ich irre zwischen diesen Bildern herum und suche nach Antworten. Bis gestern hatte ich gehofft, meine Mutter könnte mir einen Teil der Antworten geben. Aber ich habe begriffen, dass das ein Irrtum war.

Ich schließe die Augen und versuche mir vorzustellen, welches Leben wir beide vor meinem Unfall geführt haben. Wie war unser Verhältnis zueinander? Wer waren meine Freunde? Mit wem hatte ich Kontakt? Und wo waren diese Menschen jetzt?
Wir haben gestern nicht mehr miteinander gesprochen. Meine Mutter hat sich nach unserem Streit fast den ganzen restlichen

Abend in ihrem Zimmer verkrochen und kam nicht mehr heraus.
Als ich ihren Wecker höre, bleibe ich im Bett liegen. Ich will ihr nicht begegnen, will einfach nur meine Ruhe haben. Und auf Julian warten.
Er hat mir gestern Abend noch eine Mail geschrieben. Er will heute Vormittag vorbeikommen, mir ein paar Hausaufgaben und andere Unterlagen aus der Schule mitbringen. Wegen der schriftlichen Abiturprüfungen fällt heute wohl für die anderen der Unterricht aus.
Erst hatte ich vor, ihm abzusagen. Wollte ihm schreiben, dass ich keine Zeit für ihn habe, dass ich ihn nicht treffen kann. Ich hatte Angst. Angst davor, dass auch Julian mich mit Dingen konfrontieren könnte, die ich nicht hören will. Und noch viel mehr Angst hatte ich, dass auch Julian glauben könnte, ich spiele allen nur etwas vor. Aber dann habe ich es mir anders überlegt.
Gib ihm eine Chance, habe ich mir gesagt. Julian ist der Einzige, der dir vielleicht helfen kann, herauszufinden, was wirklich passiert ist.

Ich schließe die Augen und versuche, mich daran zu erinnern, wie Julian ausgesehen hat. Damals im Krankenhaus. Ich sehe wieder sein trauriges Lächeln vor mir, seine dunklen Augen und seine Hände, die er in seinen Jackentaschen vergraben hatte. Und obwohl mir sonst nichts, absolut nichts zu diesem Julian einfällt, stelle ich fest, dass ich mich tatsächlich auf ihn freue.
Ich höre, wie meine Mutter ins Bad geht, höre die Klospülung, danach die Dusche, verfolge ihre Schritte bis in die Küche und höre schon kurz darauf, wie die Wohnungstür ins Schloss fällt. Endlich bin ich allein. Und ich habe heute Nacht einen Entschluss gefasst.

Ich schalte das Licht auf meinem Nachttisch an und steige aus dem Bett. Vor dem Kleiderschrank betrachte ich kurz das Mädchen, das mir in einem zerknitterten T-Shirt aus dem Spiegel entgegenblickt. Ich habe es nicht fertiggebracht, wieder einen der Pyjamas aus dem Nachtschränkchen anzuziehen. Ich schlüpfe in meine Jeans und ziehe dazu das Oberteil von dem Jogginganzug an, den meine Mutter mir ins Krankenhaus mitgebracht hatte. Es sieht nicht gerade toll aus, aber es ist bequem und vor allem ist es wenigstens hellgrau und nicht schwarz wie fast der komplette Inhalt meines Kleiderschranks.

Auf meinem Schreibtisch liegen noch die Schulbücher und Hefte, die ich gestern daraufgepackt habe. Ich wühle den Stapel durch, bis ich endlich gefunden habe, was ich suche: einen noch fast unbenutzten Collegeblock, nur auf den ersten zwei Seiten sind ein paar Notizen, die unwichtig aussehen, und jede Menge Kritzeleien und Strichmännchen. Mathe, stelle ich mit einem Blick auf die Zahlen fest. Offensichtlich fand ich Mathe in meinem früheren Leben nicht besonders spannend.

Ich trenne die beiden Seiten heraus und lege sie zu den anderen Schulsachen. Dann suche ich nach einem Stift und nehme beides mit in die Küche.

Auf dem Küchentisch liegt wieder etwas Geld. Sonst ist da nichts. Kein Zettel, keine Nachricht von meiner Mutter. Gar nichts.

Vielleicht ist das ihre Art, sich vor dem Schmerz zu schützen, denke ich. Vielleicht ist es leichter für sie, so zu tun, als ob sie keine Tochter hätte, als mit einer Tochter zu leben, die nicht mehr weiß, wer ihre Mutter ist. Ich denke an das Fotoalbum und an ihre Enttäuschung, als sie feststellen musste, dass ich mich an nicht eine der Geschichten, die sie mir erzählt hat, erinnern konnte. Es sind die Erinnerungen, die uns verbinden. Wo keine gemeinsamen Erinnerungen sind, ist auch sonst nichts Gemeinsames.

Ich stecke eine Scheibe Weißbrot in den Toaster und schnappe mir die Marmelade. Im Kühlschrank finde ich Orangensaft. Das muss für ein Frühstück reichen.
Ich setze mich an den Tisch und schlage den Collegeblock auf. Heute Nacht habe ich lange darüber nachgedacht, was ich machen soll. Dass meine eigene Mutter glaubt, ich würde allen nur etwas vorspielen, hat mich doch sehr verletzt. Erst habe ich überlegt, ob ich nicht einfach mit der Vergangenheit abschließen könnte. Einfach so tun, als ob alles in Ordnung sei, und nur noch nach vorne gucken. Ist es wirklich wichtig, was für ein Mensch ich in den ersten siebzehn Jahren meines Lebens war? Reicht es nicht, herauszufinden, was für ein Mensch ich jetzt bin?
Ich werde wieder zur Schule gehen. Vielleicht kann Julian mir dabei helfen, nicht nur den Anschluss an den Stoff, sondern auch ein paar neue Freunde zu finden. Ich könnte meinen Kleiderschrank aufräumen und meine Mutter um Geld bitten, damit ich mir ein paar andere Klamotten kaufen kann. Ich könnte meiner Mutter beibringen, wie man Kuchen backt, und wenn ich tatsächlich jemals im Leben etwas mit Drogen zu tun hatte, könnte ich Jenny und Tammy sagen, dass das jetzt vorbei ist und ich ihnen nicht helfen kann. Und ganz allmählich würden nicht nur die letzten blauen Flecken aus meinem Leben verschwinden, sondern auch all die anderen Dinge, die mich seit meinem Unfall wie dunkle Schatten verfolgen.
Einen Moment lang habe ich wirklich geglaubt, so könnte es gehen. Habe geglaubt, wie Schneewittchen könnte ich einfach aus meinem gläsernen Sarg aufstehen und alles wäre gut.
Aber dann ist mir der Zeitungsausschnitt eingefallen: Rot wie Blut, Schneewittchen …
Und der Telefonanruf gestern, von dem ich mir auf einmal wieder ganz sicher war, dass ich mich nicht geirrt habe. Und ich

habe begriffen, dass es so nicht funktionieren wird. Man kann seine Vergangenheit nicht einfach wegwerfen wie ein altes Kleidungsstück.

Ich werde kein neuer Mensch sein, nur weil ich plötzlich helle statt dunkler Klamotten trage. Wenn ich wissen will, wer ich bin, muss ich herausfinden, was wirklich geschehen ist, und dieser Collegeblock soll mir dabei helfen.

Ich habe beschlossen, zunächst einmal ein paar Listen anzulegen. Ich will alle Erinnerungen und Ungereimtheiten aufschreiben, die mir in den Kopf kommen. Vielleicht erkenne ich ein Muster. Vielleicht fällt mir etwas auf, das ich die ganze Zeit übersehen habe.

Ich trinke einen Schluck Orangensaft, dann fange ich an zu schreiben. Die erste Liste bekommt die Überschrift *Erinnerungen.* Ich notiere die Begriffe

Wald

Bäume

Schnee

Fluss

Ich schließe die Augen und lasse diese Wörter auf mich wirken. Unwillkürlich muss ich wieder an die Linde vor meinem Krankenhausfenster denken. Und an den Schmerz, als ich im Fallen mit dem Kopf und dem Brustkorb von diesem Baum im Wald aufgehalten worden bin. Ich füge das Wort *Schmerz* meiner Liste hinzu, dann noch weitere Worte:

Fahrbahn

Eis

Roller

Bei *Roller* zögere ich einen Moment. Nachts in meinen Albträumen sehe ich mich immer wieder laufen, tagsüber weiß ich, dass ich auf einem Roller gesessen habe.

Ich denke an das Keuchen und auch den Schrei, der mich nachts

immer wieder hochschrecken lässt, und schreibe auch diese Begriffe auf:
Keuchen
Schrei
Auf der nächsten Seite notiere ich die Namen der Menschen, die mir nach dem Unfall begegnet sind. Ich setze den Arzt und die Schwestern auf meine Liste, außerdem Steven, die beiden Polizisten, meine Mutter und natürlich Julian.
Als ich *meine Mutter* aufschreibe, zögere ich kurz. Es kommt mir komisch vor, sie auf die Liste der Menschen zu setzen, die mir erst nach dem Aufwachen aus dem Koma begegnet sind. Trotzdem lasse ich ihren Namen auf der Liste stehen. Schließlich war sie für mich genauso fremd wie all die anderen auch. Ich füge dann noch die Kassiererin aus dem Supermarkt und Jenny und Tammy hinzu.
Danach lege ich eine Seite an für die Erinnerungen, für die ich im Moment noch keine Verwendung habe.
Mülltonnen steht auf dieser Seite. Gelbe, blaue und schwarze Mülltonnen. Auch *Drogen* schreibe ich dazu. Ich kann mich an keine Drogen erinnern. Aber offensichtlich muss ich irgendwann einmal etwas damit zu tun gehabt haben, auch wenn ich jetzt nichts mehr davon weiß.
Ich schreibe noch ein paar andere Dinge auf. Die merkwürdige Mail, die Gestalt unten zwischen den Containern. Und den Telefonanruf. Ich muss mich zwingen, das Wort *Telefon* zu schreiben, denn schon bei der Erinnerung an das Rauschen und Knacken im Hörer und an das Flüstern fängt meine Hand wieder an zu zittern.
Schnell lege ich den Stift weg und greife nach meinem Orangensaft. Ich habe noch keine Ahnung, was mir die Listen bringen sollen oder ob sie mir überhaupt irgendetwas bringen, aber es ist ein gutes Gefühl, endlich etwas zu tun, anstatt nur herum-

zusitzen und vor lauter Grübeln Kopfschmerzen zu bekommen. Ich blättere ein bisschen vor und zurück und betrachte meine Einteilungen, dann greife ich wieder nach dem Kugelschreiber. Ich muss meinen Plüschhasen noch aufschreiben, außerdem will ich mir notieren, dass er mich an das weiße Kaninchen erinnert hat.

Alice im Wunderland schreibe ich, als es an der Tür klingelt.

Mein Blick fällt auf die Küchenuhr. So früh habe ich nicht mit Julian gerechnet. Ich klappe den Block zu und gehe zur Wohnungstür. Ein bisschen nervös bin ich jetzt doch. Auch wenn ich in den letzten Tagen viel an Julian gedacht habe, kann ich mich nach wie vor nicht daran erinnern, ihn auch vor meinem Unfall schon gekannt zu haben. Und beinahe die einzige Erinnerung, die ich seitdem an ihn habe, ist, wie ich ihm mein Abendessen vor die Füße geworfen habe. Nicht gerade ein Augenblick, an den ich gerne zurückdenke.

Erst als ich die Klinke hinunterdrücke, fällt mir auf, dass ich vorher gar nicht durch den Spion geguckt habe. Verblüfft stelle ich fest, dass der Treppenabsatz vor unserer Wohnungstür leer ist. Es dauert einen Moment, bis ich begreife, dass Julian vermutlich unten vor der Haustür steht und ich erst den Türöffner drücken muss, um ihn ins Haus zu lassen. Ich finde den Knopf neben dem Hörer der Gegensprechanlage und drücke auf den Summer. Eigentlich müsste ich jetzt hören, wie jemand die Haustür aufdrückt und die Treppe heraufkommt, aber alles bleibt still. Ich betätige den Summer noch einmal und warte gespannt. Nichts zu hören. Da ist niemand. Weder hier oben vor unserer Wohnungstür noch im Treppenhaus noch unten vor der Haustür. Mein Herzschlag beschleunigt sich. Aber es hat doch geklingelt. Ich bin mir sicher, dass es geklingelt hat!

Bist du das wirklich?, höhnt die Stimme in meinem Kopf. Gibt es überhaupt noch irgendetwas, dessen du dir sicher sein

kannst? Ich atme heftiger. He, beruhig dich, rede ich mir gut zu. Es hat geklingelt und es ist niemand da. Das ist alles. Kein Grund zur Panik. Vielleicht hat sich jemand bei den vielen Namensschildern unten vertan. Oder Kinder haben dir einen Klingelstreich gespielt. Oder du hast dir das Klingeln vielleicht doch nur eingebildet. Jedenfalls ist das alles kein Grund, jetzt die Nerven zu verlieren. Nur weil niemand vor deiner Tür steht, musst du jetzt nicht gleich durchdrehen.
Ich schlüpfe zurück in die Wohnung und lehne mich gegen die Wand. Das Herz schlägt mir bis zum Hals. Es dauert eine Weile, bis ich mich so weit beruhigt habe, dass ich wieder normal atmen kann. Ich schließe langsam die Tür, da fällt mein Blick auf den Boden. Mein Herzschlag beschleunigt sich, als ich das Blatt Papier auf der Fußmatte sehe. Im ersten Moment will ich die Tür einfach zuknallen. Ich spüre, wie meine Beine anfangen zu zittern, mein Atem schneller geht, und höre in meinem Kopf wieder das Flüstern. *Schneewittchen.* Heb das auf!, befehle ich mir. Aber mein Körper weigert sich, mir zu gehorchen. Meine linke Hand hält sich am Türrahmen fest, die rechte klammert sich an die offene Tür. Es ist nur ein Zettel. Nichts weiter als ein harmloser Zettel. Ich schließe kurz die Augen. Als ich sie wieder öffne, liegt der Zettel immer noch da. Vielleicht doch nur eine Nachricht von meiner Mutter. Aber warum sollte sie die Nachricht vor die Tür legen? Und wer hat eben geklingelt? Meine Kopfhaut fängt an zu kribbeln, ich fühle, wie mir der Schweiß ausbricht. Wer war hier vor meiner Wohnungstür und hat geklingelt? Wer hat hier einen Zettel hingelegt und ist dann sofort wieder abgehauen? Und wer weiß überhaupt, dass ich zu Hause bin? Ich atme tief durch und lasse den Türrahmen los. Wenn ich jetzt diesen Zettel nicht aufhebe, werde ich all das nie herausfinden.
Es ist nur ein Zettel, sage ich mir noch einmal. Und ganz egal,

was darauf steht, es ist nur ein Stück Papier. Heb es auf, lies es und dann wirf es weg. Niemand kann dir mit einem Stück Papier etwas tun.
Meine Knie zittern, als ich langsam in die Hocke gehe und nach dem Blatt auf der Fußmatte greife. Ein kariertes Blatt, fein säuberlich einmal in der Mitte zusammengefaltet. Ich nehme es vorsichtig mit zwei Fingern, so als könnte ich mich daran verbrennen, hebe es hoch, stehe langsam wieder auf, stütze mich am Türrahmen ab und werfe dann die Wohnungstür so schnell es geht wieder zu. Ich presse meine Stirn gegen die geschlossene Tür, als könnte ich so durch die Tür hindurchgucken und herausfinden, wer auf der anderen Seite war und mir diese Botschaft dagelassen hat. Der Zettel. Ich starre auf meine Hand mit dem Blatt Papier, möchte es am liebsten wegwerfen, aber dann komme ich mir doch ziemlich albern vor und trage das Blatt in die Küche. Erst als ich sitze, erlaube ich mir, den Zettel auseinanderzufalten. Eine Mädchenschrift, ist das Erste, was ich denke. Schnörkelige runde Buchstaben, eine fast kindliche Schrift.
Vergiss nicht, dass wir warten.
Jenny
Ich hole tief Luft. Lese die Botschaft wieder und wieder. Vergiss nicht. Wir warten. Ich bin erleichtert. Keine Drohung diesmal. Keine Schneewittchen-Nachricht.
Und trotzdem.
Wir warten.
Ist das nicht auch eine Drohung? Ich habe ihnen doch gesagt, dass ich nicht weiß, wovon sie reden. Sie glauben dir nicht. Auch sie glauben dir nicht. Sie glauben, dass du sie nur hinhalten willst. Dann sage ich ihnen einfach noch einmal, dass ich ihnen nichts besorgen kann. Dass sie sich eine andere Quelle suchen müssen, was auch immer sie von mir haben wollen, ich

habe es nicht, versuche ich die Stimme in meinem Kopf zum Schweigen zu bringen.
Ich starre auf meine Hände, frage mich, was ich da eigentlich mache, als ich sehe, dass ich den Zettel mit Jennys Botschaft in tausend kleine Stückchen zerrissen habe.
Hör auf damit!, befehle ich mir. Dann fege ich mit einer Hand die Papierschnipsel auf dem Tisch zusammen und häufe sie mit der anderen zu einem kleinen Berg auf. Die ganze Zeit sehe ich dabei Jenny vor mir in ihrem pinkfarbenen Jogginganzug und dem dümmlichen Grinsen und neben ihr dieses andere Mädchen, das die ganze Zeit auf einem Kaugummi herumgekaut hat.
Ich streife die Hände an meiner Jeans ab. Dann klingelt das Telefon.
Ich zucke zusammen, denke erst, dass ich mir das Klingeln nur eingebildet habe, aber es ist wirklich das Telefon und es hört nicht auf.
Langsam gehe ich in den Flur. Ich gehe so langsam, dass der Anrufer bestimmt gleich wieder auflegt, weil offensichtlich niemand zu Hause ist. Ich gehe so langsam, dass es mindestens schon fünfmal geklingelt hat und ich immer noch in der Küche stehe.
Das wird meine Mutter sein. Ihr ist eingefallen, dass sie heute Morgen vergessen hat, mir eine Nachricht zu schreiben, sage ich mir. Und wenn es nicht meine Mutter ist? Dann ist es Julian, der hören will, ob er jetzt kommen kann. Ich mache zwei weitere Schritte in Richtung Flur. Meine Füße fühlen sich an, als seien sie am Fußboden festgeklebt. Es kostet mich ungeheure Überwindung, sie überhaupt zu bewegen. Das Telefon klingelt weiter. Wer auch immer am anderen Ende der Leitung ist, er weiß, dass ich zu Hause bin, und legt nicht auf.
Doch nur meine Mutter, beruhige ich mich.

Jetzt stehe ich direkt vor der Kommode und starre auf das Telefon. Hör endlich auf zu klingeln, flüstere ich tonlos. Bitte hör auf zu klingeln. Ich mache noch einen halben Schritt und greife nach dem Hörer. Meine Hand zittert, als ich auf die Taste drücke, um das Gespräch anzunehmen.
Ich halte das Telefon an mein Ohr. Mache den Mund auf, bringe aber keinen Ton heraus. Verdammt, Kira, nimm dich zusammen! Ich presse den Hörer noch ein bisschen fester an mein Ohr.
»Hallo?«, flüstere ich. Meine Hand mit dem Telefonhörer zittert so, dass ich Angst habe, ihn jeden Moment fallen zu lassen. Ich lausche angestrengt. Warte auf das Rauschen. Und auf das eine Wort. *Schneewittchen.*
Aber alles, was ich höre, ist ein kurzes Klicken. Und dann nichts mehr. Wer immer dran war, hat aufgelegt.
Ich zittere jetzt so sehr, dass ich es kaum schaffe, den Hörer auf die Ladestation zu stellen. Aufgelegt, sage ich mir immer wieder. Es war nur ein harmloser Anrufer und jetzt hat er aufgelegt. Ich stütze mich mit beiden Händen an der Kommode ab und atme tief durch. Hör auf, immer und überall Gespenster zu sehen. Jemand hat angerufen, es hat ihm zu lange gedauert und er hat aufgelegt. Das ist alles. Ich schließe kurz die Augen, dann drehe ich mich um, will zurück in die Küche gehen.
In diesem Moment klingelt es wieder an der Tür.

13.

»Hallo, Kira.«

Ich starre Julian an. In der einen Hand hält er einen Motorradhelm, in der anderen einen Stoffbeutel.

»Ist alles in Ordnung? Du siehst aus, als hättest du ein Gespenst gesehen.«

Kira, nimm dich zusammen. Du hast das Telefon ewig klingeln lassen. Kein Wunder, dass der Anrufer dann aufgelegt hat. Das ist kein Grund, hier jetzt völlig durchzudrehen. Was soll Julian denn von dir denken?

»Äh ... ja, alles in Ordnung.« Ich mache einen Schritt zur Seite und halte ihm die Tür auf. »Willst du nicht reinkommen?«

Julian schiebt sich an mir vorbei. »Du kannst die Tür jetzt zumachen.« Er grinst.

Erst jetzt merke ich, dass meine Hand die Türklinke immer noch umklammert hält und ich weiter ins Treppenhaus starre. Langsam drücke ich die Wohnungstür ins Schloss. Hoffentlich sieht Julian nicht, wie sehr meine Hand zittert, als ich sie endlich loslasse.

»Hab ich dich erschreckt?« Julian legt seinen Helm auf die Kommode und schält sich aus seiner Jacke. Es ist die gleiche dunkle Winterjacke, die er auch im Krankenhaus getragen hat, registriere ich. Dann wickelt er noch einen bunten Schal von seinem Hals und stopft ihn in einen Jackenärmel. Erst jetzt kann ich seine langen Haare sehen, die er wieder zu einem Zopf im Nacken zusammengebunden hat.

»Es tut mir leid, dass ich schon oben vor der Tür stand. Unten ist gerade jemand aus dem Haus gekommen, da bin ich einfach reingeschlüpft.«

Schnell schüttele ich den Kopf. »Nein, nein, alles in Ordnung. Hast du schon gefrühstückt? Magst du was trinken?«

»Danke, ich hab schon was gegessen.« Julian hält den Stoffbeutel hoch. »Ich hab dir ein paar Hausaufgaben mitgebracht. Schon vergessen?« Er lächelt. »Wollen wir gleich anfangen?«

Ich nicke, dann fällt mir auf, dass Julian unschlüssig mitten im Flur herumsteht. Ich könnte jetzt einfach vorangehen. In mein Zimmer oder auch in die Küche. Aber ich brauche erst die Antwort auf diese Frage, die mich schon die ganze Zeit beschäftigt.

»Das klingt jetzt vielleicht blöd für dich«, ich zögere, »aber – warst du schon mal hier? Ich meine, hast du mich früher schon mal besucht?«

Julian schüttelt den Kopf.

»Okay.« Ich versuche, meine Enttäuschung nicht zu zeigen. Julian hat mich also noch nie hier besucht. Warum tut er es dann heute? Weil er ein Freund ist, der dir helfen will, beantworte ich mir meine Frage selbst.

Wenn er noch nie hier war, wieso sollte er dann ein Freund sein?, fragt die Stimme in meinem Kopf.

»Kira?«

Ich schrecke aus meinen Gedanken auf.

»Ja? Ach so, ja, entschuldige. Gehen wir in mein Zimmer.« Ich gehe voran und öffne die Tür.

Als Julian hinter mir in den Raum kommt, beobachte ich ihn. War er wirklich noch nie hier?

Julian betritt mein Zimmer und bleibt sofort vor dem *Krabat*-Plakat stehen.

»Toller Film. Aber das Buch war noch viel besser. Woher hast du das Plakat?«

»Ich kann mich an nichts erinnern«, antworte ich ihm leise.

»Weder an den Film noch an ein Buch. Und ich habe echt keine Ahnung, wo ich das Plakat herhabe.«
Julian sieht ehrlich betroffen aus.
»Und ich habe mich schon gewundert, warum du nicht weißt, ob ich schon mal hier war. Dein Gedächtnis ist immer noch nicht wieder zurückgekommen?«
Ich schüttele den Kopf.
»Nein. Leider. Ich kann mich immer noch an überhaupt nichts aus der Zeit vor dem Unfall erinnern. Nicht mal an dich«, füge ich leise hinzu.
»Na ja.« Julian durchquert mein Zimmer und legt seine Tasche auf den Schreibtisch. »Was mich betrifft, hast du da auch nicht so viel verpasst. Es macht nichts, wenn du dich nicht an mich erinnern kannst.« Er lässt sich auf mein Bett fallen.
Ich setze mich neben ihn. Und ob das was macht, denke ich. An so jemanden wie Julian würde ich mich nämlich echt gerne erinnern.
»Waren wir ...« Ich zögere einen Moment, weiß nicht, wie ich es formulieren soll. »Waren wir so etwas wie Freunde?« Ich gucke ihn von der Seite an.
Julian schüttelt den Kopf. »Bedaure, keine Freunde.«
Ich weiß nicht, ob ich über diesen Satz traurig oder erleichtert sein soll. »Aber wenn wir keine Freunde waren, warum bist du dann hier? Warum willst du mir helfen?«
Julian grinst wieder. »Weil ich so ein unglaublich netter Mensch bin vielleicht?«
Jetzt lache ich auch. »Das wird es sein. Aber mal im Ernst. Wenn wir keine Freunde waren, warum bist du dann der Einzige aus der Schule, der sich überhaupt bei mir meldet? Irgendwelche Freunde muss ich doch gehabt haben?«
Warum sagt er nichts? Kommt es mir nur so vor oder starrt Julian verlegen auf seine Füße?

»Julian? Hatte ich Freunde in der Schule? Sag doch was. Bitte! Es muss doch Leute gegeben haben, mit denen ich was gemacht habe…« Ich schaue ihn an, wie er da sitzt, die Hände unter seinen Beinen vergraben hat und auf seine Fußspitzen guckt.
»Julian?«
Endlich hebt er den Kopf und sieht mich an. Als er gerade antworten will, überfällt mich eine Ahnung.
»Kira, ich…«
»Sag nichts mehr«, falle ich ihm ins Wort. »Bitte sag nichts. Sag nicht, dass ich so ein Ekel war, dass ich überhaupt keine Freunde hatte«, flüstere ich dann.
Julian schüttelt schnell den Kopf. »Ein Ekel? Nein, keine Sorge. Du warst kein Ekel. Du warst nur … also irgendwie warst du…«
Erwartungsvoll sehe ich ihn an.
»Du warst nie da.«
Ich war nie da? Meine Überraschung muss mir wohl ins Gesicht geschrieben stehen, denn Julian redet sofort weiter.
»Na ja, du warst schon da. Aber oft eben auch nicht. Du hast oft gefehlt. Geschwänzt vermutlich. Und wenn du da warst, warst du meistens kaum ansprechbar. Du wolltest mit niemandem von uns etwas zu tun haben.«
Ich starre ihn an. »Ich wollte mit niemandem etwas zu tun haben? Also doch ein Ekel.«
»Nein. Du hast dich nur einfach um niemanden von uns gekümmert. Wir waren dir irgendwie egal, schätze ich.«
Das würde zumindest erklären, warum sich nie jemand aus der Schule bei mir gemeldet hat.
»Aber was habe ich denn die ganze Zeit gemacht? Mit wem habe ich geredet? Oder neben wem habe ich gesessen? In Deutsch zum Beispiel«, füge ich schnell hinzu, als mir unser gemeinsamer Kurs einfällt.
»Seit deinem Zoff mit Sandra hast du meist alleine gesessen.«

»Sandra?« Auch dieser Name löst überhaupt keine Erinnerungen in mir aus.
»Ihr wart mal Freundinnen. Glaub ich jedenfalls. Aber das ist seit ein paar Monaten vorbei.« Julian zuckt mit den Schultern. »Ich sag ja nicht, dass du keine Freunde hattest, aber die waren eben nicht auf unserer Schule.«
Ich atme tief aus. Okay. Das klingt schon besser. Freunde, die auf eine andere Schule gehen. Trotzdem verstehe ich nicht, warum sich nie einer von ihnen bei mir gemeldet hat.
»Weißt du, wer das war?«, wende ich mich wieder an Julian.
Er schüttelt den Kopf. »Nein, so eine Clique halt. Manchmal habe ich euch an der Unterführung gesehen. Aber ich kenne die nicht.«
Ich sage Julian jetzt nicht, dass ich keine Ahnung habe, von welcher Unterführung er redet. Ich beschließe, alleine nachzuforschen, wer meine angeblich so tollen Freunde waren. Und wer diese Sandra ist, mit der ich anscheinend Zoff hatte, werde ich auch noch herausfinden. Ich stehe auf, um Julians Stofftasche zu holen.
»Zeig mir, was ich alles verpasst habe«, bitte ich ihn und halte ihm die Tasche hin. »Ach ja, und danke, dass du mir das Zeug überhaupt bringst!«
Julian zieht einen Plastikhefter aus der Tasche und ein kleines gelbes Büchlein. »Schon in Ordnung. Ich mag dich. Und ich habe mir einfach Sorgen gemacht, als ich von deinem Unfall gehört habe. Außerdem bin ich Kurssprecher und die Scholz hat mir das Zeug aufs Auge gedrückt«, fügt er schnell hinzu, als er meinen fragenden Blick sieht.
»Was weißt du von dem Unfall?« Ich verschränke meine Finger ineinander, damit Julian nicht sieht, wie sie plötzlich wieder anfangen zu zittern.
»Nichts. Nicht viel jedenfalls. Nur das, was sie uns erzählt

haben. Du warst mitten in der Nacht noch unterwegs, bist vermutlich zu schnell gefahren und in einer vereisten Kurve weggerutscht. Dann bist du den Hang runtergestürzt und gegen einen Baum geknallt.«
Ich nicke. So viel weiß ich selbst auch schon. Warum hatte ich dann vorher das Gefühl, dass Julian mehr wüsste?
»Ist das alles?« Ich bemühe mich, ruhig zu bleiben, aber so ganz gelingt mir das wohl nicht, denn Julian guckt mich jetzt irritiert an.
»Ja. Mehr weiß ich nicht. Warum?«
Ich stehe vom Bett auf und laufe in meinem Zimmer auf und ab. Mach dich nicht lächerlich, Kira, du wirst ihm jetzt nichts von deinen Albträumen erzählen. Andererseits weiß er vielleicht wirklich mehr. Zumindest weiß er auch, dass ich Freunde hatte und wo ich die finde. Ich knete unablässig meine Hände, während ich überlege, wie viel ich Julian sagen soll.
»Kira? Ist alles in Ordnung?«
Ich halte seinen besorgten Blick kaum aus. »Ja, alles okay. Es ist nur –« Ich bleibe vor meinem Kleiderschrank stehen und starre in den Spiegel. »Ich glaube das nicht.« Ich schaue das Mädchen an, das mir aus dem Spiegel entgegenblickt, und spreche zu ihm. Julian habe ich beinahe vergessen. »Ich glaube nicht, dass es ein Unfall war«, sage ich leise. »Aber ich kann es nicht beweisen.«
»Kein Unfall?« Im Spiegel sehe ich, wie Julian vom Bett aufspringt und zu mir kommt. »Du hast doch gesagt, du kannst dich an nichts erinnern. Warum glaubst du dann, dass es kein Unfall war?« Jetzt steht er neben mir und spricht ebenfalls mit dem Mädchen im Spiegel.
Ich zögere einen Moment. Und frage mich gleichzeitig, warum ich Julian überhaupt so viel erzähle. Ich kenne ihn nicht, kenne ihn genauso wenig wie die anderen Menschen, die mir seit meinem Unfall begegnet sind. Und trotzdem gibt seine Nähe

mir ein Gefühl von Geborgenheit, das ich nirgendwo sonst habe. Ich zucke mit den Schultern.

»Ich habe Albträume. Jede Nacht wieder. Und in diesen Träumen laufe ich vor etwas davon. Und ich schreie. Und ich höre dieses Keuchen.«

Kira, halt endlich die Klappe, wenn du nicht willst, dass Julian sofort wieder von hier verschwindet. Ich traue mich nicht, ihm ins Gesicht zu sehen.

»Hat die Polizei«, fängt Julian an und wendet sich mir jetzt direkt zu. »Ich meine, haben sie denn irgendwelche Spuren gefunden?«

Ich schüttele den Kopf. Nein. Keine Spuren.

Julian sieht ziemlich ratlos aus. Aber wenigstens ist er nicht gleich wieder davongelaufen, denke ich. Er holt tief Luft.

»Wir werden herausfinden, was in der Nacht passiert ist. Keine Sorge. Und dein Gedächtnis wird sich ganz sicher auch bald zurückmelden.« Seine Hand berührt meinen Arm.

Ich spüre, wie mir Tränen in die Augen steigen. Er hat *wir* gesagt, registriere ich dankbar. Auch wenn ich im Moment keine Ahnung habe, wie wir das anstellen sollen, irgendetwas über diesen Unfall herauszufinden, fühlt es sich unglaublich gut an, dass Julian *wir* gesagt hat. Und dass er meine Albträume nicht als totale Spinnereien abgetan hat.

»Danke«, sage ich leise und gehe wieder zum Bett zurück. »Und jetzt zeig mir, was ich in Deutsch verpasst habe.«

Julian wirkt erleichtert, als er wieder nach dem Schnellhefter und dem kleinen gelben Büchlein greift.

»Hier.« Er hält mir das Reclamheft hin. »Antigone von Sophokles. Haben wir gerade angefangen zu lesen. Ich vermute mal, das wird das Thema der nächsten Klausur.«

Ich nehme das Büchlein aus seiner Hand.

»Okay. Um was geht es da?«

»Zickenterror.« Julian grinst.
»Zickenterror?« Verwirrt schaue ich ihn an. »Bei Sophokles?«
Er lacht. »War nur Spaß. Es geht um zwei Schwestern, die gegensätzlicher nicht sein könnten. Antigone und Ismene. Und um ihren Onkel Kreon, der König von Theben ist und buchstäblich über Leichen geht, um seine Macht zu festigen. Lies es einfach. Ist ja nicht so lang.«
Ich nicke und lege das gelbe Büchlein zur Seite. Dann zeigt Julian mir noch den Stoff der anderen Kurse. Obwohl wir nur wenige Kurse gemeinsam haben, hat er sich die Mühe gemacht, meine Lehrer abzuklappern und mir die Unterlagen zu besorgen. Natürlich ist es viel zu viel Zeug, um es in ein paar Tagen aufholen zu können, aber ich bin ihm trotzdem dankbar, dass er das für mich getan hat. Wir kämpfen uns gerade durch die Mathezettel, als das Telefon klingelt. Ich zucke zusammen und blättere mich weiter durch den Ordner.
»Willst du nicht rangehen?« Julian sieht mich fragend an.
Ich schüttele schnell den Kopf. »Nicht so wichtig.«
Ich sehe Julian an, dass er irritiert ist. Das Telefon klingelt weiter und ich zähle stumm mit. Dreimal, viermal. Bitte hör auf, bete ich. Bitte bitte hör auf zu klingeln.
»Da ist aber jemand hartnäckig.« Julian zählt offensichtlich auch mit.
»Na und?« Ich versuche, möglichst uninteressiert zu wirken. »Der wird auch wieder auflegen. Ich hab jetzt keine Lust zu telefonieren.«
Julian zuckt mit den Schultern und greift nach der Formelsammlung, die auf dem Bett liegt. Das Telefon klingelt immer noch. Und wenn es meine Mutter ist? Ich halte es nicht länger aus und springe auf. Wer immer hier anruft, hat es jetzt bestimmt schon sieben- oder achtmal klingeln lassen.
»Vielleicht meine Mutter.« Ich hoffe, dass Julian nicht hört, wie

sehr meine Stimme zittert, und gehe schnell in den Flur. Das Telefon liegt auf der Kommode und klingelt immer noch. Ich greife nach dem Hörer, drücke auf die grüne Taste und presse ihn mir ans Ohr.

»Kira Berger?«, flüstere ich. Bitte, bitte, lass es meine Mutter sein, bete ich in Gedanken.

Erst höre ich nichts. Dann ein Knacken. Und dann nur ein Wort. Ein Flüstern: »Schneewittchen.«

Danach ein leises Lachen. Und wieder ein Klicken. Dann Stille. Es macht ein hässliches krachendes Geräusch, als der Telefonhörer auf die Fliesen fällt.

14.

»Du musst zur Polizei gehen.« Diesen genialen Vorschlag unterbreitet mir Julian jetzt bestimmt schon zum dritten Mal. »Die können vielleicht rausfinden, wer das ist. Eine Fangschaltung legen oder so.«
Ich schüttele den Kopf. »Du hast eindeutig zu viele Krimis geguckt. Gar nix werden die machen. Die glauben mir doch sowieso kein Wort.«
Seit mindestens einer halben Stunde redet Julian jetzt auf mich ein. Nachdem ich das Telefon auf die Fliesen habe krachen lassen und er mich zitternd im Flur gefunden hat, versucht er, mich zu überzeugen. Ich habe ihm von den mysteriösen Anrufen erzählt. Und ich habe ihm auch die Mail gezeigt. Und mein T-Shirt. *Schwarz wie Schnee...*
Julian hatte keine Ahnung, warum mich da jemand immer Schneewittchen nennt, aber er kannte das T-Shirt.
»Das hast du manchmal in der Schule angehabt«, hat er gesagt. »Aber dort hat dich niemand so genannt. Nicht dass ich wüsste jedenfalls.«
Und er fand sofort, das Ganze sei ein Fall für die Polizei. Es hat mich ziemlich viel Mühe gekostet, ihn davon zu überzeugen, dass das keine gute Idee ist. Aber ich muss nur an die beiden Polizisten in meinem Krankenhauszimmer denken und weiß, dass ich von dieser Seite überhaupt keine Hilfe erwarten kann.
»Bevor ich der Polizei etwas erzähle, will ich erst rausfinden, was hier gespielt wird«, flüstere ich und zerknülle das Taschentuch in meiner Hand. »Ich meine, ich habe keine Ahnung, was

hier abläuft, aber wenn die Polizei recht hat und ich tatsächlich irgendetwas mit Drogen am Hut hatte, wüsste ich das gerne, bevor andere es mitkriegen. Ich weiß ja nicht mal, ob ich zu den Guten oder den Bösen gehöre«, versuche ich einen Scherz.

»Sehr witzig.« Julian ist nicht wirklich überzeugt, verspricht mir aber, zunächst nichts zu unternehmen und abzuwarten. Ich hoffe einfach, er vergisst den Vorfall möglichst schnell wieder. Zum Glück habe ich ihm nichts von Jenny und Tammy erzählt, denke ich, als er sich endlich wieder verabschiedet. Die will ich mir jetzt nämlich ganz alleine vorknöpfen. Ich bin mir ziemlich sicher, dass ich von Jenny einiges über meine früheren Freunde erfahren kann. Wie hat sie noch mal den Typen genannt, an den ich mich wenden sollte? Tarek? Nach wie vor bin ich fest davon überzeugt, diesen Namen noch nie gehört zu haben. Erst hatte ich überlegt, ob ich Julian nach diesem Tarek fragen sollte, aber dann habe ich es gelassen.

Ich stehe in meinem Zimmer am Fenster und sehe Julian nach, wie er auf sein Motorrad steigt und davonfährt. Es hat sich so gut angefühlt, ihn hierzuhaben. So richtig irgendwie. Als er mich im Flur völlig aufgelöst gefunden hat, hat er seinen Arm um mich gelegt. Ich streiche über die Stelle auf meiner Schulter, die seine Hand berührt hat. Schlag ihn dir aus dem Kopf, Kira! Julian wollte einfach nur nett sein. Und er hat den Auftrag mit den Hausaufgaben von eurer Deutschlehrerin bekommen, das hat er doch selbst gesagt. Von alleine wäre er sicher niemals auf die Idee gekommen, dich zu besuchen. Wir waren vor dem Unfall keine Freunde. Und werden es vermutlich auch danach nicht sein. Ich lehne meinen Kopf an die kühle Fensterscheibe. Erst jetzt merke ich, wie sehr mein Gesicht glüht. Warum hatte ich in der Schule keine Freunde? War ich wirklich so eine Einzelgängerin, wie Julian das vorhin behauptet hat? Und wer

waren diese Freunde, mit denen er mich angeblich manchmal gesehen hat?
Ich presse meinen Kopf fester gegen die Scheibe, sodass es fast wehtut, und wünsche mir, dass der Schmerz all die Fragen in mir vertreibt. Aber das tut er nicht. Die Fragen gehen nicht weg. Sie kreisen nur weiter in meinem Kopf, immer weiter und immer schneller, bis ich es kaum noch aushalte. Warum kann es nicht einfach aufhören? Wenn ich mich schon an nichts aus meiner Vergangenheit erinnern kann, warum kann ich nicht einfach nur in der Zukunft leben? Julian ist nett, es gibt sicher noch mehr nette Leute in der Schule oder sonstwo. Egal was war, warum kann ich nicht einfach von vorne anfangen? Weil deine Vergangenheit dich einholt, flüstert die Stimme in mir. Weil sie dich immer wieder einholt, ganz egal, wie schnell du vor ihr davonläufst. Aber ich weiß ja nicht mal, vor was ich eigentlich davonlaufe, will ich schreien.
Meine Hände wischen über die Fensterbank. Immer wieder. Von rechts nach links. Von links nach rechts. So als ob ich alles, was mich quält, einfach wegwischen könnte. Ich greife zu dem Bücherstapel auf meinem Schreibtisch und fange an, ihn der Größe nach zu sortieren. Dann wische ich mit dem zerknüllten Taschentuch in meiner Hand über den Laptop, über die Schreibtischplatte, gehe weiter zur Pinnwand, schiebe die wenigen Zettel daran zurecht, wische über meinen Nachttisch und fange an, mein Bett aufzuschütteln. Und gleichzeitig stehe ich neben mir und schaue mir zu bei dem, was ich da mache. Ordnung. Aufräumen. Endlich. Alles muss ordentlich sein. Nichts darf herumliegen. Ich schiebe die Blätter zusammen, die Julian auf meinem Bett ausgebreitet hat, trage alles zum Schreibtisch und fange wieder an, die Sachen der Größe nach zu stapeln. Das kleine Reclamheft lege ich ganz obenauf. *Antigone*. Ich nehme es wieder an mich und schlage es auf. Irgendwo. Lese. Verstehe

nichts. Lese weiter. Stocke. *Hat ein Mensch die Freude geopfert, heiß ich es kein Leben mehr, er ist lebendig tot.* Ich lese den Satz noch mal. *Hat ein Mensch die Freude geopfert …* – habe ich die Freude geopfert? Aber wem? Oder für was? – *… er ist lebendig tot.* Ich fühle, wie das Zittern zurückkommt. *Lebendig tot.* Irgendwo habe ich einmal gelesen, wenn man aufhört zu träumen, fängt man an zu sterben. Und wenn man aufhört, sich zu erinnern? Ist man dann schon tot? Ist das Leben nicht die Summe unserer Erinnerungen? Ich werfe das gelbe Büchlein auf den Schreibtisch, als ob ich mich daran verbrannt hätte. So geht das nicht weiter! Ich muss etwas unternehmen. Wenn ich vor meiner Vergangenheit nicht davonlaufen kann, dann werde ich ihr entgegengehen. Ich gehe in die Küche, greife mir die Reste des Zettels, den ich heute Morgen vor unserer Tür gefunden habe, packe alles in einen Plastikbeutel, stopfe den Schlüssel in meine Jeans und verlasse die Wohnung.

Ein Stockwerk tiefer klingele ich. Das ist die Tür, die bei meiner Ankunft hier so plötzlich zugeknallt worden ist. Ich bin mir ziemlich sicher, dass Jenny hier wohnt. Ich lege meinen Finger ein zweites Mal auf den Klingelknopf, dann höre ich ein Schlurfen hinter der geschlossenen Tür, dann ein Kratzen, ein Schaben. Jemand guckt durch den Spion, vermute ich. Ich warte, bemühe mich, möglichst neutral zu gucken.

Die Tür wird geöffnet, ein Mann in einem weißen Unterhemd mustert mich von oben bis unten. Ich bin mir sicher, dass ich ihn noch nie gesehen habe.

»Bist du nicht die Berger aus dem dritten?«, fragt er mürrisch, noch bevor ich etwas sagen kann. Dabei schaut er mich an, als ob er mir die Tür am liebsten sofort wieder vor der Nase zuknallen würde. Ich nicke. Schlucke. Hole Luft. Räuspere mich.

»Ist Jenny da? Ich meine –« Ich versuche, an ihm vorbei ins

Innere der Wohnung zu gucken. »Kann ich bitte mit Jenny sprechen?«
»Ist nicht da«, bellt er und zieht sich wieder in den Flur zurück. »Und hat mit Leuten wie dir auch nichts zu schaffen.« Dann knallt er die Tür wirklich zu. Zumindest wohnt sie also hier.
Mit Leuten wie mir. Ich fühle, wie die Gänsehaut über meinen Rücken kriecht. *Du wolltest mit niemandem von uns etwas zu tun haben,* hat Julian gesagt. War das jetzt die Quittung dafür? Ich klingele noch mal. Warte. Nichts. Aber so schnell gebe ich nicht auf. Lege den Finger wieder auf den Klingelknopf, als die Tür erneut aufgerissen wird.
»Was willst du noch?« Das Unterhemd schreit mich jetzt an. »Verschwinde! Meine Tochter ist nicht da. Und für dich sowieso nicht zu sprechen. Es reicht, dass die Polizei einmal bei uns war. Ein zweites Mal wird das nicht wieder vorkommen. Also hau endlich ab! Sonst mach ich 'ne Anzeige. Wegen Belästigung.«
Ich zucke zurück, bevor mich seine Hand berühren kann, mit der er mich offensichtlich wegstoßen will. Mit so viel Hass habe ich nicht gerechnet. Für einen kurzen Moment überlege ich, ihm die Papierschnipsel unter die Nase zu halten, die ich aus Jennys Botschaft gemacht habe. Aber dann lasse ich es. Vermutlich ist es keine gute Idee, ihrem Vater zu erzählen, dass sie mich um Drogen angebettelt hat. Und so wie es aussieht, würde er mir auch sowieso nicht glauben.
»Wissen Sie, wo Tammy wohnt?«, frage ich stattdessen.
Misstrauisch sieht er mich an. »Warum willst du das wissen?« Ich suche fieberhaft nach einer Ausrede. Mir fällt keine ein. Dann fällt sein Blick auf die Papierfetzen in meiner Hand und ich nicke. »Ich muss ihr nur was zurückgeben«, sage ich und halte die Tüte hoch, obwohl das wahrscheinlich nicht gerade überzeugend wirkt.

»Erster Stock, Wischnewski«, knurrt er. »Aber lass meine Tochter aus dem Spiel!«
»Ja klar, vielen Dank«, beeile ich mich zu sagen und drehe mich um zur Treppe.
Vor der Wohnungstür von Wischnewski das gleiche Spiel. Ich drücke den Klingelknopf, hinter der Tür erst ein Schlurfen, dann das Geräusch, das jemand macht, der sich die Nase hinter dem Spion platt drückt. Ich gucke wieder möglichst unbeteiligt und warte darauf, dass die Tür geöffnet wird. Aber das passiert diesmal nicht. Ich klingele noch mal. Bin mir ganz sicher, dass jemand zu Hause ist. Ich habe doch die Geräusche hinter der Tür gehört. Aber die Tür bleibt verschlossen. Als auch nach dem dritten Klingeln niemand öffnet, gebe ich auf. Ich muss die beiden irgendwo anders abfangen. Sie können sich ja nicht ewig in ihren Wohnungen verschanzen.
Mir fällt ein, dass Jenny bei unserer ersten Begegnung zum Rauchen nach draußen gegangen ist. Spätestens wenn die Nikotinsucht wieder zuschlägt, kann ich sie unten bei den Containern treffen, überlege ich.

Ich gehe zurück in unsere Wohnung, trage die Papierschnipsel in mein Zimmer. Dort schütte ich sie auf meinen Schreibtisch, schiebe sie so lange hin und her, bis man den Text wieder lesen kann, und starre auf die Buchstaben, bis sie vor meinen Augen verschwimmen.
Vergiss nicht, dass wir warten.
Wie könnte ich das vergessen? Nur wäre es hilfreich gewesen, auch zu erfahren, worauf genau die beiden warten.
Ich ziehe meine Listen hervor, die ich heute Morgen angefangen habe. Dann füge ich alles hinzu, was Julian mir erzählt hat:
Unterführung
Clique

Einzelgänger
Schule schwänzen
Ich lese meine Listen wieder und wieder. Notiere alles, woran ich mich erinnern kann. Auch dass Julian Kurssprecher ist und wir früher offensichtlich nicht befreundet waren, notiere ich. Was ich nicht aufschreibe, ist das Gefühl, das ich hatte, als seine Hand meine berührte. Oder als er seinen Arm um mich gelegt hat. Vergiss Julian, sage ich mir immer wieder. Du warst völlig durcheinander von diesem Telefonanruf. Deshalb hat dir seine Umarmung gutgetan. Nur deshalb. Er hat es dir doch selbst gesagt. Ihr wart nicht befreundet.
Meine Hand wandert wieder zu der Stelle, die Julian berührt hat. Ich wünschte, er wäre noch hier und ich könnte weiter mit ihm reden. Aber wenn ich tatsächlich in irgendwelche krummen Sachen verwickelt bin, wenn Jenny und Tammy tatsächlich recht haben und ich irgendetwas mit Drogen zu tun hatte vor meinem Unfall, dann bin ich vermutlich so ziemlich die Letzte, mit der jemand wie Julian befreundet sein will.
Ich stehe auf und gehe zum Fenster. Bei den Müllcontainern ist niemand zu sehen. Und meine Gedanken drehen sich weiter im Kreis.

15.

»Bist du dir sicher, dass du das schaffst?«
Die Besorgnis in der Stimme meiner Mutter verwirrt mich. Und gibt mir gleichzeitig zum ersten Mal, seit ich wieder zu Hause bin, ein Gefühl von Geborgenheit.
Bis heute dachte ich immer nur, dass ihr alles viel zu langsam geht, dass ich mir zu wenig zutraue, sie sich zu sehr gefordert fühlt als Mutter. Zum ersten Mal seit dem Unfall ist es umgekehrt. Sie wirkt ehrlich besorgt.
»Klar schaffe ich das. Du hast mir doch alles aufgeschrieben.«
Zum Beweis halte ich den Zettel hoch, auf dem meine Mutter notiert hat, mit welchen Busverbindungen ich in meine Schule komme und wie die Straßen heißen, die ich entlanglaufen muss. Erster Schultag heute für mich. Eigentlich wollte meine Mutter mich hinbringen und auch wieder abholen, damit sie sicher sein kann, dass ich die Schule auch finde, aber ihre Freundin fehlt immer noch im Studio und deswegen konnte sie sich heute nicht freinehmen.

Als die Haustür hinter mir ins Schloss fällt, bleibe ich einen Moment stehen und atme tief die kalte Luft ein. Die Bushaltestelle ist nur ein paar Meter von unserem Wohnblock entfernt. Ich habe mir den Weg gestern schon angeschaut. Die Abfahrtzeiten hingen ja an meiner Pinnwand. Und auch das Umsteigen würde ich hinkriegen.
Von Jenny und Tammy habe ich in den letzten beiden Tagen nichts mehr gehört oder gesehen. Vielleicht haben sie aufgege-

ben, überlege ich und bin mir gleichzeitig ziemlich sicher, dass sie das niemals tun würden. Aber auch der mysteriöse Anrufer hat mich in Ruhe gelassen. Keine weiteren Schneewittchen-Anrufe mehr, kein minutenlanges Telefonklingeln. Auch Mails habe ich keine mehr bekommen, nur Julian hat zwischendurch einmal geschrieben und sich erkundigt, wie es mir geht. Ich habe versucht, mir so viel wie möglich von den Schulunterlagen, die er mir mitgebracht hat, anzusehen. Die Lernerei hat mir gutgetan. Wenigstens für ein paar Stunden konnte ich mal an etwas anderes denken als an meinen Unfall und dessen Folgen. Vielleicht kann ich ja doch einfach ein neues Leben anfangen, überlege ich und freue mich tatsächlich auf die Schule. Schließlich werde ich Julian wiedersehen. Gleich in den ersten beiden Stunden haben wir zusammen Deutsch.

Ich hänge mir meinen Rucksack über die Schulter und schlage den Weg zum Bus ein. Es ist noch dunkel so früh am Morgen, die spärliche Außenbeleuchtung zwischen den Häusern flackert und die Luft ist jetzt doch unangenehm kalt und feucht. Ich zerre den Reißverschluss meiner Winterjacke so weit es geht zu und ziehe das Halstuch, das ich in meinem Schrank gefunden habe, bis hoch unter die Nase. Schulbeginn vor Sonnenaufgang sollte echt verboten werden.

Der Bus füllt sich von Station zu Station mehr und ich bin dankbar, dass ich noch einen Sitzplatz ergattern konnte. Verstohlen beobachte ich meine Mitfahrer, besonders die, die offensichtlich auch zu irgendwelchen Schulen unterwegs sind. Ob ich jemanden wiedererkenne? Aber kein Gesicht kommt mir auch nur annähernd bekannt vor und auch mich scheint niemand zu kennen. Zumindest nimmt niemand im Bus Notiz von mir. Die meisten dösen nur müde vor sich hin, nur ein paar Jungs, viel jünger als ich, schubsen und rempeln sich im Gang und fallen immer wieder über ihre Schultaschen und Rucksäcke, die sie auf dem Boden abgestellt haben. Endlich erreichen wir den Busbahnhof, an dem ich noch mal in einen Schulbus umsteigen muss. Wenn meine Mutter recht hat, ist es nur noch eine kurze Strecke, die ich im Sommer auch bequem zu Fuß gehen kann.

»Du musst nur unter der Unterführung an der Hauptstraße durch und dann bist du auch schon fast da«, hat sie gesagt. Zum Glück hat sie nicht gemerkt, wie ich bei dem Wort *Unterführung* zusammengezuckt bin.

Ob das die gleiche Unterführung ist, die Julian erwähnt hat? Ob ich dort die Leute treffe, mit denen ich vor meinem Unfall befreundet war?

Am liebsten würde ich sofort zu Fuß in die Schule gehen und mir diese Unterführung einmal anschauen. Aber es ist immer noch nicht wirklich hell, mir ist ehrlich langsam richtig kalt und viel Zeit bis zum Beginn der ersten Stunde ist auch nicht mehr. Ich verschiebe meinen Plan auf einen späteren Zeitpunkt und gehe hinüber zum Schulbus, der schon abfahrbereit wartet.

Als ich vor dem riesigen Schulgebäude stehe, fühle ich mich plötzlich ganz klein und mickrig. Rechts und links überholen mich die Schüler und rennen zu ihren Klassenräumen. Ein Pärchen steht knutschend vor dem großen Tor in der Kälte und kann sich offensichtlich nicht trennen. Ich gucke auf meinen Zettel, in welchen Raum ich jetzt gehen soll.

Ich betrete die Schule und orientiere mich kurz. Fast alle Schüler streben der breiten Treppe mitten in der Eingangshalle zu. Die Klassen- und Kursräume scheinen sich in den oberen Stockwerken zu befinden. Den Wegweisern an der Wand nach zu urteilen sind im Erdgeschoss das Sekretariat, das Lehrerzimmer und die Büros der Schulleitung untergebracht. Weiter hinten kann ich noch so etwas wie eine Cafeteria erkennen. Ich reihe mich in den Strom der Schüler ein und lasse mich von dem Pulk ebenfalls die Treppe hochschieben.

Im ersten Stock gucke ich noch mal auf meinen Zettel mit der Nummer des Klassenraums, als mir jemand freundschaftlich auf die Schulter schlägt.

»He, Kira, da bist du ja. Schön dich zu sehen! Ich wollte dich schon im Bus abfangen, aber den habe ich knapp verpasst.«

Julian. Bei seinem Anblick durchflutet mich sofort wieder dieses Gefühl von Wärme, das ich schon letzte Woche in meinem Zimmer hatte, als er meine Hand berührte.

»Hi, Julian«, antworte ich und hoffe, dass mein Gesicht nicht so rot wird, wie es sich anfühlt. »Gut, dass ich dich treffe, ich habe nämlich überhaupt keine Ahnung, wo ich hier hingehen muss.«

»Wir sind gleich da drüben, komm mit, ich glaube, die anderen sind schon reingegangen.«

Ich folge Julian zu einem Klassenraum weiter hinten im Gang. Tatsächlich steht die Tür weit offen und die Schüler scheinen sich schon im Raum versammelt zu haben. Kurz vor der Tür bleibe ich stehen.

»Was ist?« Julian bleibt ebenfalls stehen und sieht mich fragend an.

Ich schüttele den Kopf. Wie soll ich ihm erklären, was los ist? Ich habe Angst. Das ist alles. Ich habe Angst, wieder niemanden zu erkennen und gleichzeitig lauter Menschen zu begegnen, die aber umgekehrt ein Bild von mir haben. Die mich in irgendeine Schublade gesteckt haben, von der ich nicht einmal weiß. Die wissen, wer ich bin, und die vor allem wissen, wer ich *war*, ohne dass ich selbst das weiß. Und ohne dass ich die geringste Ahnung habe, wer *sie* sind.

»Na komm schon.« Julian zieht mich sanft am Arm. »Wir beißen nicht.«

»Da hat Julian tatsächlich recht«, höre ich eine Stimme hinter mir und fahre herum. Von hinten nähert sich eine junge Frau mit einem Stapel Bücher unter dem Arm. Das muss Frau Scholz sein, unsere Deutschlehrerin.
»Hallo, Kira, schön, dass du wieder da bist. Ich würde dir zur Begrüßung ja gerne die Hand geben, aber wie du siehst –« Sie zuckt bedauernd die Schultern und hebt die Bücher in ihren Armen etwas höher.
Ich nicke nur und beeile mich, gemeinsam mit Julian in den Kursraum zu kommen.
Das Stimmengewirr, das uns eben noch entgegengeschlagen ist, verstummt sofort, als ich den Raum betrete. Sämtliche Augenpaare sind neugierig auf mich gerichtet. Am liebsten würde ich auf der Stelle umdrehen und davonlaufen, aber Frau Scholz ist schon hinter mir in den Raum gekommen und irgendjemand hat die Tür bereits geschlossen. Meine Deutschlehrerin lässt ihre Bücher auf den Lehrertisch fallen und wendet sich den anderen zu.
»Wie ihr seht, ist Kira wieder bei uns. Sie leidet immer noch an den Folgen ihres schweren Unfalls. Also nehmt bitte ein bisschen Rücksicht auf sie, ja? Kira, setz dich einfach erst mal auf deinen Platz und hör uns zu. Julian hat dir ja den aktuellen Lektürestoff vorbeigebracht, oder?«
Ich nicke schnell. »*Antigone*«, murmele ich. »Ich habe es schon gelesen.«
»Prima.« Frau Scholz scheint sich ehrlich zu freuen. »Dann kannst du ja gleich mitdiskutieren.«
Unschlüssig sehe ich mich im Raum um. Wenn ich wüsste, wo mein Platz war, hätte ich mich auch hinsetzen können.
Du hast meistens alleine gesessen, hat Julian gesagt. Ganz hinten sehe ich noch einen leeren Tisch. Ich will gerade auf ihn zusteuern, als ich sie sehe.
Mein Herzschlag setzt für einen Moment aus. Vor meinem

inneren Auge erscheint das Foto von meiner Pinnwand. Weißblonde Haare. Raspelkurz. Sie starrt mich an und aus ihren Augen schlägt mir blanker Hass entgegen. Ich will etwas sagen, denke an das Foto, auf dem ich einen Arm um ihre Schulter gelegt habe. Wir müssen einmal Freundinnen gewesen sein. Zumindest, bevor ich ihr auf dem Bild die Augen ausgestochen habe. Warum kann ich mich nicht an sie erinnern? Weil du dich an gar nichts erinnern kannst. Die Stimme in meinem Kopf ist wieder da. Meine Hände zittern, meine Kopfhaut fängt an zu kribbeln und ich habe Angst, dass ich gleich mitten im Klassenraum in Tränen ausbreche. Bilde ich mir das ein oder kann sie sehen, wie schlecht es mir gerade geht? Ich habe das Gefühl, ein hämisches Grinsen auf ihren Lippen entdeckt zu haben.
»Du kannst dich zu mir setzen.« Julian zupft mich am Ärmel und zieht mich zu sich. Erst jetzt bemerke ich den freien Stuhl neben ihm. Dankbar lasse ich mich darauf sinken und versuche meinen Blick von diesem blonden Mädchen loszureißen.
Ich habe damit gerechnet, dass sich hier niemand sonderlich für mich interessiert. Dass sie mich hassen würden, damit habe ich nicht gerechnet.
Ich schaffe es kaum, dem Unterricht zu folgen. Stattdessen lasse ich meinen Blick durch den Raum wandern und betrachte jeden einzelnen meiner Mitschüler. Ich zähle siebzehn Schüler, mit mir sind wir achtzehn. Niemand beachtet mich. Alle sind eifrig damit beschäftigt, Sophokles' Tragödie zusammen mit Frau Scholz zu zerpflücken. Nur zwei Mädchen interessieren sich offensichtlich gar nicht für den Unterricht und spielen unter dem Tisch mit ihren Handys herum. Zu mir guckt überhaupt niemand mehr. Nur die Blonde dreht sich immer mal wieder um und betrachtet mich giftig.
»Wer ist das?«, flüstere ich Julian zu, als er ihren Blick einmal bemerkt.

Sandra, schreibt er auf einen Zettel und schiebt ihn mir zu. Sandra? Das Mädchen, mit dem ich laut Julian Zoff hatte? Was weiß er darüber?
Warum starrt sie mich so an?, will ich wissen und schiebe den Zettel wieder zu ihm zurück.
Aber er zuckt nur mit den Schultern. »Keine Ahnung. Weiß ich auch nicht«, flüstert er. Ich bin mir nicht sicher, ob ich ihm glauben kann.
Ab und zu erhasche ich doch den neugierigen Blick eines anderen Mitschülers, aber meistens drehen sie sich sofort wieder weg und versuchen, völlig desinteressiert zu gucken. Dann halt nicht, denke ich. Ich fühle, wie sich in mir so etwas wie Trotz breitmacht. Ich habe euch offensichtlich früher nicht gebraucht und ich brauche euch auch jetzt nicht!
Dann versuche ich, mich endlich auf den Unterricht zu konzentrieren, aber ich bin ehrlich heilfroh, als es klingelt und Frau Scholz uns in die große Pause entlässt.
»Kommst du mit nach draußen?«, fragt Julian und greift nach seiner Jacke.
Von hinten rempelt mich jemand an, sodass ich das Gleichgewicht verliere und gegen Julian falle.
»He, pass doch auf!«, fährt Julian einen Jungen mit kurzen roten Haaren und Sommersprossen im Gesicht an, der sich ohne Entschuldigung an mir vorbeischiebt und nach draußen rennt.
»Ich weiß nicht.« Ich schlüpfe ebenfalls in meine Jacke. Die Berührung mit Julian hat mich getroffen wie ein Stromstoß. Aber er hat anscheinend nichts davon mitbekommen und das ist mir auch ganz recht so. Ich habe wirklich keine Ahnung, was ich jetzt machen soll. Sandra hat den Raum schon verlassen, nicht ohne mir vorher noch einen wütenden Blick zuzuwerfen. Von den anderen hat sich nicht ein Einziger noch mal zu mir umgedreht. Genauso gut hätte ich gar nicht da sein können.

»Ich glaube, ich muss mal«, murmele ich und schiebe mich an Julian vorbei. »Ich komm dann nach.«
Es dauert einen Moment, bis ich die Toiletten gefunden habe. Als ich endlich im Mädchenklo bin, schließe ich mich in einer Kabine ein und lasse mich erschöpft auf den Klodeckel sinken. Ich hatte Angst davor, mich lächerlich zu machen, wenn ich niemanden meiner Mitschüler wiedererkenne, und jetzt das: Nicht einer hat mich gefragt, wie es mir geht oder wie ich klarkomme.
Ich zwinge mich, aufzustehen und die Toilette zu verlassen. An den Waschbecken bleibe ich noch einmal stehen. Ich lasse Seife auf meine Hände laufen und halte sie unter den Wasserstrahl. Das warme Wasser tut mir gut, erst jetzt merke ich, wie kalt mir die ganze Zeit gewesen ist. Ich hebe den Blick und sehe in den Spiegel. Die Narbe über meinem Auge leuchtet immer noch blassrot. Du siehst aus wie ein Zombie, denke ich und will gerade wieder den Blick senken, als Sandra neben mich tritt. Erschrocken zucke ich zusammen. Mit ihr habe ich hier nicht gerechnet. Wütend funkeln ihre Augen mich im Spiegel an.
Jetzt oder nie, denke ich. Ich schließe kurz die Augen, nur um sie gleich darauf wieder zu öffnen. Sandra steht immer noch neben mir und starrt mein Spiegelbild an.
»Warum bist du so wütend?«, frage ich sie und sehe zufrieden, wie jetzt sie zusammenzuckt. Offensichtlich hat sie nicht geglaubt, dass ich sie einfach anspreche.
»Warum bist du zurückgekommen?«, fragt sie statt einer Antwort und sofort schlägt mir das Herz bis zum Hals.
»Wie bitte?«, stammele ich und ärgere mich darüber, dass meine Stimme so dünn klingt. »Was hast du eben gesagt?«
Sie funkelt mich wütend an. »Du hättest nicht zurückkommen sollen!«, faucht sie mich an. »Kein Mensch hat dich hier vermisst. Ich am allerwenigsten.«

Entgeistert starre ich sie an.
»Kannst du mir bitte sagen, was ich dir getan habe?« Viel mehr als ein Flüstern bringe ich nicht zustande. Meine Kehle ist wie zugeschnürt. In meinem Hals stecken wieder die Glassplitter, die mir schon im Krankenhaus immer die Luft zum Atmen genommen haben. »Ich kann mich an nichts mehr erinnern, nicht an dich und nicht daran, ob ich dir irgendwas getan habe.«
Das blonde Mädchen neben mir schüttelt nur den Kopf.
»Ich hasse dich«, stößt sie hervor. »Und ich wünschte, du wärst gar nicht erst wieder aufgewacht. Schneewittchen.«
Dann dreht sie sich um und läuft aus dem Raum. Ich starre ihr mit offenem Mund hinterher. Meine Hände klammern sich an den Rand des Waschbeckens. Alles um mich herum fängt an, sich zu drehen. Ich muss hier raus. Ich kriege keine Luft mehr. Mein Hals fühlt sich an, als ob etwas quer in ihm stecken und mich am Atmen hindern würde. Ich will schreien, aber heraus kommt nur ein hilfloses Gurgeln. Zum Glück bin ich alleine im Raum, die anderen hätten mich sonst vermutlich für komplett durchgeknallt gehalten. Ich zwinge mich, langsamer zu atmen. Keine Panik!, befehle ich mir immer wieder. Keine Panik. *Schneewittchen,* hämmert es in meinem Kopf. Sandra hat mich *Schneewittchen* genannt. Ich hole tief Luft und dann stürze ich los. Renne aus dem Klo, stürze den Gang entlang. Renne jeden über den Haufen, der mir im Weg steht.
»He, was soll das?« Jemand, über den ich fast gestolpert wäre, stößt mich zur Seite.
»Entschuldigung!« Ich stolpere weiter und halte Ausschau nach Sandras weißblondem Haarschopf. Es hat gerade geklingelt, die meisten Schüler kommen mir bereits wieder entgegen. Immer noch kann ich Sandra nirgendwo entdecken. Dann, plötzlich, sehe ich weiter hinten in der Menge ihr leuchtend blondes Haar. Ich kämpfe mich mit den Ellenbogen durch die Schüler, die mir

im Weg stehen. Wütende Rufe begleiten meinen Weg, aber darauf kann ich jetzt keine Rücksicht nehmen. Endlich habe ich Sandra erreicht. Ich packe sie an der Schulter und reiße sie zu mir herum.
»Warum hast du mich ›Schneewittchen‹ genannt?«, schreie ich ihr ins Gesicht. Und starre in die völlig verwirrten Augen eines Jungen. Mist. Die Haarfarbe stimmt zwar, aber das ist auch alles. Von Sandra ist weit und breit nichts zu sehen.

Es kostet mich ziemlich viel Überwindung, auch noch die anderen Schulstunden abzusitzen. Am liebsten würde ich einfach abhauen und nach Hause fahren. Zum Glück treffe ich Sandra weder in Bio noch in Mathe wieder. Auch Julian ist wie vom Erdboden verschluckt, zumindest haben wir offensichtlich keinen der beiden Kurse zusammen, sodass ich die restlichen Schulstunden jeweils alleine an einem der hinteren Tische sitze. Das Interesse meiner Mitschüler an mir ist auch in diesen Kursen gleich Null. Irgendwann habe ich auch keine Lust mehr, sie weiter zu beobachten, und versuche stattdessen, dem Unterricht zu folgen. Mathe stellt sich tatsächlich als ganz spannend heraus, und sogar meinem Mathelehrer fällt auf, dass ich mich ehrlich bemühe, mitzuarbeiten.
»Ich freue mich darüber, dass dein Unfall anscheinend deine mathematischen Denkblockaden gelöst hat«, kommentiert er einen Beitrag von mir. Soll vermutlich witzig sein, ein paar aus dem Kurs kichern auch, mir entlockt sein Spruch aber nicht mal ein müdes Grinsen. Keine Ahnung, wie ich früher in Mathe war. Mir fallen die Zettel ein, die ich aus meinem Collegeblock herausgerissen habe. Danach zu urteilen fand ich Mathe früher höchstens langweilig. Heute bin ich dankbar für die Ablenkung, die mich immerhin davon abhält, völlig durchzudrehen.

Am Schulbus treffe ich Julian endlich wieder.
»He, wo warst du denn vorhin die ganze Zeit? Ich habe in der Pause auf dich gewartet.« Sein Bedauern klingt echt.
»Tut mir leid, ich wurde von jemandem angequatscht. Und dann war die Pause irgendwie auch schon wieder rum.«
»Soll das heißen, du hast dich an jemanden erinnert?«
Es tut weh, so viel Hoffnung in Julians Stimme zu hören.
Traurig schüttele ich den Kopf. »Nicht wirklich. Aber zumindest hat mal jemand mit mir gesprochen. Auf dem Mädchenklo«, füge ich hinzu, als ich seinen neugierigen Blick sehe. Mehr will ich ihm dazu im Moment nicht sagen. Erst mal muss ich den verbalen Überfall von Sandra selbst verdauen, bevor ich mit Julian darüber reden kann. Ich will ihn einfach nicht tiefer in die ganze Sache hineinziehen als unbedingt nötig. Nicht bevor ich selbst nicht weiß, was hier eigentlich gespielt wird.
Zusammen steigen wir in den Bus, der diesmal so voll ist, dass wir beide stehen müssen. In einer scharfen Kurve falle ich in Julians Arme und sofort durchströmt mich wieder dieses Gefühl von Geborgenheit und der Wunsch danach, einfach von ihm festgehalten zu werden. Gleichzeitig weiß ich vor lauter Verlegenheit nicht, wo ich hingucken soll. Ich bete, dass er mir nicht ansieht, wie sehr ich mich nach seiner Berührung sehne. Ich will das nicht. Und trotzdem freue ich mich über jeden noch so winzigen Körperkontakt. Aber ich kann mir im Moment kein Gefühlschaos leisten. Mein Verstand ist so schon kaum zu gebrauchen und ich will erst wissen, was hier vor meinem Unfall wirklich passiert ist, bevor ich auch nur daran denken kann, mich in jemanden zu verlieben. Aber mein Körper fühlt sich zu Julian hingezogen und ich bin vollkommen machtlos dagegen.
Am Busbahnhof trennen sich unsere Wege. Julian muss mit einem anderen Bus als ich weiterfahren.

»Wo wohnst du eigentlich?«, frage ich ihn und er nennt mir einen Stadtteil, der mir absolut nichts sagt. Keine Bilder, die vor meinem inneren Auge entstehen, keine Erinnerungen. Aber damit ich habe auch nicht wirklich gerechnet.
»Wollen wir uns morgen gleich hier treffen?« Julian zeigt auf das Haltestellenschild für den Schulbus und spricht aus, was ich denke. Erleichtert nicke ich.
»Klar, gerne.« Dann steige ich in meinen Bus, der mich wieder zurück nach Hause bringt.

Sie steht zwischen den Containern.
Bald.
Nur ein paar Minuten noch.
Sie tritt von einem Fuß auf den anderen, um die Kälte zu vertreiben.
Sie hat schon viel zu lange gewartet.
Die eisige Luft kriecht nicht nur unter die Jacke. Sie kriecht auch unter die Haut. Lässt ihre Hände zittern und ihren Atem schneller gehen.
Es wird Zeit, das zu beenden.
An alles hatte sie gedacht, aber ihren Körper hatte sie vergessen.
Aber der vergisst nicht. Und wehrt sich.
Aber gleich wird sie das Tier wieder besänftigen.
Und alles wird gut.

16.

Es ist ein seltsames Gefühl, von der Bushaltestelle nach Hause zu laufen. Diesen Weg bist du in deinem Leben schon viele hundert Male gegangen, sage ich mir, und doch kommt dir nicht ein einziger Schritt bekannt vor. Trotzdem macht sich in mir zum ersten Mal so etwas wie ein Gefühl von Heimkommen breit, spätestens als ich an dem Supermarkt vorbeikomme, in dem ich die Zutaten für meinen Kuchen gekauft habe. Jeder Schritt in die Zukunft bringt mir eine weitere Erinnerung für meine Vergangenheit. Eine Vergangenheit, die mit dem Aufwachen im Krankenhaus anfängt.
Über den Kuchen haben meine Mutter und ich nie wieder gesprochen. Erst war ich enttäuscht, aber inzwischen bin ich froh, dass sie den Vorfall nicht mehr erwähnt hat. Auch sonst reden wir kaum noch. Es scheint, als hätten wir ein stillschweigendes Übereinkommen getroffen, uns möglichst aus dem Weg zu gehen. Mir ist das im Moment ganz recht so. Ich habe die Enttäuschung, die aus jedem ihrer Sätze und sogar aus ihren Blicken sprach, nicht mehr ausgehalten. Ich konnte es nicht mehr ertragen, dass sie mir ständig das Gefühl gab, ihr mit meinem Gedächtnisverlust nur etwas vorzuspielen. Seit wir kaum noch miteinander reden, ist die Stimmung zwischen uns zwar nicht freundschaftlicher, aber doch erträglicher geworden. Da meine Mutter sowieso den ganzen Tag im Nagelstudio ihrer Freundin arbeitet, sehen wir uns erst am späten Nachmittag wieder, was die Sache doch sehr vereinfacht.

Ich fummele meinen Schlüssel aus dem Rucksack und schließe die Haustür auf. Ein Blick in den Briefkastenschlitz zeigt mir, dass wir keine Post bekommen haben. Die Werbezeitungen auf dem Fußboden unter den Briefkästen beachte ich schon gar nicht mehr. Ich behalte den Schlüssel in der Hand, während ich die Stufen zum dritten Stock in Angriff nehme. Inzwischen ist mein Bein so gut verheilt, dass ich fast normal Treppen steigen kann. Nach wie vor fühle ich mich aber durch die Spione in den anderen Wohnungstüren beobachtet. Daran werde ich mich wohl nie gewöhnen. Vor unserer eigenen Wohnungstür verschnaufe ich kurz, bevor ich sie aufschließe.
Für einen Moment stelle ich mir vor, meine Mutter würde mit einem Mittagessen auf mich warten. Ich bilde mir ein, den Geruch von frischen Pfannkuchen oder dampfender Gemüsesuppe in der Nase zu haben. Ob sie das früher manchmal gemacht hat? Mittagessen gekocht, wenn ich von der Schule kam? Kann ich mich daran erinnern? Oder entspringen diese Gerüche nur meiner Wunschvorstellung von einem Zuhause, das ich niemals hatte?
Heute ist jedenfalls niemand hier, der mit einem Essen auf mich wartet. Ich ziehe meine Jacke aus und hänge sie an die Garderobe.
Pass bloß auf den Schlüssel auf, hat meine Mutter mir eingetrichtert, *es hat mich fünfzehn Euro gekostet, den nachmachen zu lassen.*
Offensichtlich war mein eigener Wohnungsschlüssel nach dem Unfall spurlos verschwunden. Vermutlich liegt er irgendwo im Wald zwischen den Bäumen, überlege ich, während ich den neuen Schlüssel im Flur auf die Kommode lege. Zum ersten Mal denke ich bewusst an die Unfallstelle und frage mich, wie es dort jetzt wirklich aussehen mag. Ich habe zwar immer noch ab und zu die Bilder von den schwarzen Bäumen im Kopf, die aus

dem gefrorenen Schnee ragen, aber tatsächlich gesehen habe ich die Unfallstelle nicht. Als man mich gefunden hat, war ich schon lange bewusstlos und bin auch erst Tage später im Krankenhaus wieder aufgewacht.
Der Schnee dürfte inzwischen selbst dort im Wald geschmolzen sein, und zum ersten Mal verspüre ich den Wunsch, mir die Unfallstelle einmal anzuschauen. Vielleicht kann ich Julian bitten, mit mir dort rauszufahren, überlege ich, während ich meine Schuhe ausziehe und wegräume.
Ich nehme meinen Rucksack, um ihn in mein Zimmer zu bringen. Für einen Moment zögere ich. Kurz glaube ich, ein Geräusch gehört zu haben. Ist doch jemand in der Wohnung? Ist meine Mutter zu Hause? Die Härchen an meinen Unterarmen stellen sich auf, mich überläuft ein Frösteln.
»Mama?« Ich lausche angestrengt, aber niemand antwortet. Meine immer noch angespannten Nerven haben mir offensichtlich wieder einmal einen Streich gespielt, es ist niemand da. Wer außer meiner Mutter sollte auch da sein?, beruhige ich mich und drücke entschlossen die Klinke zu meinem Zimmer hinunter. Ich werfe den Rucksack neben meinen Schreibtisch und klappe den Laptop auf, um ihn hochzufahren. Wieder überkommt mich dieses eigenartige Gefühl, nicht alleine in der Wohnung zu sein. Ich spüre, wie sich die Gänsehaut weiter auf meinen Armen ausbreitet, und sehe mich im Zimmer um. Nichts.
Jetzt hör auf, rumzuspinnen!, rufe ich mich zur Ordnung. Deine Mutter hat dir doch heute Morgen selbst gesagt, dass sie den ganzen Tag arbeiten muss. Und wer sonst sollte in der Wohnung sein? Ich atme tief durch und mache mich auf den Weg in die Küche, um nach etwas Essbarem zu suchen. Beladen mit einer Schüssel Cornflakes und einem Glas Milch kehre ich in mein Zimmer zurück. Mit dem Tablett in der Hand werfe ich

einen Blick durch die Jalousien nach draußen. Auch dort ist nichts zu sehen. Die Container stehen stumm und verlassen, niemand drückt sich zwischen ihnen herum und schaut zu meinem Fenster. Vermutlich habe ich mir auch das neulich nur eingebildet. Sicher hat nur irgendjemand Müll in die Container gebracht, sich kurz ausgeruht und dabei zufällig genau zu meinem Zimmer hochgeguckt, beruhige ich mich und nehme mein Tablett, das ich halb auf der Fensterbank abgestellt hatte, um mich auf mein Bett zu setzen. Kein Wunder, dass meine Mutter sich Sorgen macht, ich sollte mal wirklich langsam mit diesem Verfolgungswahn aufhören. Als ich mich umdrehe, fällt mein Blick auf mein Nachtschränkchen und für einen kurzen Moment setzt mein Herzschlag aus. Die Schublade ist halb herausgezogen. So als ob jemand etwas gesucht und dann vergessen hätte, sie wieder zuzuschieben. Ich weiß genau, dass ich heute Morgen nichts aus meinem Nachttisch gebraucht habe. Bei dem Gedanken daran, dass meine Mutter meine Sachen durchwühlt hat, steigt Wut in mir hoch. Was hoffte sie in der Schublade zu finden? Und warum hat sie diese einfach offen stehen lassen? Ich fühle, wie sich die schlechte Laune in mir ausbreitet wie ein blöder Geschmack, den man nicht runterschlucken kann. Glaubt meine Mutter mir etwa immer noch nicht? Denkt sie, ich würde irgendetwas vor ihr verstecken? Verheimlichen? Was wollte sie in meinem Zimmer, und vor allem, was hat sie in meinen Schränken gesucht? Jetzt sehe ich, dass auch eine Schublade meiner Kommode ein Stückchen herausgezogen und ganz offensichtlich durchwühlt worden ist. Ein Paar Socken liegt neben der Kommode auf dem Fußboden. Das Herz schlägt mir inzwischen bis zum Hals. War das wirklich meine Mutter, die mein Zimmer durchsucht und in diesem Zustand zurückgelassen hat? Aber wer sollte es sonst gewesen sein?
Die Müslischale auf meinem Tablett fängt an zu klappern,

meine Hände zittern vor Wut so sehr, dass ich das Tablett kaum noch festhalten kann. Meine Mutter glaubt nach wie vor, dass ich ihr nur etwas vorspiele! So viel wird mir jetzt klar. Und sie hat versucht, dafür Beweise in meinem Zimmer zu finden. So muss es gewesen sein. Ich mache einen weiteren Schritt auf mein Bett zu, um das Tablett dort abzustellen, bevor ich noch die ganze Milch verschütte, die schon bedenklich in dem Glas schwappt.

Mein Blick gleitet suchend durch mein Zimmer, aber außer den beiden halb offenen Schubladen kann ich weiter nichts Ungewöhnliches feststellen. Für einen kurzen Moment überlege ich, ob nicht doch ich selbst es gewesen sein könnte, die heute Morgen in der Hektik ihre Schränke nicht richtig geschlossen hat. Vielleicht hast du es ja nur vergessen, flüstert die Stimme in mir. Du vergisst doch auch sonst alles.

Aber ich weiß doch noch genau, wie ich mich angezogen und meine Sachen gepackt habe. Ich war überhaupt nicht an den beiden Schubladen, beantworte ich mir meine Frage selbst. Dann kann es tatsächlich nur deine Mutter gewesen sein, flüstert die Stimme in mir und ich fühle, wie die Wut zurückkommt.

Dann fällt mein Blick auf den Sessel. Im selben Moment können meine Hände das Tablett nicht mehr halten. Es kippt sanft nach vorne und ich beobachte, wie erst das Glas umfällt und auf dem Boden zerschellt und dann die Schüssel mit den Cornflakes fast in Zeitlupe vom Tablett rutscht und ebenfalls klirrend auf dem Boden aufschlägt. Zu meinen Füßen bildet sich eine Pfütze aus Milch, weiße Milch tropft in meinen Kopf und wird dort zu Eis. Das Eis in mir zerspringt zu tausend Scherben, der Spiegel zeigt mir nur mein eigenes erstauntes Gesicht mit weit aufgerissenen Augen, die auf die Stelle vor meinem Sessel starren.

Dort liegt mein Hase, mein Plüschtier, nicht mehr ganz weiß, schon ein bisschen abgegriffen. Er liegt vor dem Sessel auf dem Fußboden, rechts und links von ihm liegt etwas, das auf den ersten Blick aussieht wie Schnee, erst auf den zweiten Blick erkenne ich, dass es Watte ist. Weiß wie Schnee, rot wie Blut, schießt es mir durch den Kopf. Und dann schreie ich.

Jemand hat meinem Plüschhasen von oben bis unten den Bauch aufgeschlitzt und ihn dann achtlos auf den Fußboden geworfen.

17.

Ich stürme aus meinem Zimmer und renne ins Wohnzimmer. Ich stolpere, fange mich an der Wand ab, laufe weiter. Das Herz schlägt mir bis zum Hals, mein Atem geht nur noch stoßweise, hinter mir höre ich wieder dieses Geräusch, ich sehe die Bäume an der Seite, höre das Rauschen des Flusses, als ich mich unter die Wolldecke auf dem Sofa verkrieche. Ich rolle mich zusammen, kneife die Augen zu, um den Sturz nicht sehen zu müssen, meine Arme schlinge ich schützend um meinen Kopf, in meinen Ohren flüstert eine Stimme: *Schneewittchen*.

Das Kaninchen aus *Alice im Wunderland* erscheint vor meinem inneren Auge. *Zu spät, viel zu spät*, ruft es und hoppelt aufgeregt an mir vorbei und erst auf den zweiten Blick sehe ich seinen aufgeschlitzten Bauch. Ich schreie und drücke meinen Kopf tiefer in das Sofakissen.

Warum hat sie das getan? Warum hat meine Mutter das getan? Was hat sie gesucht?

Bist du dir wirklich sicher, dass es deine Mutter war, die deinem Hasen den Bauch aufgeschlitzt hat? Die Stimme in meinem Kopf hört nicht auf, mich zu verhöhnen, mich auszulachen für meine Dummheit, für meine Unfähigkeit, die Dinge so zu sehen, wie sie tatsächlich sind.

Du hättest nicht zurückkommen sollen. Die Erinnerung an Sandras Worte trifft mich wie ein Faustschlag in den Magen. Ich krümme mich zusammen, sehe wieder den offenen Bauch des Hasen, aber diesmal ist es keine Watte, die daraus hervorquillt, sondern etwas Rotes tropft auf den hellen Boden und versickert

im Schnee. Blut. *Rot wie Blut, Schneewittchen,* flüstert es in meinem Kopf.
Aber wie sollte Sandra in unsere Wohnung gekommen sein? Und wann sollte sie das gemacht haben? Sie war doch mit mir zusammen in der Schule. Zumindest bis zur großen Pause. War sie dann wirklich hierhergefahren? Und wenn ja, warum? Auch wenn ihr Hass mich zutiefst erschreckt hat, verwerfe ich den Gedanken, Sandra könnte sich Zutritt zu meinem Zimmer verschafft haben, sofort wieder.
Aber welchen Grund hätte meine Mutter, so etwas zu tun? Warum sollte meine Mutter mein Zimmer durchwühlen, meine Sachen zerstören und dann alles so liegen lassen? Sie muss doch wissen, dass ich komplett durchdrehe, wenn ich meinen Hasen so finde.
Vielleicht will sie genau das, flüstert die Stimme in mir. Vielleicht will sie, dass du durchdrehst, dass du nicht mehr weißt, was du tust, dass du den Verstand verlierst. Aber warum sollte sie das wollen? Sie ist doch meine Mutter, schreie ich der Stimme in mir entgegen.
Ich drücke die Fäuste gegen meine Schläfen, fest, immer fester, ich schlage dagegen, erinnere dich endlich, werd wach und erinnere dich! Sandra kann nicht hier in der Wohnung gewesen sein, es muss meine Mutter sein, die das alles mit mir macht, aber warum?
Warum, warum, warum?
Ich höre auf, gegen meinen Kopf zu schlagen.
Panikattacken, höre ich die Stimme meines Arztes, *du bildest dir die Gefahr nur ein. Da ist nichts. Alles nur Einbildung. Trink ein Glas kaltes Wasser, dann hört es auf.*
Und wenn du es doch selbst getan hast? Die Stimme in meinem Kopf gibt nicht auf. Wenn du selbst dein Zimmer durchwühlt und etwas gesucht hast? Vielleicht hast du es nur vergessen …

Ich zittere immer noch am ganzen Körper. Das zumindest bilde ich mir nicht ein. Habe ich mir die geöffneten Schubladen nur eingebildet? War der aufgeschlitzte Plüschhase ebenfalls nur Einbildung? Langsam krieche ich unter der Decke hervor, stelle meine Füße auf den Boden. Zwinge mich, vom Sofa aufzustehen.
Du gehst jetzt zurück in dein Zimmer, befehle ich mir wie einem kleinen Kind. Nimm dich zusammen. Da ist nichts außer ein paar halb aufgezogenen Schubladen. Gar nichts. Mein Atem geht flach und schnell, ich zwinge mich, langsamer zu atmen. Und selbst wenn dein Hase zerstört sein sollte, es ist nur ein Plüschhase, ein Stofftier, ein Spielzeug. Kein Grund, so durchzudrehen. Egal, was deine Mutter gesucht hat, es wird für das alles eine Erklärung geben. *Falls* meine Mutter etwas gesucht hat, komme ich der Stimme in meinem Kopf zuvor. Wer sonst sollte es gewesen sein?, fragt sie höhnisch zurück.
Ich höre mein ersticktes Schluchzen, setze langsam einen Fuß vor den anderen. Meine Beine wollen mir kaum gehorchen, ich sehe den langen Flur vor mir, ganz hinten die offene Tür meines Zimmers, mache den nächsten Schritt, mein Blick fällt in den Spiegel über der Kommode, ich sehe meine aufgerissenen Augen, die Narbe über der Augenbraue, meine Lippen flüstern stumm irgendwelche Beschwörungen, meine Hände zittern.
Jetzt hör endlich auf, durchzudrehen!, befehle ich mir. Ich sehe das Telefon auf der Kommode stehen, bete, dass es jetzt nicht anfängt zu klingeln, gehe langsam weiter und erreiche tatsächlich irgendwann mein Zimmer. Ich atme tief durch, schließe die Augen und stoße die Tür noch ein wenig weiter auf.
Das Erste, was ich sehe, ist mein Nachttisch. Die Schublade ist geschlossen. Meine Hand liegt auf dem Türgriff, meine Finger fühlen sich an, als ob sie blankes Eis berühren würden.
Vorsichtig mache ich einen Schritt ins Zimmer, drehe mich zur

Kommode um. Auch hier sind alle Schubladen geschlossen, nichts liegt auf dem Boden. Absolut nichts. Noch bevor ich zu meinem Sessel hinübersehe, weiß ich, was ich dort finden werde.

Der Plüschhase liegt unversehrt über der Sessellehne. Keine Watte auf dem Fußboden, kein aufgerissener Bauch, nichts.

Nur meine Cornflakes schwimmen in einer Lache aus Milch auf dem Boden, Glas- und Porzellansplitter sind überall verstreut, wo mir das Tablett aus der Hand gerutscht ist.

Ich spüre, wie ich den Boden unter den Füßen verliere, wieder falle, immer tiefer falle, da ist kein Halt, das Rauschen des Flusses kommt immer näher, ich spüre, wie etwas Feuchtes über mein Gesicht läuft, auf meine Hände tropft, und erst nach einer Weile wird mir bewusst, dass ich weine. Meine Beine geben nach, ich sinke auf mein Bett, als ich plötzlich etwas höre, ein kurzes Klicken nur, wie das Zufallen einer Tür. Ich springe wieder auf, stürme in den Flur, aber da ist nichts, absolut nichts.

Ich bin alleine.

Werde ich jetzt endgültig verrückt? Ich höre Geräusche, die es nicht gibt, sehe Dinge, die nicht da sind. Aber an das, was wirklich passiert ist, kann ich mich immer noch nicht erinnern.

Ich gehe in die Küche, suche einen Lappen, einen Handfeger und eine Kehrschaufel, trage alles hinüber in mein Zimmer und fange an, den Fußboden zu säubern. Ich wische und wische, die Cornflakes sind inzwischen aufgeweicht und kleben hartnäckig am Boden fest, der Handfeger tropft bald von süßer Milch, die Scherben lassen sich nur mühsam zusammenfegen. Ich greife wieder nach dem Lappen, als mich ein Schmerz zusammenzucken lässt. Ich starre auf meine Hand, sehe den Glassplitter zwischen Daumen und Zeigefinger. Vorsichtig ziehe ich ihn heraus und beobachte das Blut, das sofort aus der Wunde läuft und auf den Fußboden tropft. *Rot wie Blut, Schneewittchen.*

Der Schnitt ist nicht groß, trotzdem starre ich wie hypnotisiert auf die roten Tropfen, und es dauert einen Moment, bis ich in der Lage bin, aufzustehen und mir im Bad ein Pflaster zu suchen.

Endlich sieht mein Fußboden wieder einigermaßen sauber aus. Zum ersten Mal bin ich froh, dass ich keinen Teppichboden habe. Ich bringe die Utensilien zurück in die Küche, den vollgesogenen Lappen werfe ich einfach weg, bevor ich mich noch einmal an irgendwelchen Glassplittern schneide. Den Handfeger spüle ich unter dem Wasserhahn aus und lege ihn dann zum Trocknen in die Spüle.

Von der ganzen Putzerei und dem Schreck mit dem Glassplitter bin ich völlig erschöpft, schleppe mich zu meinem Schreibtisch, starre auf meinen Laptop und überlege, ob ich Julian eine Mail schreiben soll. Aber was soll ich ihm sagen? Dass ich mir eingebildet habe, jemand hätte mein Zimmer halb verwüstet, aber doch eigentlich alles in Ordnung ist? Dass die einzige, die alles verwüstet und durcheinanderbringt, ich bin mit meinen immer neuen Panikattacken und Einbildungen?

Und dann? Dann wird auch Julian mich für völlig durchgeknallt halten und will ganz sicher nichts mehr mit mir zu tun haben. Ich öffne das Mailprogramm gar nicht erst und klappe auch meinen Laptop wieder zu. Ich habe ehrlich überhaupt keine Ahnung, was ich jetzt machen soll.

Neben meinem Laptop sehe ich den Collegeblock, in dem ich meine verschiedenen Listen angefangen habe. Ich schiebe den Laptop ein Stück von mir weg, um Platz für meine Notizen zu schaffen. Ich fasse einen Entschluss. Ich werde alles, was ich eben gesehen habe, wenigstens aufschreiben. Egal, ob ich mir die offenen Schubladen oder den Hasen nur eingebildet habe,

es hat sich auf jeden Fall vollkommen real angefühlt, und wenn ich irgendein Muster finden will, gehören diese Erlebnisse genauso auf meine Listen wie die Mülltonnen, die nur in meinem Kopf existieren.
Ich greife nach dem Block, um ihn zu mir rüberzuziehen, da fällt mein Blick auf meinen Schreibtisch.
Ich kneife die Augen zusammen, frage mich, warum ich das nicht schon früher gesehen habe.
Tarek
Dort, wo mein Laptop eben noch stand, hat jemand den Namen Tarek in die Schreibtischplatte gekratzt. Habe *ich* den Namen Tarek in die Schreibtischplatte gekratzt, verbessere ich mich sofort. Neben dem Namen sehe ich ein Herzchen, fein säuberlich mit Edding gemalt, darunter eine Nummer. Vielleicht seine Handynummer?
Auch mein Handy ist seit dem Unfall spurlos verschwunden, vermutlich ebenfalls in den Fluss gestürzt oder irgendwo unter dem Schnee vergraben. Ich starre auf den Namen. *Kiras Lover* hat Jenny ihn genannt. Erst jetzt fällt mir auf, dass ich diesen Tarek vollkommen verdrängt hatte. *Du hattest keinen Freund,* hat meine Mutter gesagt und ich habe ihr geglaubt.
Ich ziehe meinen Collegeblock zu mir heran und fange an, meine Listen zu vervollständigen. Den Namen Tarek schreibe ich ebenfalls auf. Sosehr ich mich auch bemühe, ein Bild von ihm finde ich immer noch nicht in meinem Kopf.

Ich sitze immer noch am Schreibtisch und starre auf meine Listen, als ich höre, dass meine Mutter nach Hause kommt. Was soll ich ihr erzählen? Was soll ich sie fragen? Plötzlich kommt mir alles, was ich heute erlebt habe, so unrealistisch vor. Soll ich ihr wirklich sagen, dass ich mir eingebildet habe, jemand wäre in meinem Zimmer gewesen? Und dann? Soll ich wieder die Enttäuschung in ihren Augen aushalten, wenn sie begreift, dass mein Kopf mir nach wie vor Streiche spielt und sich mein Gesundheitszustand von Tag zu Tag eher verschlechtert, statt sich zu verbessern? Ich ertrage das nicht und beschließe, ihr nichts von alldem zu erzählen. Nicht von den aufgerissenen Schubladen, nicht von dem aufgeschlitzten Plüschtier und auch Sandras verbalen Angriff auf dem Mädchenklo beschließe ich lieber für mich zu behalten.

»Hallo, Schatz, wie war dein Tag?«
Meine Mutter steht hinter mir, legt mir eine Hand auf die Schulter. Sie hat mich *Schatz* genannt, immerhin, registriere ich. Ich klappe schnell den Collegeblock zu und drehe mich zu ihr um.
»Ganz okay und bei dir?«
Sie zuckt mit den Schultern. »Viel zu tun. Es wird Zeit, dass Nina wieder gesund wird. Alleine sind die Termine kaum noch zu schaffen. Wie war es in der Schule? Bist du klargekommen?«
»Ja. Alles prima.« Ich erschrecke selbst darüber, wie glatt mir diese Lüge über die Lippen kommt. »Ich konnte sogar schon ein bisschen mitarbeiten. Und jetzt muss ich gleich Hausaufgaben machen.«
Zum Glück fragt sie nicht weiter nach. Ich weiß nicht, ob es Desinteresse ist, oder ob sie einfach nur froh ist, dass ich nicht gleich in irgendwelche Schwierigkeiten geraten bin, aber wie mein Vormittag in der Schule wirklich verlaufen ist, will meine Mutter offensichtlich überhaupt nicht wissen.
Kurz überlege ich, ihr von Sandra zu erzählen und sie vor allem zu fragen, ob Sandra schon mal hier bei uns zu Hause war und also weiß, wo ich wohne. Aber ich verwerfe den Gedanken sofort wieder. Ich will meine Mutter nicht unnötig aufregen. Und wenn ich von Sandra anfange, müsste ich ihr auch erzählen, was Sandra auf dem Klo zu mir gesagt hat. Also sage ich

gar nichts und beuge mich stattdessen wieder über meine Unterlagen.
Ich höre, wie meine Mutter das Zimmer verlässt. An der Tür bleibt sie noch einmal stehen.
»Ich mach mir einen Kaffee, möchtest du auch etwas? Hast du schon was gegessen?«
Ich will ihr gerade sagen, dass ich keinen Hunger habe, aber da fällt mir ein, dass sie in der Küche den nassen Handfeger finden wird. Deshalb erzähle ich ihr lieber gleich, dass mir mein Mittagessen hier auf den Fußboden geknallt ist. »Ich bin gestolpert«, schließe ich meine Erklärung und zeige ihr gleich auch das Pflaster auf meiner Hand, wo mir der Glassplitter die Haut aufgerissen hat.
Meine Mutter wirft nur einen kurzen Blick auf meine Hand, wenigstens fragt sie nicht weiter nach. »Es ist noch Toastbrot da, komm einfach in die Küche, wenn du Hunger hast.« Mit diesen Worten dreht sie sich um und lässt mich endlich allein.
Erleichtert will ich mich nun tatsächlich meinen Hausaufgaben zuwenden, da fällt mir ein, dass ich sie ja wegen Tarek fragen wollte. Es kann nicht sein, dass ich einen Freund hatte und meine Mutter überhaupt nichts davon wusste!
Ich folge ihr in die Küche. In der offenen Küchentür bleibe ich kurz stehen und beobachte, wie sie Kaffeepulver in den Filter gibt und Wasser in die Maschine füllt.
Sie muss mich gehört haben, denn plötzlich dreht sie sich zu mir um. »Na, doch Hunger?«, fragt sie und lächelt sogar ein bisschen.
Ich schüttele nur stumm den Kopf. Überlege einen Moment, ob ich besser wieder gehen soll, um die Stimmung nicht kaputt zu machen. Aber dann siegt meine Neugier. Ich muss wissen, wer dieser Tarek ist.
»Kann ich dich was fragen?« Ich sehe, wie sie zusammenzuckt,

wie ihr Lächeln sofort wieder verschwindet, als hätte sie nur aus Versehen gelächelt und müsste aufpassen, dass ihr das Lächeln nicht abhandenkommt.

»Ja sicher, was gibt es denn?« Sie klingt, als ob sie sich bereits darauf einstellen würde, jederzeit davonzulaufen, stelle ich fest und mache einen Schritt weiter in die Küche hinein.

»Ich habe einen Namen gefunden«, fange ich an. »In meinem Zimmer«, füge ich schnell hinzu, als ich sehe, wie sie fragend eine Augenbraue hochzieht.

»Einen Namen? Was für einen Namen?« Sie dreht sich von mir weg, der Kaffee ist fertig durchgelaufen. Sie schaltet die Maschine ab und nimmt sich eine Tasse aus dem Schrank.

»Tarek.«

Ich höre, wie sie die Tasse mit einem lauten Klirren abstellt. Aber sie dreht sich nicht um.

»Ich habe den Namen unter meinem Laptop gefunden«, sage ich zu ihrem Rücken und beobachte, wie sie ihre Schultern strafft. »Und neben dem Namen ist ein Herzchen. War Tarek mein Freund?«

Am liebsten würde ich sie packen und zwingen, sich zu mir umzudrehen. Ich hasse es, die ganze Zeit nur mit ihrem Rücken zu sprechen. Ich sehe, wie sie den Kopf schüttelt, warte darauf, dass sie mir antwortet, aber meine Mutter bleibt stumm.

Ich balle die Hände wieder zu Fäusten. Warum macht sie das? Ich lasse mich auf einen Küchenstuhl sinken und beobachte, wie sie sich einen Kaffee einschenkt, bevor sie sich mir endlich zuwendet.

Es kostet mich unendlich viel Mühe, sie nicht einfach anzuschreien.

»Kannst du mir bitte sagen, wer dieser Tarek ist?«, versuche ich es noch einmal. Meine Mutter stöhnt und setzt sich zu mir an den Tisch.

»Niemand«, antwortet sie.
Ich starre sie an.
»Ich habe seinen Namen in meine Schreibtischplatte geritzt. Neben seinen Namen habe ich ein Herzchen gemalt. Es kann nicht sein, dass Tarek *niemand* für mich war.« Ich sehe, wie sie zusammenzuckt und merke erst jetzt, dass ich lauter geworden bin. »War Tarek mein Freund? Vor dem Unfall meine ich?«
Meine Mutter schüttelt schnell den Kopf. »Nein, nicht dein Freund. Ich meine, du hattest keinen Freund, das habe ich dir doch schon gesagt.« Sie gießt Milch in ihren Kaffee und fängt an, ihn umzurühren.
»Aber das Herzchen ...«, wende ich ein.
Meine Mutter antwortet mir nicht mehr, die ganze Zeit starrt sie nur in ihren Kaffee und rührt und rührt. Ich bin kurz davor, ihr den Löffel einfach aus der Hand zu schlagen. Stattdessen hole ich tief Luft und stehe auf.
»Wenn du mir nicht sagst, wo ich diesen Tarek finde, dann muss ich ihn eben alleine suchen. Jenny und Tammy kennen ihn ja offensichtlich auch.«
»Nein, bitte!« Sie hält mich am Arm fest. In ihren Augen lese ich zum ersten Mal so etwas wie Angst.
»Warum nicht? Wer ist dieser Tarek? Was weißt du über ihn?«
Meine Mutter seufzt und starrt wieder in ihren Kaffee.
»Nicht viel jedenfalls. Ich weiß, dass du mal für ihn geschwärmt hast. Du hast ihn irgendwo kennengelernt und mir erzählt, wie toll er aussieht. Mehr weiß ich nicht. Ehrlich nicht«, fügt sie hinzu, als sie die Zweifel in meinen Augen sieht.
»Und was ist so schlimm daran? Warum willst du nicht, dass ich mich an ihn erinnere?«
»Ich will einfach nur nicht, dass du enttäuscht wirst«, sagt sie leise. »Versteh das doch: Du hast für diesen Türken geschwärmt, aber er hat dich links liegen gelassen.«

»Tarek ist Türke?«
Meine Mutter nickt nur. »Ja, ich glaube schon. Oder Kroate. Irgendein Ausländer halt. Aber er hat sich nie für dich interessiert. Es war nur eine Schwärmerei, Kira. Lass einfach die Finger von diesem Typen. Bitte!«
Irgendetwas in mir sagt mir, dass meine Mutter mir nicht die Wahrheit sagt. Aber ich spüre auch, dass ich im Moment nicht mehr von ihr erfahren werde. Ich nicke nur und wende mich zum Gehen.
»Kira?«
»Ja?« In der Tür drehe ich mich noch einmal um.
Aber sie schüttelt nur den Kopf und sagt nichts mehr. Enttäuscht verlasse ich die Küche und gehe zurück in mein Zimmer. Ich werde diesen Tarek finden. Ganz egal, ob meiner Mutter das passt oder nicht. Und dann werde ich erfahren, warum ich seinen Namen in meinen Schreibtisch geritzt habe.

»Was willst du hier?«
»Ist Tarek da?«
Der Große mit der schiefen Nase schüttelt den Kopf.
Sie ist erleichtert.
Es ist besser, ihm nicht über den Weg zu laufen.
»Kannst du mir was besorgen?«
»Warum sollte ich?«
»Bitte! Ich bezahle auch.«
»Wie viel willst du? Und warum fragst du ihn nicht selbst?«
Sie gibt ihm keine Antwort. Auf keinen Fall darf Tarek erfahren, dass sie hier war.
»Bitte! Das muss unter uns bleiben.«
Der Große nickt und stopft die Geldscheine in seine Jeans.

18.

Als ich aus dem Bus steige, sehe ich Julian schon von Weitem vor der Haltestelle stehen. Obwohl ich ein schlechtes Gewissen bekomme, verstecke ich mich zwischen den vorbeilaufenden Menschen und warte, bis er endlich in den Schulbus einsteigt. Ich kann ihn bei dem, was ich jetzt vorhabe, nicht gebrauchen. Es versetzt mir einen Stich, als ich ihn da jetzt so nach mir Ausschau halten sehe, aber es geht einfach nicht. Ich muss das hier alleine erledigen. Für Julian ist dabei kein Platz.
Suchend sieht er sich immer wieder um, und erst als der Schulbus schon seinen Motor anwirft und nur noch ein paar Nachzügler angerannt kommen, gibt Julian auf und steigt ebenfalls ein. Ich warte noch, bis der Bus den Parkplatz verlassen und sich in den Verkehr eingefädelt hat, ehe ich aus meinem Versteck hervorkomme. Jetzt kann ich den Platz gefahrlos überqueren, ohne von Julian entdeckt zu werden.
Es tut mir leid, dass ich ihn versetzt habe, aber ich will heute zu Fuß in die Schule gehen. Ich will den Weg durch die Unterführung benutzen und herausfinden, wo ich diesen Tarek treffen kann.
Ich habe die halbe Nacht wach gelegen und gegrübelt. Mein Gefühl sagt mir, dass meine Mutter mir nicht die ganze Wahrheit erzählt hat. Aus irgendeinem Grund will sie nicht, dass ich zu den Menschen aus meiner Vergangenheit wieder Kontakt aufnehme. Warum sonst sollte mich mit meinen Fragen nach den Mädchen aus unserem Haus oder auch nach Tarek so im Regen stehen lassen?

Ich weiß nicht, warum sie das macht, aber fest steht, dass ich endlich wissen will, was hier eigentlich gespielt wird, und dass ich die Nase voll davon habe, mich weiter in meinem Zimmer zu verstecken und vor mysteriösen Anrufern oder Mailschreibern davonzulaufen. Was auch immer in meiner Vergangenheit passiert ist, kann nicht so schlimm gewesen sein wie meine dauernde Panik und meine Gespenster. Das hoffe ich zumindest.
Ich muss an den aufgeschlitzten Plüschhasen denken, den ich mir eingebildet habe. Ich habe meiner Mutter nichts davon erzählt, aus lauter Angst, sie könnte mich sonst zurück in die Klinik bringen. Aber mir ist klar geworden, dass ich endlich herausfinden muss, was wirklich vor meinem Unfall passiert ist und warum mein Kopf so hartnäckig jede Erinnerung daran verweigert.
Es wird einen Grund haben, dass ich Tareks Namen zusammen mit einem Herzchen auf meinem Schreibtisch verewigt habe, und diesen Grund will ich jetzt herausfinden.
Ich laufe in Richtung der großen Kreuzung, die man zwar auch mithilfe mehrerer Fußgängerampeln überqueren kann, bequemer ist es jedoch, die paar Stufen zur Unterführung hinunterzulaufen und dann unterirdisch auf die andere Straßenseite zu gehen.
Vielleicht liegt es daran, dass es noch nicht richtig hell ist, dass die meisten Fußgänger anscheinend doch den Weg über die Ampeln bevorzugen, jedenfalls bin ich weit und breit die Einzige, die die Treppe nach unten benutzt. Ein bisschen mulmig ist mir doch, als ich jetzt die schmutzigen, feuchten Stufen hinuntersteige. Einen Moment habe ich das Gefühl, dass jemand hinter mir ist.
Hör endlich auf mit deinem Verfolgungswahn!, beschimpfe ich mich selbst und laufe schneller.

In der Unterführung flackern kaputte Neonröhren. Die Wände sind gefliest, allerdings ist von den beigegelben Kacheln kaum noch etwas zu erkennen, weil sie komplett mit irgendwelchen Graffitis vollgesprayt sind. Ich ziehe meine Jacke ein bisschen fester um meine Schultern. Vielleicht war es doch keine so gute Idee, so früh an einem Wintermorgen in dieser Unterführung nach irgendwelchen verschütteten Erinnerungen zu suchen. Plötzlich bereue ich meine Neugier und will nur noch so schnell wie möglich wieder raus hier.

Es ist kalt und riecht muffig, in einer Ecke liegen ein paar Plastiktüten und ein gammliger Schlafsack. Ob hier unten tatsächlich Menschen übernachten? Obdachlose? Ein bellendes Husten lässt mich zusammenzucken, und ich sehe, wie sich jemand in dem Schlafsack bewegt. Vor Schreck fangen meine Beine an zu zittern und ich muss mir auf die Lippen beißen, um nicht aufzuschreien.

Dem beißenden Geruch nach zu urteilen, der mir in die Nase steigt, benutzen die Obdachlosen die Unterführung auch gleichzeitig als ihre Toilette.

Von irgendeiner Clique, die ich gekannt haben könnte, ist hier weit und breit nichts zu sehen. Vielleicht sind sie nur nach der Schule hier. Vielleicht muss ich diesen Tarek auch ganz woanders suchen. Ich beschließe, am Nachmittag noch einmal bei Jenny zu klingeln. Sie hat seinen Namen zum ersten Mal erwähnt, sie wird mir sagen können, wo ich ihn finde.

Ich will nur noch raus hier. Außerdem ist da wieder dieses unsinnige Gefühl, jemand könnte hinter mir her sein.

Lauf!, flüstert die Stimme in mir.

Ich habe meinen Blick fest auf den Boden geheftet, als sich plötzlich links von mir eine schwere Eisentür öffnet und mir jemand in den Weg tritt.

Ich schreie auf und bleibe stehen.

Die Tür mit der Aufschrift *Zur Tiefgarage* habe ich überhaupt nicht gesehen. Mit einem Krachen, das hier unten besonders laut hallt, fällt sie wieder ins Schloss.
Vor mir stehen mehrere Jungs. Erst zähle ich vier, dann sehe ich, dass es fünf sind. Sie tragen alle die gleichen dunklen Jacken und haben alle ihre Hände in den Taschen vergraben. Was wollen die von mir?
Unwillkürlich greife ich nach den Riemen meines Rucksacks und will mich an ihnen vorbeischieben. Vielleicht lassen sie mich einfach gehen, wenn ich sie gar nicht weiter beachte.
»Schneewittchen, Schneewittchen, willst du nicht wenigstens Guten Tag sagen?«
Mein Herzschlag setzt für einen Moment aus. Ich bleibe stehen und starre den Sprecher entsetzt an. Er ist groß. Ein ganzes Stück größer als ich. Seine schwarzen Haare trägt er kurz rasiert, sein Gesicht sieht gut aus, überraschend gut, stelle ich fest. Er hat breite Schultern, wirkt sportlich, durchtrainiert, wie er da so vor mir steht, die Hände in den Taschen seiner Jacke. Am auffälligsten sind seine Augen, die mir in einem tiefen Schwarz entgegenleuchten.
Auch wenn ich überhaupt keine Erinnerungen an diesen Jungen habe, weiß ich doch sofort, wer da vor mir steht.
»Tarek«, flüstere ich und spüre, wie meine Hände anfangen zu zittern. Das ist er also, der Junge, dessen Namen ich in meine Tischplatte geritzt habe, denke ich. Der es nicht mag, wenn man ihm ins Handwerk pfuscht. Tarek, dessen Namen ich mit einem Herzchen verziert habe. Beruhige dich, Kira, hör auf zu zittern.
»Tarek«, sage ich noch einmal.
Der zieht nur eine Augenbraue hoch, bevor er sich an die anderen wendet.
»Was sagt ihr dazu? Schneewittchen hat mich also doch nicht vergessen.«

Die anderen lachen und rücken ein bisschen dichter an mich heran. Ich weiche ein paar Schritte zurück, als Tarek eine Hand nach mir ausstreckt. Seine Fingerspitzen berühren meine Wange. Ich zucke zusammen. Drehe den Kopf weg.
»He, ich habe so lange auf dich gewartet, da wirst du doch nicht gleich wieder abhauen wollen.«
Das Herz schlägt mir bis zum Hals. Ich bin mir im Moment ziemlich sicher, dass ich genau das am liebsten machen würde. Aber vor mir stehen fünf Jungs, die alle größer sind als ich und nicht so aussehen, als ob sie mich vorbeilassen wollten. Bedrohlich bilden sie einen Halbkreis um mich.
Ich weiche weiter zurück, als ich plötzlich mit dem Rucksack gegen die Wand stoße.
Tarek grinst und schaut mich herausfordernd an.
»Und jetzt, Schneewittchen? Kriegt der Prinz jetzt endlich seinen Begrüßungskuss?« Er stützt sich mit der Hand neben meinem Kopf an der Wand ab und kommt mit seinem Gesicht immer näher. Ich fühle mich wie ein Tier in der Falle, unfähig, mich zu bewegen oder auch nur irgendetwas zu sagen. Mein Herz rast, meine Beine zittern.
»Was willst du von mir?«, flüstere ich. »Was haben wir miteinander zu tun?«
Tarek lacht laut auf. »Habt ihr das gehört? Schneewittchen will wissen, was wir ›miteinander zu tun‹ haben.« Die anderen lachen jetzt auch wieder, rücken noch ein bisschen dichter. »Das ist aber traurig, dass ich anscheinend so gar keinen bleibenden Eindruck bei dir hinterlassen habe, oder? Findest du das nicht auch schrecklich traurig?«
»Bitte! Was willst du von mir?«
»Was ich von dir will? Du willst wissen, was ich von dir will?«
Ich nicke, unfähig zu sprechen. Die Angst breitet sich in mei-

nem Körper aus. Meine Zunge klebt an meinem Gaumen, ich bringe kein Wort mehr heraus. Selbst wenn ich jetzt die Möglichkeit hätte, wegzulaufen, bin ich mir sicher, dass meine Beine sich keinen Millimeter von der Stelle bewegen würden.

War das die Stimme aus dem Telefon? Hat dieser Tarek mir die Mail mit dem Zeitungsausschnitt geschickt? Ich würde ihn das gerne fragen, aber meine Zähne fangen an zu klappern, und ich presse meine Lippen fest zusammen, damit Tarek nicht merkt, wie viel Angst ich vor ihm habe.

»Schätzchen…« Ich fühle seinen Atem in meinem Gesicht. Er hat geraucht.

»Ich habe wochenlang gewartet, dass du dich meldest. Und dich entschuldigst.«

»Mich entschuldigen?«, stammele ich. »Wofür sollte ich mich denn entschuldigen?« Meine Stimme ist kaum zu hören.

»Wofür?« Sein Blick verfinstert sich. »Zum Beispiel dafür, dass du uns die Bullen auf den Hals gehetzt hast.«

Die Bullen? Ich sehe wieder den Zeitungsausschnitt vor mir. Das Wort *Razzia* rot eingekreist.

»Aber ich habe damit nichts zu tun! Ich habe der Polizei überhaupt nichts gesagt.«

»Nein, natürlich nicht. Deshalb haben sie auch das Royal komplett auf den Kopf gestellt.« Der sarkastische Unterton in Tareks Stimme lässt mich frösteln.

»Bitte, du musst mir glauben! Ich kann mich an überhaupt nichts mehr erinnern! Ich weiß nicht, wer du bist. Ich weiß nicht, wer die anderen sind. Ich habe keine Ahnung, was passiert ist. Ich habe tagelang im Koma gelegen, habe mein Gedächtnis verloren, ich…«

»Halt die Klappe!«, fährt er mich an. »Mit der Nummer kannst du vielleicht deine Lehrer beeindrucken. Oder deine Mutter.« Er fuchtelt mit seinem Zeigefinger vor meinem Gesicht herum.

»Aber bei mir kommst du damit nicht durch. Klar?« Jetzt wendet er sich wieder an die anderen. »Die will sich an nichts mehr erinnern. Was sagt ihr dazu?«
Alle sehen Tarek abwartend an. Ich will widersprechen, will ihm sagen, dass ich mich sehr gerne an alles erinnern möchte, aber ich bringe keinen Ton mehr heraus.
»Vielleicht können wir deinem Gedächtnis ja ein bisschen auf die Sprünge helfen, was meinst du?«
Ich starre ihn an. Was hat er vor?
In seiner rechten Hand hält er plötzlich ein Messer. Ich schreie auf. Mir ist schlecht vor Angst.
»Nicht mal hier hat man seine Ruhe!«
Ich fahre herum. Den Obdachlosen habe ich total vergessen. Ob er mir helfen kann?
»Verpiss dich, du Penner!« Einer der Jungs droht dem Alten mit der Faust. Der Mann grunzt irgendetwas Unverständliches, rafft sein Zeug zusammen und haut ab. Fassungslos schaue ich ihm hinterher. Ich will um Hilfe rufen, aber mein Hals ist wie zugeschnürt.
Warum benutzt eigentlich niemand diese Unterführung? Ich schaue mich um.
Tarek folgt meinem Blick und lacht.
»Keine Sorge. Wir sind hier vollkommen ungestört!«
»Was willst du von mir?« Ich spüre, wie mir Tränen in die Augen steigen.
Tarek kratzt mit dem Messer über die Wand neben meinem Gesicht. Ein hässliches schabendes Geräusch. »Zuerst mal will ich einen Kuss«, antwortet er. Er spricht gefährlich leise und langsam. »Ich finde, das gehört sich so, wenn man sich so lange nicht gesehen hat.«
Ich wage es nicht, ihm zu widersprechen. Wage überhaupt nicht, irgendetwas zu sagen. Ich kann nur dastehen und

zittern und wie hypnotisiert auf das Messer in seiner Hand starren.

»Und dann…«, Tarek lässt die Klinge spielerisch um seine Finger kreiseln, »könntest du dich entschuldigen. Entschuldigen dafür, dass du mir so viele Unannehmlichkeiten bereitet hast.«

Ich schlucke meinen Protest herunter. Egal, was ich sage, er wird mir nicht glauben. Ich sehe, wie er das Messer wieder fester packt, und erstarre. Jetzt richtet er die Spitze genau auf meinen Brustkorb, tippt ganz leicht mit der Klinge gegen meinen Anorak. Ich ziehe scharf die Luft ein, als er plötzlich das Messer wieder zurückzieht, es mit einer schnellen Bewegung zusammenklappt und in seiner Jackentasche verschwinden lässt.

Erleichtert atme ich aus. Da schlägt Tarek mit der Hand genau neben meinem Kopf an die Wand. Ich schreie auf.

»Was willst du von mir?«, stammele ich noch einmal und kann die Tränen nicht mehr zurückhalten.

Tarek scheint das wenig zu beeindrucken.

»Ich will mein Geld zurück«, antwortet er und streicht mir fast zärtlich eine Haarsträhne aus dem Gesicht.

Ich drehe den Kopf weg, aber er greift nach meinem Kinn und hält mein Gesicht fest. Meine Tränen tropfen auf seine Hand.

»Ich will die dreitausend Euro zurück, die du mir…«, er schaut mir direkt in die Augen, »… sagen wir mal: die du dir von mir geliehen hast.«

Ich starre ihn an. Dreitausend Euro?

»Ich habe mir von dir kein Geld geliehen«, stammele ich. Ich hätte überhaupt keine Chance, Tarek so viel Geld zu geben. »Das muss ein Irrtum sein.«

Er schlägt meinen Kopf gegen die Wand. Ich unterdrücke einen Schmerzensschrei und starre ihn panisch an. Er macht zwei Schritte zurück. Erleichtert hole ich tief Luft. Lässt er mich

endlich gehen? Glaubt er mir jetzt doch, dass ich kein Geld von ihm habe?
Sag irgendwas zu ihm! Sag ihm, dass es dir leidtut, dass du dich an nichts erinnern kannst. Frag ihn, warum er so wütend auf dich ist. Die Gedanken in meinem Kopf überschlagen sich, aber ich bringe kein einziges Wort über die Lippen.
Tarek mustert mich von oben bis unten.
»Dreitausend«, sagt er plötzlich und ich halte die Luft an. »In drei Tagen. Oder ich verspreche dir, dass du aus dem nächsten Koma nicht wieder aufwachst. Schneewittchen!«
Das letzte Wort spuckt er mir fast vor die Füße. Dann dreht er sich ohne ein weiteres Wort um und geht den Gang hinunter. Die anderen folgen ihm, ohne mich noch einmal anzusehen.

19.

Ich weiß nicht mehr, wie ich nach Hause gekommen bin. Irgendwann stehe ich vor unserer Wohnung. Meine Hand zittert so, dass ich den Schlüssel erst beim zehnten Versuch ins Schloss bekomme. Als ich es endlich geschafft habe, falle ich fast in den Flur, so eilig habe ich es, die Tür wieder hinter mir zuzuwerfen. Ich zittere am ganzen Körper, Tränen laufen mir über das Gesicht. Meine Mutter ist schon gegangen und im Moment bin ich froh darüber.

Ich lasse meinen Rucksack im Flur fallen, stürze in mein Zimmer und verkrieche mich unter meiner Bettdecke. So fest es geht, wickele ich mich darin ein. Mir ist kalt. So schrecklich kalt. Obwohl ich noch meinen Anorak anhabe, mich in meine Bettdecke und eine Wolldecke gewickelt habe, bin ich mir sicher, noch nie in meinem ganzen Leben so gefroren zu haben.

Die Kälte kommt irgendwo aus meinem Inneren, breitet sich in meinem ganzen Körper aus, kriecht durch meine Arme und Beine in jeden Winkel. Ich habe das Gefühl, von innen heraus zu erfrieren. Ich rolle mich noch enger zusammen, doch gegen die Kälte hilft das alles nichts.

Bestimmt erstarre ich gleich zu Eis, und wenn ich dann wieder falle, immer tiefer falle in diesen Abgrund, der sich jedes Mal von Neuem auftut, dann werde ich zerschellen und in tausend Eissplitter zerspringen.

Ich schaukele mich unter meiner Decke vor und zurück, vor und zurück, die Arme eng um den Körper geschlungen gegen die Kälte, und wimmere leise vor mich hin.

In meinem Kopf explodieren die Bilder, immer die gleichen Bilder. Bäume, Schnee, Spiegel, mein Gesicht. Dazu Worte: *Schneewittchen. Razzia. Rot wie Blut. Sie ist deine Mutter. Du erinnerst dich nur nicht. Aber sie ist deine Mutter.* Irgendwann wird mir unter der Decke wärmer, ich fange an zu schwitzen, jetzt kleben mir die Haare nass auf der Stirn, aber meine Arme und Beine zittern immer noch. *Dreitausend Euro,* hat er gesagt. Dreitausend. Ich weiß nichts von dem Geld. Woher auch? Bis vor wenigen Stunden habe ich ja nicht einmal gewusst, wer Tarek ist. *Kiras Lover* hat Jenny ihn genannt.
Ich schüttele den Kopf. Das kann nicht sein. Das kann überhaupt nicht sein. Niemals war ich mit jemandem wie Tarek zusammen.
Ich schließe die Augen und sehe wieder das Messer vor mir, sehe seine Finger, die mit dem Messer spielen, höre das Geräusch, das es macht, als er mit der Klinge an der Wand direkt neben meinem Ohr herumkratzt. Niemals hatte ich einen Freund, der andere mit einem Messer bedroht!
Und wenn doch? Woher willst du wissen, dass dieser Tarek nicht doch dein Freund war? Du hast doch auch sonst alles vergessen, warum nicht auch das, höhnt die Stimme in meinem Kopf.
Ich presse meine Fäuste gegen die Schläfen, ich will, dass das endlich aufhört, dass diese Stimmen in meinem Kopf aufhören. Dreitausend Euro in drei Tagen. Ich habe keine Ahnung, wo ich so viel Geld hernehmen soll. *Oder ich verspreche dir, dass du aus dem nächsten Koma nicht wieder aufwachst.* Wieder höre ich das Keuchen, höre die Stimme in meinem Kopf: Lauf!
War es Tarek, der mich verfolgt hat?
Ich bin mir so sicher, dass mich jemand verfolgt hat! *Panikattacken sind eine Folge des Drogenkonsums.* Nein! Das stimmt nicht! Ich war nicht alleine da draußen auf der Fahrbahn.

Jemand war hinter mir her. Ich presse die Fäuste fester gegen meinen Kopf. Ich will mich endlich erinnern. Was ist in dieser Nacht passiert? Vor wem bin ich davongelaufen? Ich sehe wieder die beiden Polizisten vor mir. Höre, was sie sagen: *Fremdverschulden ausgeschlossen.*
In ihre Worte mischt sich das Klingeln eines Telefons. Dieses hohe schrille Geräusch, das mich jedes Mal zusammenzucken lässt, das mir die Luft zum Atmen nimmt, das mich panisch werden lässt. Es dauert einen Moment, bis ich begreife, dass das Telefon tatsächlich klingelt und nicht nur eine Erinnerung in meinem Kopf ist.
Ich schäle mich aus meinem Deckenberg und schleppe mich in den Flur. Meine Beine sind so schwer. Mein ganzer Körper gehorcht mir kaum, fühlt sich fiebrig an, alles tut weh. Das Telefon klingelt immer noch. Ich will das nicht! Ich starre den Hörer an und bete einfach, dass es aufhört zu klingeln. Aber es hört nicht auf. Dreh dich um, lauf weg, sagt die Stimme in mir. Lass es klingeln, hör einfach nicht hin und lauf weg.
Aber wohin soll ich denn laufen?, frage ich. Er wird mich überall finden, er wird wissen, wo er mich suchen muss. Er hat mich ja auch heute gefunden. Und er wird mich wieder finden.
Langsam, fast wie in Zeitlupe, gehe ich auf das Telefon zu. Im Spiegel über der Kommode sehe ich mein verheultes Gesicht, sehe meine verquollenen Augen, sehe die Hand, die zum Telefonhörer greift, sehe das Zittern.
Bitte, bitte, bitte, hör auf zu klingeln. Aber das Telefon hört nicht auf und wie unter Zwang nehme ich den Hörer, drücke auf die Taste und halte ihn ans Ohr. Bereit, ihn jederzeit fallen zu lassen und wegzulaufen. Ich höre auf zu atmen, lausche nur gebannt in den Hörer, diesmal sage ich nicht meinen Namen, ich würde ohnehin nur ein Wimmern zustandebringen.
»Kira, bist du das?«

Fast hätte ich den Hörer tatsächlich wieder fallen lassen, so erleichtert bin ich, als ich diese Stimme höre.
»Julian? Ja, ich bin's, Kira«, krächze ich in den Hörer.
»Ich habe mir Sorgen gemacht. Wo warst du heute? Warum warst du nicht in der Schule?«
Julian hat sich Sorgen gemacht! Ich blinzele die Tränen weg, die mir vor lauter Erleichterung in die Augen steigen, huste kurz und bleibe trotzdem stumm. Was hätte ich auch sagen sollen?
»Kira?«
»Ja, ich bin noch dran.«
»Ist alles in Ordnung? Geht es dir gut? Wo warst du heute? Ist irgendwas passiert?«
So viele Fragen.
»Nein, nichts ist passiert.«
»Bist du sicher? Du klingst so komisch.«
»Ja. Es ist alles in Ordnung. Mach dir keine Sorgen.« Ich muss Julian irgendwie beruhigen. Ich will nicht mit ihm über Tarek sprechen. Nicht jetzt.
»Kira?«
»Ja, alles okay. Mir ging es nur nicht so gut heute Morgen. Da bin ich lieber im Bett geblieben. Ich muss mir irgendwo eine Erkältung eingefangen haben.« Warum sage ich das? Warum sage ich ihm nicht, was wirklich passiert ist?
»Eine Erkältung?« Julian klingt skeptisch.
»Ja, Halsschmerzen und so. Mein Hals tut weh und meine Augen tränen.« Wenigstens das ist nicht gelogen. »Aber morgen komme ich wieder in die Schule. Treffen wir uns dann an der Haltestelle?«, frage ich schnell, bevor ich es mir anders überlegen kann.
»Ja, okay.« Besonders glücklich klingt Julian nicht, aber das muss mir jetzt egal sein. »Dann sehen wir uns morgen. Bis dann. Und gute Besserung!«

»Ja, bis morgen. Und danke fürs Anrufen.« Es klickt. Julian hat aufgelegt.

Ich stehe noch einen Moment im Flur und starre auf den Hörer. Warum hast du Julian nicht die Wahrheit gesagt? Die Stimme in meinem Kopf gibt keine Ruhe.
Was hätte ich ihm denn sagen sollen?, schreie ich ihr entgegen. Dass mein ehemaliger Freund damit droht, mich umzubringen, wenn ich ihm sein Geld nicht zurückgebe? Und dann?
Mein Blick fällt wieder in den Spiegel über der Kommode.
»Wer bist du?«, flüstere ich. Und vor allem, was hast du gemacht?
Dreitausend Euro.
Hatte ich wirklich jemals so viel Geld? Und falls ja, woher hatte ich es? Geliehen von Tarek? Seinem Ton war anzuhören, dass er mir das Geld nicht wirklich geliehen hatte. Aber woher kam es dann? Hatte ich es am Ende gestohlen? War ich eine Diebin? Und was habe ich mit dem Geld gemacht?
Tarek mag es nicht, wenn man ihm ins Handwerk pfuscht.
Von was für einem Handwerk hat Jenny da gesprochen? Und was habe ich damit zu tun?

Plötzlich bin ich mir gar nicht mehr so sicher, dass ich das alles wirklich wissen will. Die ganze Zeit habe ich versucht, herauszufinden, wer ich eigentlich bin und was passiert ist. Und ich bin davon ausgegangen, dass es mir besser geht, wenn ich das erst mal weiß. Was aber, wenn das ein Irrtum ist? Was, wenn mir die Kira, die ich hinter dem Spiegel finde, überhaupt nicht gefällt?
Für einen Moment sehne ich mich zurück nach dem weißen Licht aus dem Krankenhaus. Für einen Moment wünsche ich mir, ich wäre niemals daraus erwacht.

Die Kälte in mir kommt wieder zurückgekrochen. Mein Blick fällt auf die geschlossene Badezimmertür und auf einmal sehne ich mich nur noch nach warmem Wasser. Noch auf dem Weg ins Bad fange ich damit an, mich auszuziehen. Schäle mich aus den Kleidungsstücken, die mir schon die ganze Zeit viel zu eng vorkommen, zu dunkel, zu falsch.
Als ich endlich unter der Dusche stehe, drehe ich das Wasser so heiß auf, dass ich es gerade noch aushalte. Meine Haut wird sofort krebsrot, aber das heiße Wasser tut gut. Ich fange an, mich zu waschen, stelle mir vor, ich könnte einfach alles wegschrubben, all die Fragen und Ängste und die ganze Panik abwaschen. Erst als das heiße Wasser restlos aufgebraucht ist und ich auch unter der Dusche wieder anfange zu frieren, drehe ich den Wasserhahn zu und fange an, mich abzutrocknen.
Der Spiegel ist beschlagen, nur schemenhaft kann ich mich darin erkennen. Mehr als das, was du da siehst, kennst du sowieso nicht von dir, schießt es mir durch den Kopf. Du bist nichts als eine verschwommene Erinnerung, nichts als ein Schatten hinter einer beschlagenen Glasscheibe. Ich muss an die Milchglasscheibe im Krankenhaus denken, an mein Gesicht darin, das mich damals so in Panik versetzt hat, und plötzlich überkommt mich wieder dieses Frösteln, auf einmal ist da wieder dieser Gedanke, dass die Dinge, die ich sehe, nicht zusammenpassen. Irgendetwas ist falsch, da bin ich mir absolut sicher! Irgendetwas habe ich die ganze Zeit übersehen. Nur was?

Es wird Zeit, die fehlenden Puzzlestücke zu finden. Ich werfe das nasse Handtuch auf den Boden und greife nach meinen Klamotten, schlüpfe in meine Unterwäsche, meine Jeans und ziehe den dunklen Kapuzenpulli wieder über den Kopf. Meine Haare können an der Luft trocknen, für langes Föhnen habe ich jetzt keine Zeit.

Als ich wieder in meinem Zimmer bin, fahre ich meinen Laptop hoch. Ich will nach der Adresse des Jugendclubs suchen, ich muss mir angucken, wo ich in jener Nacht gewesen bin, muss mir die Unfallstelle ansehen. Vielleicht wäre Julian ja tatsächlich bereit, mich zu begleiten, überlege ich.
Ich habe keine Ahnung, warum ich das nicht schon längst gemacht habe, warum ich nicht schon längst auf die Idee gekommen bin, zuerst einmal den Unfall zu rekonstruieren und herauszufinden, was in jener Nacht eigentlich wirklich passiert ist.
Ich öffne den Browser, um die Adresse des Jugendclubs zu googeln. Nebenbei klicke ich auf das kleine Logo meines Mailprogramms. Dann kann ich Julian gleich eine Mail schicken und mich dafür entschuldigen, dass ich am Telefon so kurz angebunden war.
Es erstaunt mich nicht wirklich, dass mein Posteingang wieder über zwanzig neue Nachrichten meldet. Julian hat mir schon geraten, mir mal einen Spamfilter einzubauen, ich muss ihn dringend noch einmal fragen, wie man das macht. Mehr so nebenbei fange ich an, die ganzen Mails zu löschen. Fast bin ich ein wenig enttäuscht, dass Julian mir diesmal nicht geschrieben hat. Es wäre nett gewesen, wenigstens eine richtige Mail im Postfach zu haben. Ich will gerade den Namen des Jugendclubs in die Suchmaske bei Google eingeben, als ein helles *Pling* den Eingang einer weiteren Mail in meinem Postfach meldet. Ich lese den Absender und halte unwillkürlich die Luft an. Eine merkwürdige Kombination aus Buchstaben und Zahlen, mit denen ich nichts anfangen kann, aber eine Kombination, die ich genau so schon einmal gesehen habe. Sofort erscheint vor meinem inneren Auge wieder der Zeitungsausschnitt.
Rot wie Blut, Schneewittchen …

Meine Hand zittert, als ich mit dem Mauszeiger die Mail zum Öffnen anklicke.

†

Wir trauern um unsere Tochter und gute Freundin,
die durch einen tragischen Verkehrsunfall
viel zu früh von uns gehen musste.

Wir werden dich vermissen, SCHNEEWITTCHEN!

KIRA BERGER

* 24.08.1994 † 12.01.2012

Ich starre auf den Monitor.
In meinem Kopf dreht sich alles. Ich lese die Anzeige wieder und wieder, ohne wirklich zu begreifen, was ich da sehe.
Das Datum: mein Geburtstag. Und das andere Datum? Der Tag meines Unfalls. Woher kommt diese Anzeige?
Was hat das zu bedeuten? Wer bist du? Wer zur Hölle bist du? Warum schickt mir jemand eine Todesanzeige? Warum gibt es überhaupt eine Todesanzeige? Ist es das? Bin ich tot? Kann ich mich deswegen an überhaupt nichts erinnern, weil ich schon lange nicht mehr am Leben bin? Fühlt es sich so an, tot zu sein?
Meine Fingernägel krallen sich in meinen Unterarm, bis ich aufschreie vor Schmerz. Können Tote noch Schmerzen spüren?

Ich lese die Anzeige wieder und wieder, klammere mich an der Kante meines Schreibtisches fest, mir wird schwindelig, ich höre wieder das Geräusch des Messers an der Wand neben mir, sehe die schwarzen Bäume und das Kaninchen, das durch den Wald rennt. *Zu spät, viel zu spät.*
Dreitausend Euro in drei Tagen. Ich stütze mich auf der Tischplatte auf, drücke mich von meinem Schreibtischstuhl hoch, meine Beine gehorchen mir kaum, vor meinen Augen verschwimmt alles, ich sehe mein Gesicht, das sich im Monitor spiegelt, sehe die Narbe über meinem Auge, lese wieder den Text. *Wir werden dich vermissen, Schneewittchen.* Ich drehe mich vom Schreibtisch weg, sehe mein Zimmer. Sehe die Pinnwand, den Kleiderschrank, meinen Nachttisch, mein Bett. Sehe meinen Sessel und darauf meinen Plüschhasen. Mein Blick fällt auf den Boden. War es erst gestern, dass ich hier die Cornflakes verschüttet habe? Dass ich mir eingebildet habe, jemand wäre in meinem Zimmer gewesen? Unter dem Sessel blitzt etwas Weißes hervor. Ich starre darauf. Blinzele. Das Weiße ist immer noch da. Watte. Unter meinem Sessel liegt ein Stück weiße Watte. Watte wie aus einem Plüschhasenbauch.
Und dann wird mir schlecht. Ich stoße meinen Stuhl um, renne ins Bad, schaffe es gerade noch bis zum Klo und kotze mir die Seele aus dem Leib. Ich spucke und spucke, und obwohl mein Magen schon lange leer ist, kann ich nicht aufhören zu würgen und zu spucken.
Tränen laufen über mein Gesicht, ich wische mir mit dem Ärmel meines Sweatshirts über die Augen, den Mund.
Ich bin nicht tot. Tote kotzen nicht!
Ich. Bin. Nicht. Tot.
Noch nicht, höhnt die Stimme in meinem Kopf.
Als ich endlich leer bin, vollkommen leer, stehe ich auf, wasche mein Gesicht unter kaltem Wasser und trockne mich ab. Ich

muss etwas unternehmen. Ich kann nicht einfach hier vor dem Klo liegen bleiben und sterben.
In meiner Spardose habe ich vierundzwanzig Euro. Das weiß ich. Und ich weiß inzwischen auch, wo meine Mutter das Haushaltsgeld aufbewahrt.
Ich gehe in die Küche, steige auf einen Stuhl und angele nach der alten Teedose ganz hinten im Küchenschrank. Ich schütte den Inhalt auf den Tisch. Zweihundertzwölf Euro. Mehr, als ich dachte. Ich zähle mir sechsundsiebzig Euro ab, dann habe ich zusammen hundert. Und hoffe einfach, dass meine Mutter nicht so genau weiß, wie viel Geld sie noch in der Dose hatte.
Ich muss mit Tarek reden. Ich werde ihm die hundert Euro geben und ihm versprechen, dass ich den Rest auch noch auftreibe. Vielleicht kann ich einen Job finden. Nach der Schule. Irgendwo Geld verdienen. Ich muss Tarek nur erst bitten, mir noch ein wenig Zeit zu geben. Hundert Euro müssen als Anzahlung reichen.
Ich hole mir im Flur das Telefon, stürze zurück in mein Zimmer, klappe den Laptop zu und schiebe ihn auf meinem Schreibtisch nach hinten. Dann tippe ich die Handynummer, die ich auf meiner Tischplatte notiert habe, in den Hörer.

20.

»Komm zur Baustelle. Zwölf Uhr.«
Tareks Anweisung war knapp und präzise. Da ich keine Ahnung hatte, von welcher Baustelle er sprach, hat er mir auch das noch erklärt.
Ich habe die ganze Nacht kaum geschlafen.
Wieder und wieder bin ich in Gedanken den gestrigen Tag durchgegangen. Tareks Drohung. Die Mail mit der Todesanzeige. Die Watte unter meinem Sessel. Als meine Mutter nach Hause kam, war ich kaum ansprechbar. Ich habe ihr das Gleiche erzählt wie Julian. Dass ich mich wohl erkältet habe und am besten im Bett bleibe, um am nächsten Tag wieder fit zu sein. Sie hat es geschluckt. Hat mir eine heiße Milch mit Honig gebracht gegen meine Halsschmerzen. Ich habe gewartet, bis ich den Fernseher gehört habe, dann bin ich ins Bad geschlichen und habe die Milch weggeschüttet. Schon beim Anblick der weißen Flüssigkeit musste ich wieder würgen.
Von dem fehlenden Geld hat meine Mutter zum Glück nichts gemerkt. Noch nicht jedenfalls.
Die hundert Euro habe ich in einen Briefumschlag gestopft und unter meinem Kopfkissen versteckt.

Als ich am Busbahnhof aussteige, sehe ich Julian sofort. Er steht wie vereinbart an der Schulbushaltestelle und wartet auf mich. Einen Moment lang bleibe ich stehen und beobachte ihn, ohne dass er mich sehen kann.
Seine langen Haare verschwinden wieder fast vollständig unter

seinem bunten Schal. Wie gerne würde ich jetzt einfach zu ihm laufen, ihn zur Begrüßung umarmen und seinen langen Zopf unter dem Schal hervorziehen. Ich möchte seine Haare gerne anfassen, berühren, spüren, wie es sich anfühlt. Noch nie hat ein Junge so etwas in mir ausgelöst. Oder besser gesagt, ich glaube nicht, dass ein Junge jemals solche Gefühle in mir ausgelöst hat, verbessere ich mich, denn ich weiß es ja nicht wirklich.
Ich gehe langsam näher und plötzlich hebt Julian den Kopf und sieht mir entgegen. So als ob er gespürt hätte, dass ich in seiner Nähe bin.
Sofort packt mich wieder mein schlechtes Gewissen, weil ich ihn gestern angelogen habe. Und auch heute werde ich ihm nicht die Wahrheit sagen können, denn diese Sache zwischen Tarek und mir, die muss ich ganz alleine klären. Julian will ich da auf gar keinen Fall mit hineinziehen.
»Hey, Kira, schön, dass es dir wieder besser geht.« Er kommt auf mich zu und breitet die Arme aus. Ich zucke unwillkürlich zurück. Erstaunt zieht er eine Augenbraue hoch.
»Habe ich etwas Falsches gesagt?«
Ich schüttele schnell den Kopf und versuche ein Lächeln. Er kann ja nicht ahnen, dass seine Berührung auf mich wirkt wie ein Stromstoß und dass ich einfach nur Angst habe. Angst vor den Gefühlen, die dieser Junge in mir auslöst.
»Nein, Quatsch, ich bin nur noch nicht richtig wach.« Wenn ich nur halb so müde aussehe, wie ich mich fühle, wird Julian mir sofort glauben.
Ich umarme ihn kurz. Und möchte ihn doch am liebsten nie wieder loslassen. Trotzdem ziehe ich meine Arme nach der Begrüßung schnell wieder zurück und mache vorsichtshalber noch einen Schritt zur Seite.
Ich bin Julian dankbar, dass er so tut, als ob mein merkwürdiges Verhalten vollkommen normal wäre.

»Schade, dass wir keine Zeit mehr für einen Kaffee haben«, stellt er fest. »Ich könnte jetzt auch einen gebrauchen.«
In dem Moment öffnet der Schulbus seine Türen und wir steigen ein. Diesmal ergattern wir zwei Sitzplätze nebeneinander. Ich lehne meinen Kopf an die Fensterscheibe, während Julian noch mit einem Jungen im Gang redet. Meinen Rucksack habe ich auf dem Schoß und halte ihn fest umklammert. Die hundert Euro habe ich in dem vorderen kleinen Fach verstaut, und am liebsten würde ich alle zwei Minuten nachgucken, ob sie noch da sind.
Als Julian sich neben mich setzt, berühren sich unsere Beine an den Knien. Ich zucke kurz zusammen, ziehe mein Bein dann weg. Julian ist so nah, viel zu nah. Ich muss mich wirklich beherrschen, um mich nicht einfach an ihn zu drücken, mich an seinen Arm zu schmiegen und ihm von meiner Begegnung mit Tarek zu erzählen. Aber ich mache es nicht. Es geht einfach nicht. Diese Geschichte geht Julian überhaupt nichts an. Mit dieser Clique hat er nichts, absolut gar nichts zu tun, und irgendetwas in mir will, dass das auch in Zukunft so bleibt.
Ich sehe Wassertropfen, die sich an der Fensterscheibe ihren Weg nach unten bahnen. Draußen hat es angefangen zu regnen. Und ich bin froh darüber.

In den ersten zwei Stunden haben wir wieder zusammen Deutsch. Ich wünschte, ich hätte mich vorgestern nicht neben Julian gesetzt, sondern so wie in den anderen Kursen auch einen Platz weiter hinten im Raum gewählt. Jetzt muss ich seine Nähe zwei Schulstunden lang aushalten. Ich starre auf seine Hand, die neben meiner auf dem Tisch liegt. Nur wenige Zentimeter trennen uns, und doch habe ich das Gefühl, als läge zwischen uns ein Graben, den wir niemals überwinden können. Ich hätte mich niemals zu ihm an den Tisch setzen dürfen. Wir

waren früher keine Freunde und wir würden auch in Zukunft keine sein können. Ich muss aufhören, mir etwas vorzumachen, muss damit aufhören, mir ein Leben zu erträumen, das ich so niemals geführt habe und auch nicht werde führen können.
Erst als Julian mich anstupst, merke ich, wie still es im Raum geworden ist. Verwirrt schaue ich auf und blicke genau in die Augen von Frau Scholz, die vor unserem Tisch stehen geblieben ist und offensichtlich auf irgendetwas wartet.
»Na?«
Ich habe keine Ahnung, was sie von mir will.
»Bitte pass ein bisschen besser auf, Kira. Du hast schon genug nachzuholen. Noch mehr Lücken kannst du dir wirklich nicht leisten.« Mit diesen Worten dreht sie sich um und wendet sich einer anderen Schülerin zu.
Ich spüre, wie mir erst heiß und dann wieder kalt wird. Ich greife nach dem Reclambüchlein und blättere hilflos darin herum. Ich habe wirklich keine Ahnung, wo wir gerade sind.
Julian nimmt mir das Heft behutsam aus der Hand und schlägt die richtige Seite auf. Mein Blick fällt auf den Text, die Buchstaben verschwimmen vor meinen Augen. Reiß dich zusammen, Kira. Fang jetzt bloß nicht mitten im Unterricht an zu heulen!
»Alles in Ordnung?«, flüstert Julian mir zu.
Ich schaffe es nicht, ihm zu antworten. Kann nur nicken, starre krampfhaft weiter auf den Text und tue so, als ob ich ihn lesen würde. Aus den Augenwinkeln beobachte ich, wie Julian erst mit den Schultern zuckt und seine Aufmerksamkeit dann wieder der Diskussion über Antigone zuwendet.
Als es endlich zur großen Pause klingelt, stürze ich so schnell aus dem Klassenraum, dass Julian keine Chance hat, mich aufzuhalten. Ich renne zum Mädchenklo und schließe mich wieder in einer der Kabinen ein. Heute werde ich so lange hier bleiben, bis es zur nächsten Stunde läutet, beschließe ich. Ich schaffe es

einfach nicht, Julian noch länger anzulügen, und auch Sandra will ich wirklich nicht wieder begegnen. In der dritten und vierten Stunde haben wir Englisch, auch hier habe ich natürlich wieder keine Ahnung, wo ich früher gesessen habe. Aber als ich sehe, dass Julian und ich offensichtlich auch Englisch zusammen haben, steuere ich so schnell wie möglich einen der hinteren Tische an und lasse mich auf den Stuhl fallen. Als ich Julians verwunderten Blick bemerke, öffne ich schnell meinen Rucksack und krame darin herum, um ihm nicht in die Augen sehen zu müssen.
Der Englischlehrer begrüßt mich mit den gleichen Worten wie alle anderen Lehrer auch, meine Mitschüler hier wirken ebenfalls genauso desinteressiert wie die in den anderen Kursen. Alle bis auf Julian. Immer wieder sehe ich, wie er sich zu mir umdreht und mich nachdenklich mustert. Jedes Mal versuche ich, seinem Blick auszuweichen und mich schnell mit dem englischen Text zu beschäftigen, den unser Lehrer zu Beginn der Stunde ausgeteilt hat.
Die Doppelstunde zieht sich wie Kaugummi, und als es endlich klingelt, springe ich so erleichtert auf, dass ich fast meinen Stuhl umwerfe.
»He, Kira, warte!« Mist. Julian hält mich an der Jacke fest, als ich gerade an ihm vorbeistürmen will. »Ich wollte dich zu einem Kaffee einladen. Unten in der Cafeteria. Hast du Lust?« Fragend sieht er mich an.
Ich schüttele schnell den Kopf. Und hasse es, ihn enttäuschen zu müssen.
»Tut mir leid, keine Zeit. Ein anderes Mal, ja?«
»Keine Zeit? Aber es ist Pause!« So schnell lässt Julian sich anscheinend nicht abwimmeln.
»Ja, ich weiß. Aber ich hab trotzdem keine Zeit.« Fieberhaft suche ich nach einer Ausrede. »Ich muss schnell ins Sekretariat.

Noch ein paar Formulare ausfüllen. Wegen des Unfalls und so.«
Ängstlich beobachte ich Julians Reaktion. Ob er mir das abnimmt? Formulare ausfüllen ... Was Besseres ist dir wohl nicht eingefallen?
Erleichtert registriere ich, dass Julian mit den Schultern zuckt.
»Okay. Dann ein anderes Mal. Ich hab gleich Sport. Und du?«
Ich krame meinen Stundenplan hervor und gucke nach. »Chemie. Im Laborraum.«
Julian nickt. Und ich hoffe, dass er mir nicht ansieht, dass ich keineswegs vorhabe, zum Chemieunterricht zu gehen.

Die Baustelle, von der Tarek gesprochen hat, liegt nur wenige Straßenzüge von unserer Schule entfernt. Auch wenn ich die Gegend überhaupt nicht kenne, finde ich sie doch auf Anhieb. Ein großer Kran, der über sämtliche Häuser in dieser Gegend herausragt, weist mir den Weg.
Es regnet inzwischen in Strömen. Ich ziehe meine Kapuze tiefer ins Gesicht, trotzdem kleben mir ein paar Haarsträhnen schon nass auf der Stirn.
Als ich die Baustelle betrete, brauche ich einen Moment, um mich zu orientieren. Hinter den Containern, hat er gesagt. Da, wo sie den Bauschutt abladen. Ich steige über ein paar Balken, die verstreut herumliegen, mache einen Bogen um eine Pfütze, in der öliges Wasser glänzt. Alles ist leer, verwaist. Plötzlich bin ich mir nicht mehr so sicher, ob es eine gute Idee war, ganz alleine hierherzukommen. Aber genau das war eine von Tareks Bedingungen: alleine.
Endlich sehe ich weiter hinten die Container. Ein paar Holzpaletten stapeln sich davor; weit und breit ist niemand zu sehen. Das Herz schlägt mir inzwischen bis zum Hals. Den Umschlag mit dem Geld habe ich aus dem Rucksack genommen und in meine Jackentasche gesteckt. Ich bete, dass Tarek sich auf mei-

nen Vorschlag einlässt und ich ihm das Geld in Raten zurückzahlen kann.
Ich bleibe kurz stehen. Plötzlich packt mich jemand hart am Arm und zieht mich so schnell zur Seite, dass ich fast gestolpert wäre. Tarek.
»He, was soll das?« Ich kann mich gerade noch abfangen und schüttele seine Hand wütend ab.
»Begrüßt man so seinen Prinzen?« Wieder dieses Lächeln, wieder diese tiefschwarzen Augen.
»Du bist nicht mein Prinz«, fauche ich ihn an.
»Ach? Bin ich das nicht?« Tarek zieht die Augenbrauen hoch. »Das hast du aber mal ganz anders gesehen.«
Ich weiche zurück. Tarek macht einen Schritt auf mich zu.
»Stopp!«, schreie ich panisch.
Tarek bleibt tatsächlich stehen.
»Ich habe es dir gestern schon mal gesagt: Ich habe keine Ahnung, wer du bist. Natürlich weiß ich inzwischen, dass du Tarek heißt und dass wir uns irgendwie – na ja – gekannt haben müssen vor meinem Unfall. Aber mehr weiß ich nicht.«
Tarek lacht höhnisch auf. »›Irgendwie gekannt‹? Wir haben uns ›*irgendwie* gekannt‹?« Drohend macht er wieder einige Schritte auf mich zu.
Ich weiche erneut zurück, stolpere fast über einen Eisenträger, der am Boden liegt.
»Ich weiß es nicht mehr!« Meine Stimme wird lauter. »Ich kann mich an nichts mehr erinnern. An gar nichts. Ich spiele dir nichts vor. Durch den Unfall habe ich mein Gedächtnis verloren, ich weiß nicht, woher wir uns kennen, was wir miteinander zu tun hatten oder warum ich dir so viel Geld schulde. Ich weiß es nicht! Ich weiß nichts mehr!« Verzweifelt hebe ich die Hände, um zu verhindern, dass Tarek noch näher kommt.
»Hast du das Geld?«

Ich schüttele stumm den Kopf.
»Was willst du dann hier? Ich habe dir gesagt, dass ich das Geld will. In drei Tagen. Einer ist jetzt schon rum.« Seine Stimme klingt eisig.
»Ich habe nicht so viel.« Ich flüstere. »Aber ich kann es besorgen. Ich suche mir einen Job. Versprochen. Einen Teil habe ich schon mitgebracht.« Hektisch fummele ich den Umschlag aus meiner Jackentasche. Tarek entreißt ihn mir sofort. Ein kurzer Blick hinein genügt ihm, um zu sehen, dass es viel zu wenig ist.
»Soll das ein Witz sein?« Sein Blick durchbohrt mich.
»Bitte! Ich hab heute nicht mehr. Aber ich besorge den Rest. Versprochen!«
»Hör mal, Schätzchen«, seine Hand knallt gegen meinen Brustkorb und drückt mich gegen den Container hinter mir, »ich habe die Nase ziemlich voll von deinen Versprechungen. Seit Wochen warte ich auf mein Geld und ständig fallen dir neue Ausreden ein. Du hast das Zeug von mir bekommen, das du verkauft hast. Aber vielleicht hast du das ja auch vergessen? Und jetzt will ich …«
»Welches Zeug?«, unterbreche ich ihn. Ich versuche, Tarek von mir wegzuschieben. Seine Faust donnert gegen den Container. Ich schreie auf, ducke mich, aber Tarek packt mich an der Jacke und hält mich fest. Dann zieht er mein Gesicht ganz dicht zu sich heran.
»Du weißt ganz genau, von welchem Zeug ich rede.«
Ich beiße mir auf die Lippen. Schüttele nur stumm den Kopf, als seine Hand mir die Kapuze vom Kopf zerrt und hart in meine Haare packt. Ich schreie auf, als er meinen Kopf nach hinten reißt.
»Hör endlich mit dieser Scheiße auf, okay?« Sein Mund ist jetzt ganz nah an meinem Ohr. Er flüstert. Ich kann seinen Atem spüren und merke, wie sich meine Nackenhaare aufstellen.

»Bitte …« Ich greife nach hinten, um seine Hand wegzuschieben, aber er packt nur noch fester zu. Tränen schießen mir in die Augen.
»Bitte was?«
»Bitte hör auf, du tust mir weh«, wimmere ich.
»Warum sollte ich aufhören?« Seine Stimme flüstert mir ins Ohr. »Du gehörst mir.«
Ich fühle, wie die Panik sich in mir ausbreitet und jeden Winkel meines Körpers besetzt. Ich will mich gegen seine Hand in meinem Nacken wehren, aber meine Arme gehorchen mir nicht mehr.
»Bitte, lass mich los!« Ich bettele jetzt. Fieberhaft überlege ich, ob ich eine Chance hätte, wegzulaufen, Hilfe zu holen, als Tarek meinen Kopf so abrupt loslässt, dass er gegen den Container knallt. Ich stöhne auf und greife mir an den Hinterkopf.
»Zieh deine Jacke aus!«
»Wie bitte?« Entsetzt starre ich ihn an.
»Ausziehen! Was hast du daran jetzt wieder nicht verstanden?«
»Aber ich …« Ich verschränke meine Arme vor meiner Brust, als seine Hand mich im Gesicht trifft. Tarek hat mir eine Ohrfeige gegeben. Die Tränen laufen mir jetzt über die Wangen, mischen sich mit dem Regen, der weiter fällt, meine Hände zittern, als ich nach dem Reißverschluss meiner Jacke greife und ihn langsam aufziehe. Die Stelle in meinem Gesicht, wo Tareks Hand mich getroffen hat, brennt wie Feuer unter meinen Tränen, meine Zähne klappern, ich presse verzweifelt die Lippen zusammen, um nicht laut zu schluchzen. Endlich habe ich die Jacke geöffnet.
»Ausziehen!«, befiehlt Tarek wieder und ich streife mir die Jacke von den Schultern, lasse sie einfach auf den Boden gleiten. Inzwischen zittere ich so, dass ich kaum noch stehen kann. Meine Beine sacken jeden Moment unter mir weg.

»Bitte lass uns doch reden. Ich besorge dir das Geld. Irgendwie. Versprochen. Aber hör auf damit. Bitte!« Ich kann kaum noch sprechen, meine Stimme ist nur noch ein Flüstern, vor lauter Tränen kann ich fast nichts mehr sehen, wische mir mit dem Ärmel über mein Gesicht, meine Nase läuft, ich verteile Rotz, Tränen und Regen überall. Tarek steht vor mir, völlig ungerührt, kramt ein Päckchen Zigaretten aus seiner Jackentasche, nimmt eine Zigarette heraus. Ein Feuerzeug leuchtet auf und ich sehe, wie Tarek sich die Zigarette anzündet und einen langen Zug nimmt. Plötzlich steckt er sie mir zwischen die Lippen, ich schüttele den Kopf, will etwas sagen, atme aus Versehen ein, muss husten, er nimmt die Zigarette wieder an sich. Ich keuche, huste, spucke.

»Ich rauche nicht«, würge ich hervor und begreife zu spät, dass auch das wieder falsch ist.

»Natürlich nicht«, sagt er und steckt sich die Zigarette wieder in den Mund. »Wie konnte ich nur annehmen, dass du wenigstens das behalten hast. Aber du weißt schon noch, dass man mit Zigaretten auch andere hübsche Dinge machen kann, oder?«

Ich verstehe nicht, schüttele den Kopf, will vor ihm zurückweichen, als er mich plötzlich mit beiden Händen am Sweatshirt packt und ganz dicht zu sich heranzieht. Ich drehe den Kopf weg, weil die glühende Zigarette fast mein Gesicht berührt, da lacht er auf.

»Ah, Schneewittchen erinnert sich also doch.« Genauso plötzlich, wie er mich gepackt hat, lässt er mich wieder los. Ich taumele zurück, stolpere und rutsche aus. Meine Hand durchfährt ein stechender Schmerz, als ich mich auf dem nassen, schlammigen Boden abfangen will. Ich stöhne auf und bleibe im Schlamm sitzen.

Tarek ist sofort über mir. Er kniet sich mit seinem ganzen Gewicht auf meine Beine, und dann kommt sein Gesicht immer

näher, ich will schreien, als ich plötzlich seinen Mund auf meinem spüre und seine Zunge, die versucht, gewaltsam meine Lippen auseinanderzudrücken und in meinen Mund einzudringen.
Ich würge, versuche, ihn von mir runterzuschieben, aber er packt mein Gesicht noch fester. Panisch versuche ich, seinen Arm abzuwehren, aber er ist viel stärker als ich, ich schließe die Augen, gebe nach und öffne freiwillig meinen Mund. Seine Zunge schiebt sich zwischen meine Lippen, berührt meine Zunge, kurz nur, aber ich bin mir sicher, dass ich gleich einfach aufhören werde zu atmen. In dem Moment lässt er mich wieder los. Ich ringe nach Luft, will ihn von mir schieben, als er anfängt, mein Sweatshirt nach oben zu zerren.
»Nein, bitte nicht! Hör auf! Bitte!« Meine Stimme überschlägt sich vor Verzweiflung, ich spüre seine Hand auf meiner Haut, die sich unter meine Klamotten schiebt, kalt und hart, und für einen kurzen Moment spüre ich, wie rau seine Finger sich anfühlen, als er mein Oberteil immer weiter nach oben zerrt. Verzweifelt verschränke ich meine Arme vor der Brust, ich will nicht, dass er das tut, will nicht von ihm angefasst werden, aber er ist so viel stärker als ich. Seine Hand zieht und zerrt an meinem Sweatshirt, ich strampele mit den Beinen, trete um mich, aber sein Gewicht drückt sie in den Schlamm und ich fühle, wie langsam die Nässe vom Boden durch die Jeans dringt und mich einhüllt.
Ich weine, bettele, flehe; seine Hand schiebt sich weiter nach oben, mit der anderen hält er mir den Mund zu und lässt die Zigarette zwischen seinen Lippen hell aufglimmen.
»Na? Kannst du dich immer noch nicht erinnern?« Ich kriege fast keine Luft mehr, versuche, seiner Hand zu entkommen, die sich immer weiter unter mein Oberteil schiebt, als er plötzlich innehält.

Seine Augen weiten sich, er starrt auf meinen Bauch, der inzwischen nackt vor ihm liegt, nimmt die Zigarette aus seinem Mund und wirft sie weg. Seine Hand rutscht von meinem Mund, ich will schreien, aber aus meiner Kehle steigt nur ein Gurgeln.

Ganz langsam, fast wie in Zeitlupe, lässt er mich los und richtet sich auf.

Lauf!, schreit die Stimme in meinem Kopf, aber ich kann mich keinen Millimeter bewegen. Ich starre ihn nur an, weiß nicht, was er da tut, und sehe in seinem Gesicht, dass er das selbst nicht wirklich weiß.

»Wer bist du?«, flüstert er. Und ich verstehe nicht. »Du bist nicht Kira«, stammelt er weiter. »Wer zur Hölle bist du?«

Ein Geräusch hinter den Containern lässt ihn zusammenzucken. Irgendjemand ist hier auf der Baustelle und offensichtlich ganz in unserer Nähe. Tarek stößt einen Fluch aus und dann rennt er los. Ich starre ihm nach, sehe ihn zwischen den Containern verschwinden, will mich aufrappeln und ebenfalls weglaufen, als mich der Schmerz in meiner Hand wieder einholt. Ich rolle mich einfach auf dem Boden zusammen, mitten im Schlamm, und jetzt endlich kann ich auch weinen.

21.

»Kira!«
Eine Hand berührt meinen Arm. Ich schreie auf und zucke zurück. Rolle mich wieder wie ein Embryo zusammen. Ich kann dieses Zittern nicht abstellen. Fühle, wie ich falle, ungebremst, rolle mich zusammen, du musst deinen Kopf schützen, schlinge die Arme um den Kopf, höre den Schrei, von dem ich erst viel später wissen werde, dass es mein Schrei ist, spüre den Aufprall und falle wieder und wieder in die Dunkelheit.
»Kira, ich bin's. Julian.«
Julian?
Ich kann es nicht glauben, Julian, das ist doch der Junge mit den braunen Augen und dem verlegenen Lächeln, was macht Julian hier? Vielleicht bilde ich mir diese Stimme nur ein, ich habe mir schon so vieles eingebildet in letzter Zeit. Vorsichtig werfe ich einen Blick auf die Gestalt, die da neben mir auf dem Boden kniet. Und dann erkenne ich ihn. Erkenne den bunten Schal, die braunen Augen, die mich so besorgt angucken, erkenne die dunkle Winterjacke. Und dann erst merke ich, dass ich nicht im Wald liege, nicht zwischen den Bäumen und auch nicht im Krankenhaus, sondern irgendwo auf einem harten Boden, nass, kalt und schlammig.
Auch wenn ich keine Ahnung habe, woher er wusste, dass ich hier bin, bin ich heilfroh, dass Julian mich gefunden hat. Trotzdem kann ich ihm nicht sofort antworten. Meine Zähne klappern immer noch, meine Lippen brennen, mein Hals tut so weh. Und das Zittern hört nicht auf.

»Kira, kannst du mich hören? Was ist passiert? Wer war das eben? Und was wollte er von dir?«
Ich schüttele den Kopf, will etwas sagen, greife nach Julians Arm, aber meine Stimme gehorcht mir noch nicht wieder.
»Kannst du aufstehen? Wir müssen erst mal aus dem Regen raus.« Julian greift nach mir und will mich hochziehen. Als er meine Hand packt, schreie ich auf vor Schmerz.
»Verdammt!« Jetzt packt er mich unter den Armen und zerrt mich auf die Füße. »Los, komm. Da drüben ist es ein bisschen trockener.«
Ich nicke nur, stolpere hinter ihm her, ziehe im Laufen das Sweatshirt über meine nackte Haut, sehe, dass Julian nach meiner Jacke greift, die noch im Schlamm liegt. Es regnet tatsächlich immer noch, verwirrt stelle ich fest, dass ich den Regen gar nicht mehr wahrgenommen habe, so sehr hatte ich mich an die Nässe und Kälte bereits gewöhnt. Erst jetzt, als Julian mich in eine Ecke führt, die überdacht ist, merke ich, wie steif meine Beine bereits geworden sind.
»Da drüben. Komm!«
Dankbar lasse ich mich von Julian weiter unter das Dach ziehen, zu einer Wand, vor der ein paar Holzpaletten und Styroporplatten lagern. Julian drückt mich auf den Stapel, dann zieht er seinen Schal und seine Jacke aus, wickelt mir den Schal um den Hals und hängt mir seine Jacke über die Schultern.
»Du musst aus den Klamotten raus, du bist ja klatschnass«, stellt er fest. »Soll ich einen Krankenwagen rufen? Oder die Polizei?« Er zieht ein Handy aus seinem Rucksack.
Panisch schüttele ich den Kopf. Nein, bitte, keinen Krankenwagen. Und erst recht keine Polizei. Ich schlinge die Arme um meinen Oberkörper und versuche, das Zittern zu unterbinden, das meinen Körper immer noch fest im Griff hält. Julian sieht sich suchend um, zerrt von irgendwo eine Plastikplane herbei

und hängt sie mir noch zusätzlich zu seiner Jacke um die Schultern. Langsam beruhige ich mich, meine Zähne hören auf zu klappern. Nur in meiner Hand pocht nach wie vor der Schmerz.
»Danke«, flüstere ich und bin mir nicht sicher, ob Julian mich überhaupt gehört hat.
Julian grunzt irgendetwas Unverständliches, dann geht er vor mir in die Hocke.
»Kira? Wer war der Kerl? Und was wollte er von dir?«
Ich schüttele den Kopf, habe keine Ahnung, was ich sagen soll, wie ich Julian erklären soll, wer das eben war und was er von mir wollte, wenn ich es doch selbst nicht wirklich weiß. Aber dann sehe ich Julians Augen, sehe sein besorgtes Gesicht und weiß, wenn ich nicht will, dass er doch noch von hier aus die Polizei anruft, muss ich ihm endlich die Wahrheit sagen oder zumindest das, was ich für die Wahrheit halte.
»Mir ist so schrecklich kalt. Können wir erst irgendwo reingehen? Und dann reden?«
Julian springt auf.
»Du hast recht, lass uns zu mir fahren. Ich bin alleine heute, meine Eltern sind nicht da, es sind nur paar Stationen. Schaffst du es bis zum Bus?«
Ich nicke und stehe auf. Meine Beine sind in Ordnung. Nass, durchgefroren, aber in Ordnung. Julian hängt sich meine nasse Jacke über den Arm, dann führt er mich langsam aus der Baustelle heraus.
»Mein Rucksack«, fällt es mir plötzlich ein.
»Warte, ich hole ihn.« Noch bevor ich etwas sagen kann, lässt Julian mich stehen und läuft zurück zu den Containern, zwischen denen mich Tarek abgefangen hat. Sofort schlägt mein Herz wieder schneller. Panisch schaue ich mich um.
Was, wenn Tarek noch einmal zurückgekommen ist? Was, wenn er sich jetzt auf Julian stürzt aus Rache, weil der ihm die Tour

vermasselt hat? Denn davon bin ich fest überzeugt: Wäre Julian nicht auf der Baustelle aufgetaucht, hätte Tarek sicher nicht so schnell aufgegeben und wäre vermutlich auch nicht einfach weggelaufen.

»Julian?« Ich erschrecke darüber, wie hell und ängstlich meine Stimme klingt, aber ich fühle, wie die Panik zurückkommt und sich wieder in meinem Körper ausbreiten will.

»Ja, hier drüben. Bin sofort wieder da!«

Ich zucke nervös zusammen, als Julian mit meinem Rucksack um die Ecke kommt. Erst als ich seinen langen Zopf erkenne, beruhige ich mich wieder.

Julian muss mich am Arm führen, ich habe vollkommen die Orientierung verloren. Er zeigt mit dem Kopf quer über die Straße.

»Dort drüben ist eine Bushaltestelle. Der Bus fährt direkt zu mir durch, dann müssen wir nicht erst zum Busbahnhof zurück.«

Ich nicke nur und atme erst auf, als wir endlich im Bus sitzen.

Ich bin Julian dankbar dafür, dass er mich in Ruhe lässt, bis wir bei ihm zu Hause sind.

Reihenhäuser, kleine Einfamilienhäuser mit gepflegten Vorgärten, mehr nehme ich nicht wahr. Julian schließt die Haustür auf und führt mich sofort auf einer schmalen Treppe nach oben in ein Badezimmer.

»Geh heiß duschen«, sagt er und reicht mir ein großes Badetuch. »Ich hole dir was Trockenes zum Anziehen.«

»Deine Eltern …?«, will ich fragen, aber er schüttelt nur den Kopf. »Die sind ein paar Tage nicht da. Geschäftsreise nach Paris, meine Mutter begleitet meinen Vater.«

Mit diesen Worten schiebt Julian mich in das Badezimmer.

Ich warte, bis er die Tür hinter sich geschlossen hat, dann steige ich aus meinen Klamotten, lasse sie einfach auf den Boden fallen und stelle mich unter die Dusche. Das heiße Wasser läuft über meinen Körper. Erst jetzt spüre ich, wie angespannt ich die ganze Zeit war. Ich schließe die Augen, das Zittern kommt zurück, ich versuche mich zu beruhigen, aber es ist, als ob das warme Wasser das Eis in mir auftauen würde, als ob alles, was ich seit dem Unfall in mir zurückgehalten habe, mit einem Mal aufbricht und aus mir herauswill. Tränen laufen mir übers Gesicht und ich kann nichts dagegen tun, kann sie einfach nur laufen lassen, stehe mit geschlossenen Augen unter der heißen Dusche, weine, kann kaum alleine stehen, stütze mich an der Wand ab, um nicht umzufallen. Es dauert eine halbe Ewigkeit, bis das Zittern endlich nachlässt und ich aufhören kann zu weinen.

Ich steige aus der Dusche und schlinge mir das große Handtuch, das Julian mir vorher gegeben hat, um die Hüften. Im Spiegel sehe ich meinen nackten Oberkörper, betrachte meinen Bauch, berühre vorsichtig mit den Fingerspitzen meine nackten Brüste. Als ich mein Gesicht hebe, sehe ich wieder vor mir, wie brutal Tarek versucht hat, mich zu küssen, und sofort wird mir wieder schlecht.

»Alles in Ordnung?« Julian klopft an die Badezimmertür. Ich wische mir noch einmal über das Gesicht, wickele mich komplett in das Badetuch, dann öffne ich ihm.

»Ja, danke, die Dusche hat gutgetan, jetzt ist mir wieder warm.«

»Ich hab dir meinen alten Jogginganzug geholt, der dürfte noch am besten passen.« Julian drückt mir einen Stapel Klamotten auf den Arm, einen dunkelblauen Jogginganzug, dazu ein T-Shirt und ein Paar Socken. Schnell schließe ich die Tür wieder und schlüpfe in die warmen, trockenen Sachen. In Julians Sachen. Für einen Moment bleibe ich ganz still stehen, schlinge die Arme um meinen Körper und atme den Duft der frischen Klamotten ein. Irgendein Waschmittel natürlich, aber ich stelle mir vor, dass es Julians Duft ist, dass es seine Arme sind, die mich so halten. Ich schließe die Augen, um die Vorstellung noch ein bisschen zu genießen, als sich Tareks Gesicht plötzlich dazwischenschiebt, sein kaltes Lächeln, das Flüstern an meinem Ohr: *Schneewittchen.* Und dann fällt mir noch etwas anderes wieder ein: *Du bist nicht Kira,* hat Tarek gesagt und auf meinen Körper gestarrt. *Du bist nicht Kira.* Ein Frösteln überläuft mich, als die Erinnerung mich wieder einholt. *Wer bist du?* Tarek hat mir die gleiche Frage gestellt, die ich mir selbst seit Wochen stelle: Wer bist du?

»Passen die Sachen?« Julians Stimme reißt mich aus meinen Gedanken, wofür ich ihm fast dankbar bin.

»Ja, klar, danke.«, antworte ich und trete zu Julian in den Flur.

»Ich hab uns Tee gekocht. Gehen wir in mein Zimmer?«

Ich nicke, gehe hinter Julian her.

Verlegen sehe ich mich in seinem Zimmer um. Mir fallen sofort die vielen Bilder auf, die an den Wänden hängen. Fotografien. Landschaften, Gebäude. Meistens schwarz-weiß.

»Hast du die gemacht?« Ich deute mit dem Kopf auf die Fotos. Julian nickt.

»Die sind toll!« Ich bleibe vor einem Foto stehen, auf dem ein halb zugefrorener Fluss zu sehen ist. Weiß sprudelt das Wasser über den Rand aus Eis, fast kann man das Rauschen hören, so toll ist das Bild. Trotzdem bekomme ich ein beklemmendes Gefühl, als ich das Foto betrachte. Schnell wende ich mich ab und schaue mir ein anderes Bild an.

»Ich bin in der Foto-AG in der Schule. Und im Sommer habe ich ein Praktikum gemacht bei einem Fotografen.« Julian setzt sich und reicht mir eine Tasse.

Ich lasse mich neben ihm auf das Bett sinken und schlürfe vorsichtig an dem heißen Tee. Die warme Flüssigkeit tut mir gut, außerdem bin ich froh, dass ich erst einmal nichts sagen muss. Wir sitzen eine Weile nebeneinander, trinken Tee, betrachten die Fotos an den Wänden, und für einen Moment wünsche ich mir, es könnte immer so sein. Erst als ich den Tee mit der rechten Hand wegstellen will, verziehe ich wieder vor Schmerz das Gesicht.

Julian stellt seinen Tee auf das Regal neben seinem Bett. Dann dreht er sich zu mir um. »Lass mal sehen.« Behutsam nimmt er meine verletzte Hand in seine.

Ein Stromstoß jagt durch meinen Körper und mein erster Impuls ist es, meine Hand wieder wegzuziehen. Es ist mir unangenehm, als ich sehe, wie Julian meine Hand schnell wieder loslässt.

»Entschuldigung. Habe ich dir wehgetan? Ich wollte mir die Hand nur mal angucken. Was ist damit passiert?«

»Ich bin hingefallen und habe mich irgendwie blöd abgestützt«, erkläre ich ihm. Vor lauter Verlegenheit weiß ich kaum, wo ich hingucken soll. Ich sage ihm nicht, dass es seine Berührung, seine körperliche Nähe war, die mich so zusammenzucken ließ, und nicht der Schmerz.

»Du solltest damit zum Arzt gehen.« Julian klingt ehrlich besorgt, während er behutsam wieder nach meiner Hand greift. Vorsichtig tastet er Finger für Finger ab. »Wenn du Glück hast, ist sie nur geprellt und nicht gebrochen. Prellungen können sehr schmerzhaft sein«, erklärt er mir, während er meine Finger behutsam zwischen seinen Händen hin und her bewegt.

Ich denke an die zahlreichen blauen Flecken an meinem Körper, deren Abklingen ich über mehrere Wochen lang beobachten konnte. Niemand weiß wohl besser als ich, wie sehr Prellungen wehtun können. Der Schmerz treibt mir wieder Tränen in die Augen. Trotzdem wünsche ich mir, Julian würde nie damit aufhören, meine Hand zu halten. Doch noch bevor ich diesen Wunsch zu Ende gedacht habe, legt Julian meine Hand vorsichtig wieder zurück auf meinen Schoß, dann steht er auf und kramt in einer seiner Schubladen. Mit einer Tube und Verbandszeug kommt er zurück.

»Ist nur eine Schmerzsalbe gegen Prellungen«, erklärt er mir, während er einen Streifen Salbe aus der Tube drückt und vorsichtig meine Hand damit einreibt. »Habe ich mir zugelegt, seit ich mich beim Handball immer mal wieder verletze.« Dann legt er mir ziemlich gekonnt einen Verband an.

»Danke, Herr Doktor«, sage ich und zum ersten Mal an diesem Tag kann ich lächeln.

»Bitte, gern geschehen. Die Praxisgebühr können Sie in Form von Kaffee in der Schulcafeteria zahlen.« Julian grinst mich an. Aber schon kurz darauf wird er wieder ernst.

»Kannst du mir jetzt bitte erklären, was hier eigentlich los ist? Wer war der Kerl vorhin und was wollte er von dir?« Julian hat die Salbe und das Verbandszeug weggelegt und setzt sich wieder neben mich aufs Bett.

Verlegen schaue ich auf den Boden vor mir. Ich weiß, es ist an der Zeit, Julian reinen Wein einzuschenken, aber ich weiß noch nicht einmal, wo ich überhaupt anfangen soll.

»Was wolltest du auf der Baustelle?« Julian lässt nicht locker.

»Woher wusstest du überhaupt, dass ich dort war?«, kontere ich mit einer Gegenfrage.

»Ich habe eins und eins zusammengezählt«, antwortet Julian. »Du warst unglaublich hektisch. Und das mit dem Sekretariat habe ich dir auch nicht geglaubt. ›Formulare ausfüllen‹ ... Was Besseres ist dir wohl nicht eingefallen?«

Ich spüre, wie ich rot werde, und schaue schnell in eine andere Richtung.

»Na ja, jedenfalls bin ich nach der zweiten Pause noch an den Chemieräumen vorbeigekommen, und als ich dich da nirgendwo gesehen habe, habe ich mir Sorgen gemacht. Ich bin einfach

losmarschiert und habe dich gesucht. Alex aus meinem Sportkurs hat dich in Richtung Baustelle davongehen sehen, alles andere war purer Zufall. Ein glücklicher Zufall, würde ich mal sagen.« Er legt eine Pause ein, aber ich antworte ihm nicht. »Und was wolltest du jetzt wirklich da im strömenden Regen?«
»Ich wollte Tarek treffen.«
»Tarek?«
»Ein Freund von früher. Jedenfalls sagt er, dass er ein Freund ist. *Mein* Freund«, füge ich hinzu, als ich sehe, wie Julian die Stirn runzelt.
»Dieser Typ ist dein Freund?« Julian zieht die Augenbrauen hoch. Schmerzlich wird mir bewusst, dass er ein Stück von mir weggerückt ist.
»Das behauptet er zumindest. Aber ich kann mich nicht an ihn erinnern.«
Ich sehe Julian an, dass er nicht weiß, ob er mir glauben soll oder nicht. Ich muss wieder an meine Mutter denken, an ihre Vorwürfe, daran, dass auch sie mir nicht glaubt. An Tarek, der mir gesagt hat, mit diesen Geschichten könnte ich vielleicht meine Lehrer beeindrucken, und an Jenny, die mich gefragt hat, ob ich jetzt auf unschuldig mache. Und plötzlich ist es mir total wichtig, dass Julian mir glaubt.
»Bitte –« Ich lege meine Hand auf seinen Arm, sehe sein Erstaunen über diese Berührung. »Bitte, du musst mir glauben.«
Und dann erzähle ich ihm alles. Erzähle ihm, wie ich im Krankenhaus aufgewacht bin, von den Albträumen, dem immer wiederkehrenden Gefühl, verfolgt zu werden, ich erzähle ihm von Jenny und Tammy und von den Mails mit dem Zeitungsausschnitt und der Todesanzeige, und ich erzähle ihm davon, wie Tarek mich in der Unterführung abgefangen hat, und auch, wie viel Geld er von mir verlangt. Die ganze Zeit hört Julian mir einfach nur stumm zu, er sagt nichts, gar nichts, und wieder

überfällt mich panische Angst, dass er mir kein Wort glauben könnte, dass auch er denkt, ich würde ihm nur etwas vorspielen, und dann kann ich meine Tränen nicht länger zurückhalten, lasse sie einfach laufen, während ich ihm sage, wie sehr ich mich danach sehne, herauszufinden, wer ich wirklich bin, und wie viel Angst ich gleichzeitig vor der Wahrheit habe.

Als ich fertig bin, wage ich es nicht, ihm ins Gesicht zu sehen.

»Und du kannst dich wirklich an überhaupt nichts erinnern?«

Im ersten Moment kann ich nichts darauf antworten, nur den Kopf schütteln, als er mir diese Frage stellt. Ich schlucke und schlucke, aber die Enttäuschung sitzt mir im Hals und lässt sich nicht so einfach runterschlucken.

Nicht einmal Julian glaubt dir, auch er denkt, dass du dir das alles nur ausdenkst, um dich wichtigzumachen.

Ich starre auf den Boden vor meinen Füßen und plötzlich will ich nur noch eins: weg hier.

Ich springe auf, greife nach meinem Rucksack, den Julian mit nach oben gebracht hat.

»Ich hol mal meine Klamotten aus dem Bad. Danke für den Tee. Den Jogginganzug bringe ich dir wieder mit in die Schule.« Plötzlich habe ich es sehr eilig, hier rauszukommen.

Julian springt ebenfalls auf. »Wo willst du hin?« Er sieht völlig verwirrt aus. Fast tut er mir schon leid. »Hab ich was Falsches gesagt?«

Ich schüttele nur den Kopf, ich kann jetzt nicht sprechen. Ich wünsche mir nichts sehnlicher, als einfach wieder auf Julians Bett zu sitzen, mit ihm Tee zu trinken und seine Hand zu halten. Aber es geht nicht. Es wird niemals gehen. Nicht solange ich nicht weiß, wer ich bin. Nicht solange sogar Julian denkt, dass ich mir alles nur ausgedacht habe.

Julian greift nach meinem Arm. Ich mache schnell einen Schritt zur Seite. Ich ertrage seine Berührungen nicht länger.

»Warst du noch mal an der Unfallstelle?«
»Was?« Verwirrt schaue ich ihn an.
»Im Wald, dort wo der Unfall passiert ist. Du hast erzählt, dass du die Bäume in deinen Albträumen immer wieder vor dir siehst. Warst du nach dem Unfall noch mal dort?«
Ich schüttele den Kopf. »Nein. War ich nicht.« Ich bin immer noch zu aufgewühlt, um zuzugeben, dass ich selbst schon daran gedacht hatte, ihn zu fragen, ob er mich dorthin begleiten würde. »Warum auch. Was sollte ich da?«, frage ich stattdessen kühl.
Julian zuckt mit den Schultern.
»Ich weiß auch nicht. Ist vielleicht eine Schnapsidee. Aber ich dachte, wenn du dich so gut an die Bäume erinnern kannst und an deinen Sturz«, fügt er leise hinzu, als er sieht, wie ich zusammenzucke, »dann kannst du dich an Ort und Stelle vielleicht an noch mehr erinnern. Oder du findest irgendetwas, das dir weiterhilft. Oder so…« Hilflos sieht er mich an. »War wahrscheinlich keine sehr gute Idee, oder?«
Ich schlucke. Beiße mir auf die Lippen. Jetzt tut es mir leid, dass ich gedacht habe, Julian würde mir nicht glauben. Ich schaue an ihm vorbei auf das Foto des tosenden Flusses. Dann gucke ich in sein Gesicht. »Würdest du mitkommen?«, frage ich leise. »Ich glaube, alleine traue ich mich nicht noch mal dorthin.«

22.

Es fängt schon an zu dämmern, als wir uns auf den Weg zu dem steilen Abhang machen, an dem ich gefunden wurde.
Wir sind mit Julians Motorrad raus zum Jugendtreff gefahren. Im ersten Moment wollte ich mich weigern, mit dem Ding zu fahren. Schon das Geräusch, als Julian die Maschine anließ, versetzte mich in Panik. Erst als Julian mir erklärt hat, dass es total umständlich wäre, mit dem Bus zu fahren, habe ich eingewilligt. Ich hatte mir in den Kopf gesetzt, mir die Unfallstelle anzusehen, und ich wollte das jetzt durchziehen. Die Fahrt war der blanke Horror. Nicht einmal Julians Nähe, die ich an jedem anderen Tag sicher genossen hätte, konnte mich beruhigen.
Als wir endlich angekommen waren, bin ich, so schnell ich konnte, abgesprungen und habe mir den Helm vom Kopf gezerrt.
Ich hatte gehofft, schon der Anblick dieses Treffpunkts würde irgendwelche Erinnerungen in mir auslösen.
Umso enttäuschter bin ich, als ich endlich vor dem Haus mit dem majestätischen Namen Royal stehe, von dem ich inzwischen schon so viel gehört habe.
Ein unscheinbares flaches Gebäude draußen vor der Stadt, mit kitschigen Säulen rechts und links neben der Eingangstür und billig wirkenden Waschbetonplatten auf dem Gehweg.
Auf einem Berg gelegen und nur mit einem eigenen Fahrzeug oder dem Bus zu erreichen, Ausgangspunkt für einige Rundwanderwege und eben Treffpunkt, Bar und Disco für die jungen Leute, die am Wochenende hier rausfahren.

Ich betrachte das Haus eine ganze Weile, doch Erinnerungen weckt es gar keine in mir. Heute ist es zudem geschlossen, erst am Donnerstag öffnet der Jugendclub wieder seine Türen. Enttäuscht wende ich mich ab.
»Ich glaube, wir müssen ein Stückchen da runter.« Julian deutet die Straße hinunter, über die wir gerade gekommen sind. Dann greift er nach meiner gesunden Hand und zieht mich mit sich. Ich atme tief aus.
Allein das ist es wert, denke ich. Allein dieses Gefühl, ihn zu berühren, ist alle Albträume, alle Ängste der vergangenen Tage wert. Ich spüre seine Hand, die sich warm und fest um meine Finger schließt, und wünsche mir für einen kurzen Moment, er würde niemals wieder loslassen. Vielleicht ist es ja doch möglich, die Vergangenheit zu vergessen und nur nach vorne zu gucken.
Gemeinsam gehen wir wieder ein Stück auf der Landstraße zurück, und ich überlege, ob ich Julian nicht bitten soll, die Sache auf sich beruhen zu lassen und sofort wieder umzukehren. Aber dann denke ich wieder daran, wie viel Angst ich auf dem Motorrad hatte, an meine Schweißausbrüche in jeder Kurve und bin plötzlich überhaupt nicht mehr so scharf darauf, gleich wieder zurückzufahren. Außerdem hoffe ich ja wirklich, hier oben etwas zu finden, das mir weiterhilft.

Direkt hinter dem Parkplatz zum Royal führt die Straße eng und steil nach unten in Richtung Tal. Ich sehe die Bäume rechts und links neben mir, aber anders als in meinen Träumen sind sie nicht schwarz, sondern bestenfalls grau jetzt bei Einbruch der Dämmerung. Auch stehen sie nicht im weißen Schnee, sondern der Boden zu ihren Füßen ist braun und matschig. Februarwetter halt. Von Eis und Schnee ist nichts mehr zu sehen, aber auch der Frühling hat sich bisher noch nicht blicken lassen. Eigentlich

ist es kaum vorstellbar, dass hier schon in wenigen Wochen alles wieder in saftigem Grün stehen soll.
Fast bin ich enttäuscht, dass die Bilder in meinem Kopf so gar nicht mit der Realität übereinstimmen. Trotzdem schlägt mein Herz mit jedem Schritt schneller, wird mein Atem mit jedem Meter, den wir zurücklegen, flacher.
Für einen Moment bin ich mir nicht mehr so sicher, dass es eine gute Idee war, hierher zurückzukommen. Was kann ich hier schon finden? Warum muss ich mir unbedingt die Stelle noch einmal angucken, an der ich fast gestorben wäre?
Die Todesanzeige kommt mir wieder in den Sinn. *Wir trauern um unsere Tochter und gute Freundin.* Ich bin nicht gestorben! Auch wenn der Absender dieser Mail, von dem ich mir inzwischen ziemlich sicher bin, dass es Tarek war, mir gerne etwas anderes vormachen wollte.
Ich atme tief durch und versuche, den Gedanken an Tarek zu verdrängen. Mit ihm würde ich mich morgen wieder befassen. Jetzt bin ich mit Julian hier, um mir die Unfallstelle noch einmal anzugucken, und genau das werde ich jetzt auch tun. Auch wenn mir dabei mulmig ist.
Ich greife Julians Hand ein bisschen fester und bin froh, dass er sich nicht dagegen wehrt. Dann bemerke ich das Brummen. Wir sind erst wenige hundert Meter auf der Straße nach unten gewandert, als ich höre, wie sich von hinten ein Fahrzeug nähert. Ich fange an, meine Schritte zu beschleunigen, sehe Julians überraschten Blick, als ich seine Hand loslasse und schneller gehe, das Brummen wird lauter, was immer sich da von hinten nähert, holt schnell auf, das Herz schlägt mir jetzt bis zum Hals, meine Kehle wird immer enger, ich kriege keine Luft mehr, will etwas sagen, aber ich bringe keinen Ton heraus. Julian greift wieder nach meiner Hand, ich kann die Besorgnis in seinem Blick spüren. Ich würde es ihm gerne erklären, suche

nach Worten für das, was in mir vorgeht, aber da sind keine Worte, da ist nur die Angst, die mir den Hals aufreißt, die mich am Sprechen hindert, da sind die Bilder in meinem Kopf, schwarze Bäume, weißer Schnee, *rot wie Blut, Schneewittchen,* und da ist dieses Brummen. Immer näher, immer lauter. Ich will von der Straße runter, zerre Julian hinter mir her in den Wald, wir haben die Stelle noch nicht erreicht, das weiß ich, aber das Brummen ist schon so nah, wir dürfen kein Risiko eingehen.

Dann spüre ich seine Arme um meinen Körper, höre seine Stimme an meinem Ohr. »He, Kira. Ganz ruhig. Da ist nichts. Alles ist gut, hörst du? Da ist absolut nichts.« Ich fühle seine Hand, die hilflos über meinen Kopf streicht, wieder und wieder, gegen mein Zittern anstreicht und gegen meine Angst. Das Brummen ist verstummt und ich stehe mitten im Wald, begreife nicht, wie ich hier plötzlich hingekommen bin, stehe an Julian gelehnt, der seine Arme um mich geschlungen hat.

Habe ich mir das Brummen nur eingebildet? Ich wage es nicht, Julian danach zu fragen, habe Angst vor der Antwort, habe Angst, dass da tatsächlich nichts war und meine Panik einzig und allein auf meiner Einbildung beruht.

Ich sehe wieder das Gesicht vor mir. In der Glasscheibe. *Mein* Gesicht, korrigiere ich mich. Auch wenn ich nicht mehr weiß, wer ich bin, weiß ich doch noch, wie ich dieses Mädchen im Spiegel angestarrt habe mit der immer gleichen Frage auf den Lippen: Wer bist du? Und heute hat mir Tarek genau dieselbe Frage gestellt: *Wer bist du?*

Julian führt mich behutsam zurück auf die Straße, wir gehen auf der linken Straßenseite, einen Gehweg gibt es hier nicht. Einige Meter später sehe ich die Kurve. Das heißt, ich weiß, dass es die Kurve sein muss, von der im Krankenhaus alle geredet haben. Der Arzt, die Polizisten, Steven und sogar meine Mutter.

Eine richtig enge Kurve, die sich den Berg hinunterwindet. *Haarnadelkurve,* hat der Arzt gesagt. *Du hast die Kurve zu schnell genommen, bist in ihr weggerutscht und den Hang hinuntergestürzt. Zum Glück stand da dieser Baum.* Ich erinnere mich an meine Träume. Da war dieses Eis auf der Fahrbahn. Glatt wie ein Spiegel. Überall habe ich Spiegel gesehen und überall mein Gesicht. Daran erinnere ich mich. Und ich erinnere mich, dass etwas nicht stimmte. Etwas war ganz und gar falsch, aber ich komme immer noch nicht darauf, was es war. Ich sehe die Kurve, sehe die Spiegel, sehe mein Gesicht.

Heute ist in der Kurve kein Eis mehr. Vorsichtig nähere ich mich dem Abhang, höre das Rauschen des Flusses tief da unten, starre in die Dunkelheit, frage mich, was ich wohl finden würde, wenn ich dort hinunterginge. Wie weit bin ich diesen Abhang hinabgestürzt? Drei Meter? Zehn Meter? Wo stand der Baum, der mich abgefangen hat? Ich weiß es nicht. Für einen Moment überlege ich, hinunterzuklettern, nachzusehen, den Baum zu suchen, der mir das Leben gerettet hat.

Hat er das wirklich?

Julian hält mich fest an der Hand. Als er spürt, dass ich da runter will, schüttelt er den Kopf.

»Es ist schon zu dunkel«, sagt er. »Es hat keinen Sinn. Du würdest sowieso nichts mehr sehen. Außerdem ist es viel zu gefährlich. Wir sollten ein anderes Mal wieder herkommen, wenn es heller ist.« Dann zieht er mich wieder auf die Straße und ich weiß, dass er recht hat. Trotzdem: Die Panik in mir bleibt. Das Brummen hinter mir, das ich auch heute wieder gehört habe, das Gefühl, beobachtet zu werden… Immer wieder sehe ich mich um, während Julian mich von der Kurve weg und zurück Richtung Parkplatz führt. Hinter uns ist jemand. Ich bin mir ganz sicher, dass hinter uns jemand ist. Aber jedes Mal, wenn ich mich umdrehe, ist nichts zu sehen.

Für einen Moment bleibt sie stehen und schaut in den Abgrund. Das Rauschen des Flusses ist bis hier oben zu hören. So war es auch damals in dieser Nacht. Die Dämmerung bricht jetzt schneller herein, als ihr lieb ist. Es hat keinen Sinn mehr, zwischen den Bäumen herumzulaufen und zu suchen. Was die Schneeschmelze nicht fortgeschwemmt hat, verschluckt jetzt die aufsteigende Dunkelheit.
In wenigen Minuten wird man zwischen den Bäumen kaum noch die Hand vor Augen sehen können.
Sie weiß selbst nicht, was sie hier eigentlich finden wollte. Vielleicht ist es auch genau das. Vielleicht ist sie zurückgekommen, um sich zu vergewissern, dass es hier nichts zu finden gibt. Einfach nichts.

23.

»Soll ich dich gleich nach Hause bringen?«, fragt Julian, als wir wieder vor seinem Haus stehen.
Schnell schüttele ich den Kopf. Ich will jetzt nicht nach Hause. Auf gar keinen Fall.
»Bitte«, ich traue mich kaum, Julian anzusehen, »kann ich vielleicht bei dir schlafen? Also im Gästezimmer oder auf dem Sofa«, füge ich schnell hinzu, als ich sein erstauntes Gesicht sehe.
Julian zögert nur kurz. »Klar, warum nicht. Meine Eltern sind ja sowieso nicht zu Hause. Aber deine Mutter macht sich doch bestimmt Sorgen.«
»Ich ruf sie kurz an, wenn ich euer Telefon benutzen darf.« Ich drehe mein Gesicht weg. Er soll meine Erleichterung nicht sehen.

Wenig später habe ich meine Mutter beruhigt, wir haben es uns bei Julian im Wohnzimmer gemütlich gemacht. Er hat zwei Tiefkühlpizzen in den Ofen geschoben und mich in warme Decken gehüllt. Meine Klamotten, die noch im Bad lagen, haben wir erst in die Waschmaschine und dann in den Trockner gesteckt, sodass ich sie morgen früh gleich wieder anziehen kann.
Ich lächle Julian entgegen, als er mit den Pizzen beladen zurück ins Wohnzimmer kommt. Zum ersten Mal seit Tagen fühle ich mich rundum wohl und geborgen. Julian setzt sich neben mich aufs Sofa, greift zur Fernbedienung und zappt sich durch die Fernsehprogramme.

Wir gucken zusammen ein paar alte Schwarz-Weiß-Schinken. *Dick und Doof.* Wir lachen uns schlapp. Julian greift wieder zu einer Pizzaecke und hält sie mir vor den Mund, damit ich abbeißen kann, aber ich bin so satt, ich kann beim besten Willen nichts mehr essen. Ich lasse den Mund zu und schüttele nur den Kopf, Julian lacht und macht alberne kleine Witze. »Nur ein Häppchen für den lieben Julian«, bettelt er und ich beiße doch noch ein winziges Stückchen von der Pizza ab. »Braves Mädchen. Und jetzt ein kleines Stückchen für die liebe Frau Scholz.«

Ich lache auf und presse meine Lippen fest zusammen. Julian guckt gespielt ratlos drein, dann droht er mit dem Zeigefinger und erklärt mir, dass das ja nun gar nicht ginge. »Die arme Frau Scholz hat jetzt sicherlich Hunger«, sagt er und ich kugele mich fast auf dem Sofa vor Lachen. Es tut so gut, einfach nur albern zu sein und herumzublödeln.

Plötzlich liegen wir beide auf dem Sofa und Julian streicht mir behutsam eine Haarsträhne aus dem Gesicht. Dann fährt sein Zeigefinger vorsichtig über die Stelle über meinem Auge, wo meine Narbe noch immer zu sehen ist. Ich halte die Luft an. Will seine zärtliche Berührung nicht unterbrechen. Sein Finger wandert weiter über mein Gesicht, streift über meine Augen, die ich kurz schließe, nur um sie gleich wieder zu öffnen, fährt meine Nase entlang, ich schaue in Julians braune Augen, verliere mich darin, sein langer Zopf fällt nach vorne über seine Schulter, sein Zeigefinger gibt meiner Nasenspitze einen kurzen Stups, dann wandert er weiter bis zu meinem Mund, fährt meine Lippen entlang, die ich unter seiner Berührung wie von selbst leicht öffne.

Dann beugt Julian sich über mich, kommt mit seinem Gesicht immer dichter, ich spüre seine Lippen, wie sie meine berühren, spüre seine Zunge, die sich ganz sacht in meinen Mund schiebt.

Ein Schauer überläuft meinen Körper, ich schlinge die Arme um Julian, ziehe ihn dichter zu mir herunter, jetzt liegt er fast mit seinem ganzen Gewicht auf mir und es fühlt sich einfach nur gut an.
Lange liegen wir so da und küssen uns.
Irgendwann stützt Julian sich ein bisschen hoch, sein Mund verlässt meine Lippen. Ich öffne die Augen wieder und sehe ihn an.
»Du bist wunderschön«, flüstert er und vorsichtig rutscht er von mir herunter, legt sich neben mich auf die Seite und fängt mit seiner freien Hand an, meinen Oberkörper zu streicheln.
Ich halte die Luft an, weiß nicht, was ich sagen soll, um diesen Augenblick nicht kaputt zu machen. Julians Hand wandert über das Sweatshirt nach unten, um sich dann behutsam darunter zu schieben. Langsam, ganz langsam schiebt er das Sweatshirt nach oben, ich fühle seine Hand auf meinem nackten Bauch, warm und zart fühlen sich seine Finger an. Ganz anders als Tareks Hand, schießt es mir durch den Kopf und innerlich verfluche ich mich für diesen Gedanken.
Lass Tarek aus dem Spiel, mach das hier jetzt nicht kaputt!
Ich schließe wieder die Augen, mit meiner unverletzten Hand streiche ich über Julians Rücken, suche den Saum seines Sweatshirts und dann gleitet meine Hand unter den Stoff und ich kann seinen nackten Rücken fühlen. Julian stöhnt auf, als ich seine Haut berühre, drückt sich fester an mich, schiebt mein Sweatshirt und auch das T-Shirt jetzt so hoch, dass ich unwillkürlich die Arme hebe, um mir die Sachen über den Kopf ziehen zu lassen. Dann fasst er sein Sweatshirt und zieht es sich ebenfalls über den Kopf. Als unsere Oberkörper beide nackt sind, schlingen wir die Arme umeinander, wie zwei Ertrinkende, wir umarmen uns, küssen uns, Julians Lippen gleiten von meinem Mund über meinen Hals nach unten. Ich schließe

die Augen und genieße das Prickeln, das sich auf meinem ganzen Körper ausbreitet, als seine Lippen zärtlich meine Brust berühren.
Ich weiß nicht, ob ich so etwas schon einmal erlebt habe, im Moment ist es mir auch völlig egal, ich genieße jede Sekunde, die Julian mich berührt, strecke mich ihm entgegen, will mehr davon, will ihn überall spüren, will, dass er mich alles vergessen lässt, was bisher war und was mich so gequält hat.
Julians Hand gleitet von meiner Brust über meinen nackten Bauch weiter nach unten. Wieder schiebt sich das Bild von Tarek in meinen Kopf, wie er meinen Bauch anstarrt und blass wird und dann fragt: *Wer bist du?*
Verzweifelt versuche ich, dieses Bild wieder zu verdrängen. Ich will jetzt nicht an Tarek denken, ich will, dass dieser Traum, den ich zusammen mit Julian träume, niemals aufhört.
Aber es ist nur ein Traum, höhnt die Stimme in mir. Julian ist nur dein Werkzeug, das du benutzt, damit du nicht darüber nachdenken musst, wer du wirklich bist.
Ich spüre, wie ich mich versteife, wie ich ein winziges Stück von Julian abrücke, auch er hat das gespürt, hält kurz inne und kommt wieder höher. Küsst meine Lippen zärtlich, kommt dann dich an mein Ohr.
»Psst«, flüstert er, »entspann dich. Alles ist gut. Entspann dich einfach und genieß den Augenblick.«
Ich schließe die Augen, würde seiner Bitte so gerne nachkommen, versuche, mich wieder zu entspannen, spüre, wie seine Hand wieder nach unten wandert, wie seine Finger sich unter den Bund der Jogginghose schieben, ich ziehe den Bauch ein, halte die Luft an, aber Tarek in meinem Kopf weigert sich zu verschwinden.
Julians Hand greift den Bund der Hose und fängt an, ihn mir über die Hüften zu ziehen. Ich sehe die Zigarette in Tareks

Hand, sehe sein Gesicht immer näher kommen, will das nicht, will das alles plötzlich überhaupt nicht. Ich bekomme Panik, stemme mich gegen Julian, will ihn von mir wegschieben, drehe den Kopf weg. Julian sieht mich überrascht an, als ich vom Sofa aufspringe und meine Sachen an mich reiße.

»Ich will das nicht«, schreie ich ihn an.

Als ich sein erschrockenes Gesicht sehe, tut es mir leid, dass ich ihn so angefaucht habe, mir tut alles leid, ich wollte das alles nicht und am allerwenigsten wollte ich Julian benutzen, um Tarek und alles andere zu vergessen. Aber ich habe keine Ahnung, wie ich ihm das erklären soll. »Ich fahre jetzt besser doch nach Hause«, sage ich nur und ziehe mich wieder an.

Julian versucht, mich zum Bleiben zu überreden. Bietet mir an, dass ich sein Zimmer haben kann, während er selbst auf dem Sofa schlafen will, aber ich will nur noch weg.

»Lass mich dich wenigstens mit dem Motorrad nach Hause bringen«, bittet er, aber ich schüttele nur stumm den Kopf.

»Wie du willst«, sagt er schließlich und dann bringt er mich zur Bushaltestelle, erklärt mir noch, wo ich umsteigen muss. Als ich endlich im Bus sitze, dreht er sich um und geht. Er winkt nicht einmal mehr zum Abschied. Ich lehne meinen Kopf an die Fensterscheibe und sehe ihm nach. Tränen laufen mir über das Gesicht, ich verstehe nicht, was da passiert ist. Ich verstehe nur, dass ich soeben vermutlich den einzigen Freund, den ich wirklich hatte, verloren habe.

24.

Als mein Wecker klingelt, liege ich bereits seit Stunden wach und kann nicht mehr schlafen. Immer wieder lasse ich den gestrigen Tag vor meinem inneren Auge ablaufen.
Meine Mutter hat zum Glück keine nervigen Fragen mehr gestellt, als ich spät abends doch noch vor unserer Tür stand. Sie war schon fast im Bett und viel zu müde, um sich groß zu wundern. Ich habe etwas von Kopfschmerzen und doch lieber im eigenen Bett schlafen gemurmelt und sie hat es kommentarlos akzeptiert. Sie hat noch nicht einmal gemerkt, dass ich fremde Klamotten anhatte.
Vielleicht ist es ihr auch einfach ganz egal, was du machst, hast du daran schon mal gedacht? Ich begrüße die Stimme in meinem Kopf fast wie einen alten Bekannten.
Wer bist du wirklich?, flüstert die Stimme in mir, und dann denke ich an den Versuch von Julian und mir, in der Nähe der Unfallstelle alte Erinnerungen zu wecken. Jetzt wüsste ich gerne, ob ich mir das Motorengeräusch gestern nur eingebildet habe oder ob da tatsächlich ein Auto oder ein anderes Fahrzeug war. Gestern war ich zu feige, Julian zu fragen, aus lauter Angst, er könnte mich für völlig verrückt halten.
Das tut er spätestens nach der Szene, die du ihm gestern Abend gemacht hast, sowieso, höhnt die Stimme in meinem Kopf. Verzweifelt versuche ich, sie zum Schweigen zu bringen.
Mein Blick fällt auf meine Hand, die immer noch in Julians Verband steckt. Zum Glück hat meine Mutter den Verband gestern gar nicht gesehen und deshalb auch keine neugierigen

Fragen gestellt. Vorsichtig wickele ich ihn ab und denke dabei an Julians Finger, die mich so behutsam berührt und verarztet haben. Die Hand tut immer noch weh, wenn ich versuche, sie zu bewegen, aber es kommt mir vor, als seien die Schmerzen ein kleines bisschen weniger geworden.

Ich schließe die Augen und stelle mir noch einmal vor, wie Julian mich geküsst hat, wie zärtlich seine Finger meine Stirn, meine Augen und meine Nase berührt haben, wie wohl ich mich in seinen Armen gefühlt habe.

Und deshalb hast du ihn ja auch total verprellt! Die Stimme in meinem Kopf gibt keine Ruhe.

Ich starre an meine Zimmerdecke und überlege, ob es nicht immer so sein könnte wie gestern Abend. Du musst es doch nur schaffen, die Schatten aus deiner Vergangenheit endlich ruhen zu lassen. Es ist egal, was vor deinem Unfall war, wichtig ist doch nur, was jetzt ist.

Macht wirklich die Vergangenheit uns zu dem Menschen, der wir sind, oder ist es nicht vielmehr die Zukunft, die unser Leben bestimmt?

Ich muss mit Julian reden, beschließe ich, ich muss ihm sagen, wie leid mir alles tut, und ihn bitten, mir zu verzeihen.

Und Tarek? Ärgerlich wische ich den Gedanken an Tarek zur Seite. Tarek wird mich in Ruhe lassen, wenn er erst kapiert, dass bei mir nichts zu holen ist. Er wird wohl kaum wollen, dass ich doch noch die Polizei einschalte. Auf einmal fühle ich mich stark und mutig, und der Gedanke daran, Julian gleich in der Schule zu sehen und mich mit ihm zu versöhnen, lässt mich aus dem Bett springen und mich so schnell wie möglich anziehen.

Als ich Julian nicht an der Schulbushaltestelle sehe, macht sich Enttäuschung in mir breit.

Was hast du denn gedacht? Dass er hier auf dich wartet, bis du reumütig angekrochen kommst? Frustriert steige ich trotzdem in den Bus ein, auf gar keinen Fall will ich das Risiko eingehen, in der Unterführung wieder auf Tareks Leute zu treffen.
In der Schule finde ich Julian auch nicht. In den ersten beiden Stunden habe ich Geschichte und habe keine Ahnung, was auf Julians Stundenplan steht. Ich frage ein paar Leute, ob sie ihn gesehen haben, aber keiner weiß, wo er steckt. In der großen Pause kämpfe ich mich durch die überfüllten Gänge nach draußen. Jetzt bereue ich es, dass ich Julian in den Pausen immer aus dem Weg gegangen bin. Ich habe keine Ahnung, wo er sein könnte. Vielleicht in der Cafeteria, fällt es mir ein. Immerhin wollte er dort schon zweimal mit mir einen Kaffee trinken.
Als ich zur Cafeteria komme, ist diese proppenvoll mit Schülern aus allen Jahrgangsstufen. Verzweifelt halte ich Ausschau nach Julians dunklem Zopf oder seinem bunten Schal, aber in der Masse der Schüler habe ich kaum eine Chance, ihn zu finden.
Plötzlich rempelt mich jemand von der Seite an und ich zucke zusammen, als ich den weißblonden Haarschopf von Sandra neben mir sehe.
»Schöne Grüße von Tarek«, zischt sie mir zu.
Ich starre sie an. Begreife nicht. Tarek? Was hat Sandra mit Tarek zu tun? Ich will den Mund öffnen, will sie genau das fragen, als schon ein hämisches Grinsen über ihr Gesicht huscht.
»Ich soll dir ausrichten, dass er wartet. Bis morgen noch.«
Sofort wird mir wieder schlecht. Frag sie, was sie mit ihm zu tun hat!, befehle ich mir. Als sie sich umdreht und mich stehen lassen will, halte ich sie am Ärmel fest.
»Was hast du mit Tarek zu tun?« Ich kann seinen Namen kaum aussprechen. Sandra funkelt mich wütend an.

»Du weißt genau, was ich mit Tarek zu tun habe. Was soll das Theater?«
»Nein, ich habe überhaupt keine Ahnung. Seit dem Unfall…«
»Er war *mein* Freund«, fällt sie mir ins Wort. Mit offenem Mund starre ich sie an. Tarek war Sandras Freund?
»Jedenfalls bis du aufgetaucht bist und ihn mir weggeschnappt hast. Der besten Freundin den Lover ausspannen. Das war 'ne ganz miese Tour.«
Der besten Freundin? Ich muss an das Foto denken, das an meiner Pinnwand hängt, und fange an zu begreifen.
»Sandra, das wusste ich nicht, das…« Ich weiß nicht, was ich sagen soll. »Das tut mir leid.«
»Schieb dir dein Mitleid sonst wo hin.« Sandra spuckt mir vor die Füße. Ein Schwall Speichel trifft meinen linken Turnschuh. Ich sehe die Spucke über meine Schuhspitze laufen und muss würgen.
»Tarek wird schon noch merken, was er an mir hat.« Dann dreht sie sich um und lässt mich stehen.
Mist. Bis jetzt hatte ich den Gedanken an Tarek erfolgreich verdrängt, aber so langsam kehrt die Panik zurück. Ich habe keine Chance, bis morgen dreitausend Euro aufzutreiben, aber ich habe auch überhaupt keine Idee, was ich sonst machen soll. Doch die Polizei einschalten? Und wenn Tarek recht hat? Wenn ich wirklich selbst mit Drogen gehandelt habe, die er mir besorgt hat? Dann stecke ich doch selbst ganz tief mit in der Sache drin. Ich fühle, wie die Angst wieder in mir hochkriecht. Meine Hände fangen an zu zittern. Ich muss Julian finden, ich muss mit ihm reden. Er ist der einzige Mensch, dem ich vertraue, der einzige, der mir glaubt. Okay, der mir bis gestern geglaubt hat, korrigiere ich mich selbst.
Als ich Julian auch in der zweiten Pause nicht finde, beschließe ich, einfach nach der Schule in den Bus zu steigen und zu ihm

nach Hause zu fahren. Dummerweise habe ich heute acht Stunden, sodass es bereits früher Nachmittag ist, bis ich endlich aus der Schule rauskomme. Aber ich kann es mir auch nicht leisten, schon wieder zu schwänzen, wenn ich nicht will, dass die Schule meine Mutter informiert.

Als die achte Stunde endlich vorbei ist, schlage ich den Weg zur Baustelle ein. Von dort aus kann ich dann die Bushaltestelle finden, an der Julian und ich gestern eingestiegen sind. Da ich mir seine Adresse nicht genau gemerkt habe und so durcheinander war, als ich gestern Abend nach Hause gefahren bin, scheint mir das der sicherste Weg zu sein.

Auf Höhe der Baustelle beschleunige ich meine Schritte. Krampfhaft versuche ich, nicht nach den Bauschuttcontainern zu suchen, um gar nicht erst irgendwelche Panik aufkommen zu lassen. Ich wechsele die Straßenseite, um nicht direkt an der Baustelle vorbeigehen zu müssen. Plötzlich habe ich das Gefühl, dass hinter mir jemand ist. Lauf schneller!, befehle ich mir. Nicht umdrehen! Einfach schneller laufen. Die Bushaltestelle kommt gleich. Ich spüre, wie die Panik wieder von mir Besitz ergreift, höre Schritte hinter mir, die jetzt ebenfalls beschleunigen, mein Atem wird flacher, ich fühle die Kälte, die sich wieder in mir ausbreitet. Ich wage es nicht, mich umzudrehen, werfe nur einen Blick zur Seite, sehe die Paletten, die an der Wand gestapelt sind, sehe Männer zwischen den halb fertigen Wänden hin und her laufen. Es sind Leute auf der Baustelle. Arbeiter. Die Erleichterung überfällt mich so plötzlich, dass ich für einen kurzen Moment die Schritte hinter mir vergesse und langsamer werde. Dann, plötzlich, hallen sie wieder in meinem Kopf. Immer dichter kommen sie. Lauf!, schreit die Stimme in mir, weiter hinten sehe ich schon die Bushaltestelle und ich fange an zu laufen. Rot wie Blut, rot wie Blut, rot wie Blut, hämmern meine Füße den Rhythmus auf den Asphalt, die Schritte, die mich verfolgen, haben sich diesem Rhythmus angepasst. Endlich erreiche ich die Bushaltestelle, im selben Moment biegt der Bus schon um die Ecke, hält an und öffnet seine Türen. Ich stürze hinein und werfe mich auf einen freien Platz. Erst jetzt wage ich es, den Blick zu heben.

»Das war knapp.« Der ältere Herr, der hinter mir in den Bus steigt, schnappt nach Luft und grinst mich an. »Fast hätten wir ihn verpasst.«

Ich bebe immer noch am ganzen Körper. Reiß dich zusammen, Kira! Reiß dich endlich zusammen und hör auf, immer und überall Gespenster zu sehen. Ich starre auf meine Hände, die immer noch zittern.

Als ich endlich vor Julians Zuhause stehe, habe ich mich wieder einigermaßen beruhigt. Ich atme tief durch, dann drücke ich auf den Klingelknopf.

»Was willst du denn hier?« Besonders freundlich klingt Julians Begrüßung nicht, als er mir die Tür öffnet. Ob er immer noch sauer ist wegen gestern Abend?

»Kann ich reinkommen?« Fast habe ich Angst, er könnte nein sagen, aber Julian macht einen Schritt zur Seite und hält mir die Tür auf.

Ich schlüpfe an ihm vorbei in den Flur, bleibe stehen, weiß nicht, was ich sagen soll. Verlegen trete ich von einem Fuß auf den anderen. Die Vertrautheit, die gestern Abend noch zwischen uns da war, ist spurlos verschwunden. Auch Julian weiß offensichtlich nichts zu sagen. Er steht einfach da und starrt mich ziemlich finster an. Seine Hände hat er in die Hosentaschen gestopft.

Sprich mit ihm, sag irgendetwas. Krampfhaft suche ich nach den richtigen Worten. Ich sehne mich nach seiner Berührung,

sehne mich danach, dass er mich wieder in die Arme nimmt, und weiß doch, dass es so wie gestern nie wieder sein wird. Dafür habe ich zu viel kaputt gemacht.
»Was willst du?« Es ist Julian, der unser Schweigen schließlich bricht.
Ich zucke zusammen, weil seine Stimme so kalt klingt. So abweisend.
»Ich bin gekommen, um mich zu entschuldigen«, sage ich leise. Julian reagiert nicht, starrt nur weiter auf irgendeinen Punkt vor seinen Füßen.
»Bitte, Julian –« Ich mache einen Schritt auf ihn zu, berühre ihn am Arm. »Es tut mir leid. Ich hätte nicht einfach weglaufen sollen. Ich war einfach so durcheinander gestern, ich ...«
»Wenn du deine Sachen abholen willst, die stehen da drüben«, unterbricht Julian mich, weicht vor mir zurück und deutet mit dem Kopf auf eine Tüte, die gepackt auf der untersten Treppenstufe steht.
»Meine Sachen? Nein, ich ...« Tränen schießen mir in die Augen, ich weiß nicht mehr, was ich sagen soll. Ich habe damit gerechnet, dass Julian enttäuscht ist wegen gestern Abend, aber dass er so kalt reagiert, verletzt mich.
»Ich glaube, es ist besser, du nimmst das Zeug jetzt und gehst einfach wieder.« Julian holt die Tüte mit meinen Sachen und hält sie mir hin. »Meinen Jogginganzug kannst du mir ja in den nächsten Tagen mit in die Schule bringen.«
Mechanisch greife ich nach der Tüte, starre Julian an. Wirft er mich raus? Habe ich ihn wirklich so sehr verletzt, dass er mich rauswirft?
»Bitte, Julian, können wir nicht reden? Das mit gestern Abend tut mir leid, ich weiß auch nicht, was mit mir los war. Bitte!« Ich mache noch einen Schritt auf ihn zu, erneut weicht er zurück. Schüttelt den Kopf.

»Ich habe keine Zeit«, sagt er und deutet auf seine Sporttasche, die gepackt neben der Haustür steht. »Handball. Ich muss zum Training.« Er nimmt seine Tasche und hält mir die Tür auf.
Ich starre ihn an, fühle mich, als ob ich wieder in einen Abgrund falle. Und diesmal ist es Julian, der mich hineingestoßen hat ...

Lachend wirft sie den Kopf in den Nacken.
Schon lange hat sie sich nicht mehr so frei gefühlt.
Eine Zeit lang hatte sie Angst, die Sache könnte auffliegen. Aber inzwischen ist sie sich sicher, dass alles gutgehen wird.
Der junge Mann neben ihr strahlt sie an. Er würde alles für sie tun. Sie drückt die Plastikrosen, die er für sie geschossen hat, an sich und wirft ihm eine Kusshand zu. Der Junge lacht nur und beugt sich zu ihr rüber. Als seine Lippen ihre berühren, legt sie ihren freien Arm um seinen Hals und zieht ihn zu sich.
Sie erwidert seinen Kuss so intensiv, dass ein paar der Umstehenden Beifall klatschen und nach Zugabe brüllen. So also fühlt es sich an, frei zu sein.

25.

»Tut mir leid, ich hab's wirklich eilig.« Julian zieht die Haustür hinter mir zu, schultert seine Sporttasche und lässt mich einfach im Vorgarten stehen.
»Julian?« Fassungslos schaue ich hinter ihm her.
Ich denke an den Julian, der mir gestern so vorsichtig die Hand verbunden hat. Der mir Tee gekocht, Pizza gebacken und seine Klamotten geliehen hat. Wo ist der auf einmal geblieben?
Kann es tatsächlich sein, dass ich durch meinen fluchtartigen Abgang gestern Abend Julian so sehr verprellt habe, dass er jetzt nichts mehr mit mir zu tun haben will? Aber er muss doch gemerkt haben, wie durcheinander ich war! Er hat doch gesehen, was Tarek auf der Baustelle mit mir gemacht hat, er war doch mit mir an der Unfallstelle, und ich habe ihm doch auch sonst alles erzählt, was in den letzten Tagen passiert ist!
Ich packe die Plastiktüte in meiner gesunden Hand fester und renne hinter Julian her.
»Julian! Warte!«
Julian verlangsamt seinen Schritt kein bisschen, er dreht sich lediglich im Laufen zu mir um. »Ich habe dir doch gesagt, dass ich es eilig habe. Mein Training fängt gleich an. Wir sehen uns morgen in der Schule.«
»Apropos Schule: –« Ich packe ihn am Arm, will ihn festhalten. »Wo warst du heute überhaupt? Ich habe dich überall gesucht!«
»Ich brauch keinen Aufpasser, Kira.« Julian schüttelt meine Hand ab. »Kümmer dich lieber um deine eigenen Baustellen. Davon hast du weiß Gott genug.«

Bei dem Wort *Baustelle* zucke ich zusammen.
»Julian, es tut mir leid, dass ich dich gestern so hab abblitzen lassen. Aber ...« Ich schlucke, um die Tränen zurückzuhalten. »Aber kannst du mich nicht ein winziges bisschen verstehen? Ich fand's schön mit dir, ehrlich, und ich wollte dich nicht verletzen oder so, aber es ging gestern einfach nicht. Versteh das doch.«
Genauso plötzlich, wie er eben weggegangen ist, bleibt Julian auf einmal stehen. Der Blick, mit dem er mich mustert, ist eisig. »Nein, Kira, ganz ehrlich, das kann ich nicht verstehen.«
Ich schaue ihn mit offenem Mund an.
»Bitte, ich ... ich pack das nicht.« Ich greife wieder nach seinem Arm, will einfach nur, dass er mir zuhört.
»Fass mich nicht dauernd an, okay?« Julian dreht sich so abrupt weg, dass meine Hand einfach ins Leere greift. Ich spüre, wie mir nun doch eine Träne über die Wange läuft.
»Warum machst du das? Warum bist du so furchtbar böse auf mich? Ich habe dir doch überhaupt nichts getan ...« Meine Enttäuschung verwandelt sich langsam in Wut. »Nur weil ich nicht mit dir ins Bett gegangen bin vor lauter Dankbarkeit, lässt du mich jetzt so abblitzen?«, schreie ich ihn an.
Julian dreht sich zu mir um. »Das glaubst du nicht wirklich, oder?« Er flüstert. Irritiert sehe ich ihn an.
»Was meinst du?« Ich bin so wütend und enttäuscht und verwirrt, dass ich wirklich nicht verstehe, was er von mir will.
»Du glaubst nicht wirklich, dass ich erwartet habe, dass du aus lauter Dankbarkeit mit mir ins Bett gehst?« Julian schaut mich fassungslos an.
»Ich habe keine Ahnung mehr, was ich glauben soll!« Verzweifelt knete ich die Plastiktüte in meiner Hand.
»Na, da sind wir uns ja wenigstens in dem Punkt einig.« Der Sarkasmus in Julians Stimme tut mir weh.

»Wie … wie meinst du das?« Ich wünschte, ich würde wenigstens mit dieser blödsinnigen Stotterei aufhören. Aber in meinem Kopf dreht sich alles und ich bin viel zu verstört, um auch nur einen einzigen vernünftigen Gedanken fassen zu können.
»Wie meine ich *was?*« Julian klingt jetzt nur noch genervt.
»Ich habe gesagt, dass ich nicht mehr weiß, was ich glauben soll, und du hast gesagt, dann sind wir uns in dem Punkt einig. Wie meinst du das?«, wiederhole ich meine Frage.
»Ich meine es so, wie ich es sage. Ich weiß schon lange nicht mehr, was ich glauben soll.« Ich halte die Verachtung in seinem Blick kaum noch aus.
»Aber ich habe dich nicht belogen! Alles, was ich dir erzählt habe, ist absolut wahr.« Am liebsten möchte ich Julian packen und schütteln. Ich verstehe überhaupt nicht, was heute mit ihm los ist.
»Mag sein.« Er hat seine Sporttasche wieder über die Schulter geworfen und wendet sich zum Gehen. »Mag sein, dass alles, was du mir erzählt hast, wahr ist. Mich interessieren deshalb auch mehr die Dinge, die du nicht erzählt hast.«
»Die ich nicht erzählt habe?« Erneut steigt Wut in mir hoch. »Was habe ich denn bitte schön nicht erzählt?«
Julian bleibt wieder stehen. Er holt tief Luft. Wischt sich mit der Hand über die Stirn, als müsste er seine Gedanken erst sortieren, bevor er sie ausspricht.
»Ich war die ganze Zeit gut genug, wenn es darum ging, dir zu helfen«, sagt er leise. »Wenn es darum ging, in der Schule zurechtzukommen, im Regen deinen Gespenstern aus der Vergangenheit hinterherzujagen, dafür war ich gut genug.«
Ich will Julian unterbrechen, aber ich sehe an der Art, wie er Luft holt, dass er noch nicht fertig ist.
»Ich war gut genug, dich halb erfroren von der Baustelle aufzusammeln und dich vor einem deiner Lover zu retten…«

»Tarek ist nicht mein Lover!«, schreie ich Julian an. Und dann fällt es mir auf. »Und was soll das bitte schön heißen: ›Einer deiner Lover‹?«
Julian zuckt mit den Schultern. »Das soll heißen, dass ich inzwischen weiß, dass Tarek nicht der einzige ist. Und dass ich ganz sicher nicht Lust habe, als nächster auf deiner Liste zu landen«, fährt er schnell fort, als er sieht, wie ich zum Protest ansetze.
»Wie bitte?« Ich verstehe nur noch Bahnhof. Wovon redet Julian da überhaupt?
»Kira, hör auf mit den Spielchen, okay? Ich hab dich gesehen.«
»Mit welchen Spielchen soll ich aufhören? Und wo hast du mich gesehen?« Meine Stimme überschlägt sich jetzt.
»Auf dem Jahrmarkt. Heute Mittag.« Julians Blick ist immer noch eiskalt.
»Jahrmarkt? Was denn für ein Jahrmarkt?«
»Okay.« Julian holt tief Luft. »Ich war nicht in der Schule heute. Nach allem, was gestern passiert ist, nach allem, was du mir erzählt hast, war ich auch ziemlich durcheinander. Und als du dann gestern Abend so überstürzt abgehauen bist, habe ich mir wahnsinnige Vorwürfe gemacht. Ich habe mir Sorgen um dich gemacht, Kira, habe die halbe Nacht nicht geschlafen, weil ich Angst hatte, alles kaputt gemacht zu haben. Weil ich geglaubt habe, ich hätte dich zu sehr bedrängt.«
Ich höre Julian mit offenem Mund zu. Und plötzlich ist da wieder ein Hauch von diesem wunderbaren warmen, wohligen Gefühl, von dem ich mir gestern gewünscht habe, dass es niemals aufhören möge.
»Heute Morgen konnte ich mir dann alles vorstellen, nur nicht, dir zu begegnen, dir in die Augen zu sehen«, fährt Julian fort. »Deshalb habe ich die Schule geschwänzt, bin ein bisschen mit dem Motorrad durch die Stadt gefahren und irgendwann auf dem Frühjahrsmarkt gelandet.«

»Und was hat das alles mit mir zu tun?« Ich verstehe immer noch nicht, was Julian mir eigentlich sagen will.
»Ich habe dich dort gesehen, Kira.« Abwartend sieht er mich an. Ich habe ehrlich keine Ahnung, auf was er jetzt wartet, und sage deshalb nichts.
»Keine Antwort ist auch eine Antwort«, knurrt Julian und dreht sich wieder um.
»He, warte. Ich war auf keinem Jahrmarkt! Hallo? Ich habe acht Stunden in der Schule gehockt! Im Gegensatz zu dir habe ich die siebte und achte Stunde Englisch nämlich nicht geschwänzt!«
»Hör endlich auf zu lügen.« Julian klingt total genervt.
»Aber ich lüge nicht! Hör du endlich auf mit so blödsinnigen Verdächtigungen! Jahrmarkt – dass ich nicht lache.« Wenn Julian mich einfach nur wütend machen wollte, hat er es jetzt endgültig geschafft.
»Ach ja. Und was ist dann bitte das hier?« Julian zerrt sein Handy aus der Jackentasche, drückt eine Weile darauf herum und hält es mir dann unter die Nase. Verwirrt erkenne ich, dass er ein Video abspielt.
»Gib mal her, ich kann ja gar nix erkennen.« Ich reiße ihm das Handy aus der Hand und drehe es so, dass das Display nicht mehr spiegelt. Zuerst erkenne ich trotzdem nichts. Ich sehe einen Haufen Leute, die irgendwo in einer Gruppe zusammenstehen, nach einer Weile erkenne ich im Hintergrund Teile einer Achterbahn. Julian hat die Warteschlange vor einer Achterbahn gefilmt. Plötzlich zoomt die Kamera auf ein Gesicht. Ich starre auf dieses Gesicht. Sehe meine Augen, meine Nase, meinen Mund. Dann lasse ich das Handy fallen, als ob ich mich daran verbrannt hätte.
»He, pass doch auf!« Julian fängt das Handy gerade noch auf, bevor es auf den Boden knallt. »Willst du jetzt etwa immer noch

behaupten, dass du nicht auf dem Jahrmarkt warst?«, fragt er mich. Ich starre ihn nur an.

»Aber ich war nicht dort. Ich war in der Schule«, flüstere ich. »Kann ich das bitte noch mal sehen?«

»So oft du willst«, antwortet Julian grimmig und startet das Video von Neuem. Ich sehe wieder die Menschen, sehe das Gesicht, auf das die Kamera zoomt. Meine Beine werden weich, in meinem Kopf dreht sich alles. Instinktiv will ich die Augen schließen, aber ich zwinge mich, das nicht zu tun. Sieh hin, Kira, sieh dir das an! Etwas stimmt nicht, irgendetwas stimmt ganz und gar nicht. Erinnere dich, verdammt noch mal, du musst dich endlich erinnern! Zuerst starre ich nur wieder auf mein Gesicht, aber dann nehmen meine Augen noch etwas anderes wahr. Da ist noch ein anderes Gesicht. Ein junger Mann. Blonde Locken, blaue Augen, ein strahlendes Lächeln. Mein Ich auf dem Display beugt sich zu dem Jungen rüber, ruft irgendetwas, das ich nicht verstehen kann, die Hintergrundgeräusche der anfahrenden Achterbahn und die anderen Leute sind viel zu laut. Dann legt der Junge einen Arm um mich und wir küssen uns. Ich zittere jetzt am ganzen Körper, in meinem Kopf taucht ein Bild auf, ein Bild von einem Jungen auf einem Tennisplatz, der gleiche Junge stolz neben einem Auto. Der Junge auf einer Geburtstagsparty. Tom.

»Tom Weiser«, flüstere ich. Und mir wird klar, dass ich mich zum ersten Mal an etwas erinnere, das vor dem Unfall passiert sein muss. »Das ist Tom Weiser.« Und in Gedanken füge ich hinzu: Und ich weiß sogar, wo er wohnt.

Sie liebt diesen braun gebrannten durchtrainierten Körper. Sicher, Tarek hatte auch eine gute Figur, aber nichts im Vergleich zu diesem Body.
Sie lächelt ihr Spiegelbild an, legt noch etwas Lipgloss auf und ganz wenig Wimperntusche. Das muss reichen. Mehr Farbe würde bei dem, was sie jetzt vorhat, nur verschmieren und sie lächerlich wirken lassen.
Dann schlüpft sie in ihr fast durchsichtiges Negligé. Sie freut sich schon auf Toms Gesicht, wenn sie ihm gleich sein Bier servieren wird.
Als sie das Wohnzimmer betritt, sieht sie sofort, dass es eine gute Idee war, den sündhaft teuren Traum von einem Stückchen Stoff zu kaufen. Tom fallen fast die Augen aus dem Kopf, als sie so vor ihm steht. Die Erregung ist ihm deutlich ins Gesicht geschrieben. Nicht mal die Flasche Bier, die sie ihm lächelnd reicht, interessiert ihn noch. Alles, was er jetzt will, ist sie. Das spürt sie mit jeder Faser ihres Körpers. Tom greift nach ihr, zieht sie zu sich, mit einer Hand öffnet er das schmale Band, das alles zusammenhält, mit der anderen streift er ihr den hauchdünnen Stoff von den Schultern. Ein Schauder überläuft sie, als seine Hände nach ihren nackten Brüsten greifen und zupacken. Lächelnd kniet sie sich über ihn und fängt an, ihn auszuziehen.

26.

Tom Weiser. Tom Weiser. Tom Weiser.
Wie dumpfe Schläge dröhnt der Name in meinem Kopf.
»Ich ... ich weiß, wer dieser Tom ist.« Ich bin so durcheinander, dass ich kaum richtig sprechen kann.
Julian sieht mich immer noch grimmig an. »Ach ja? Wie beruhigend. Immerhin hast du ihn geküsst.«
Sein Sarkasmus holt mich wieder in die Realität zurück.
»Nein! Ich habe ihn nicht geküsst! Ich habe Tom seit Wochen nicht mehr gesehen!« Das glaube ich zumindest, füge ich in Gedanken hinzu, denn im Moment weiß ich ehrlich überhaupt nichts mehr.
Julians hochgezogene Augenbraue zeigt mir, dass er kein Wort von dem, was ich da von mir gebe, glaubt.
»Ja, ich kenne Tom. Ziemlich gut sogar. Ich erinnere mich an ihn. Mann! Julian! Begreifst du denn nicht, was das heißt? Ich *erinnere* mich an ihn!« Meine Stimme überschlägt sich fast vor Aufregung. »Ich erinnere mich an jemanden aus der Zeit vor meinem Unfall!«
Die Erkenntnis ist so überwältigend, dass mir Tränen in die Augen steigen.
Ich verstehe nicht, warum Julian sich nicht mit mir freut. Noch weniger verstehe ich, warum Tom nach meinem Unfall so spurlos aus meinem Leben verschwunden ist.
Und am allerwenigsten verstehe ich, warum ich mich nicht daran erinnern kann, mit Tom auf einem Jahrmarkt gewesen zu sein. Werde ich doch langsam verrückt? Kann ich Wachsein und

Träumen vielleicht nicht mehr auseinanderhalten? Gibt es das? Dass man nicht mehr weiß, ob man gerade träumt oder nicht? Ich fühle, wie die Panik zurückkommt. Denke an das Krankenhaus, meinen ersten Blick in einen Spiegel, denke an die großen ängstlichen Augen, die mir entgegenstarrten, an den offenen staunenden Mund, an die Narbe, die im Krankenhaus noch ganz frisch und leuchtend rot war.

Tom Weiser.

Warum hat Tom mich nicht ein einziges Mal im Krankenhaus besucht? Und warum kann ich mich nicht daran erinnern, mich mit ihm getroffen zu haben? Wenn Julian die Wahrheit sagt, hat er das Video heute aufgenommen. Dann läge mein Treffen mit Tom gerade mal ein paar Stunden zurück.

Aber das ist unmöglich! Ich war doch in der Schule! Acht Stunden lang. Es gibt eine Menge Zeugen, die das beweisen könnten. Und Julians Videoaufnahme? War das etwa kein Beweis?

Ich muss etwas unternehmen, bevor ich völlig durchdrehe. Ich muss Tom finden. Muss herausfinden, was mit ihm los ist. Und was ich damit zu tun habe.

Einen kurzen Moment überlege ich, ob ich Julian bitten soll, mich zu begleiten. Aber dann verwerfe ich den Gedanken sofort wieder.

Ich muss mich den Schatten meiner Vergangenheit alleine stellen. Und sie aufklären. Das ist mir eben klar geworden.

Wenn Julian wirklich etwas an mir liegt, wird er das verstehen. Und wenn nicht... Darüber mag ich im Moment überhaupt nicht nachdenken.

»Ich muss los.« Ich drücke Julian sein Handy in die Hand. »Sei mir nicht böse, aber ich muss dringend noch etwas erledigen.«

Fast gefällt es mir, als ich sehe, wie Julian zusammenzuckt.

Geschieht ihm ganz recht, wenn er sich jetzt ein paar Sorgen zu viel macht, denke ich. Ich klemme mir die Plastiktüte mit meinen Klamotten unter den Arm.
»Na dann.« Bemüht beherrscht nimmt Julian sein Handy wieder an sich und steckt es zurück in seine Jackentasche.
Er räuspert sich. »Dann will ich dich mal nicht länger aufhalten. Ich muss sowieso zum Training, bin eh schon viel zu spät dran.«
Der kalte Ton, in dem er das sagt, versetzt mir einen feinen Stich.
Ich nicke, bekomme fast ein schlechtes Gewissen, aber nur fast, dann drehe ich mich um und gehe.

Eine halbe Stunde später stehe ich vor dem gepflegten Einfamilienhaus, in dem Tom mit seinen Eltern lebt. Ich schicke ein stummes Dankeschön an den Busfahrer, der mir genau erklärt hat, wie ich die Straße finde.
Ich habe keine Ahnung, warum ich mich ausgerechnet an Toms Adresse erinnern kann, aber Fakt ist, dass ich recht hatte. Ich erinnere mich sofort an das Haus, als ich es vor mir sehe. Ich weiß, wie es aussieht, wenn man zur Haustür hereinspaziert, ich kenne den Blick aus der Küche in den Garten, weiß genau, wo die Treppe beginnt, die nach oben führt, und ich weiß, welches der Zimmer im Obergeschoss Toms Zimmer ist.
Mein Herz schlägt schneller, als ich mich dem Haus langsam nähere.
Wie wird Tom auf mein Erscheinen reagieren?
Was soll ich ihm überhaupt sagen?
Hallo, Tom, ich bin's, Kira. Ich habe blöderweise mein Gedächtnis verloren, deshalb weiß ich kaum noch etwas über dich. Aber ich weiß deinen Namen und ich wusste, wo du wohnst, das ist doch immerhin ein Anfang. Haben wir uns tatsächlich heute Mittag geküsst? Wollen wir uns noch mal küssen? Fast muss

ich kichern, aber dann schießt mir ein Gedanke durch den Kopf: Und wenn Tom mich gar nicht wiedersehen *will?*
Der Gedanke kommt so plötzlich, dass ich erst einmal stehen bleibe. Mein Unfall liegt schon mehrere Wochen zurück, und bisher habe ich von Tom nicht ein einziges Mal etwas gehört. Er war nicht im Krankenhaus, hat mir keine Karte geschrieben und mich nicht angerufen. Was, wenn Tom einfach froh war, mich los zu sein, und überhaupt nicht daran denkt, sich über mein plötzliches Auftauchen zu freuen?
Ist es möglich, dass es Menschen gibt, die froh sind, dass ich aus ihrem Leben verschwunden bin? Ist das die Erklärung dafür, dass sich kaum jemand aus meiner Vergangenheit bei mir gemeldet und sich danach erkundigt hat, wie es mir eigentlich geht? Was für ein Mensch war ich?
Tareks entsetzter Blick schiebt sich wieder vor mein inneres Auge. *Du bist nicht Kira. Wer? Bist? Du?*
Mein Herz schlägt so laut, dass man es eigentlich sogar auf der anderen Straßenseite hören müsste.
Kira Berger, du wirst nie herausfinden, was hier gespielt wird, wenn du weiter mitten auf der Straße stehen bleibst und dieses Haus anglotzt, versuche ich mir selbst Mut zu machen. Geh einfach rüber, klingele und frag Tom selbst, warum er sich nicht bei dir gemeldet hat.
Hat er doch, höre ich die Stimme in meinem Kopf, die diesmal allerdings verdammt nach Julian klingt. Er hat sich nicht nur bei dir gemeldet, er hat dich sogar geküsst.
Ich verbiete mir, weiter auf diese Stimme zu hören. Sie macht mir Angst. Der Gedanke daran, dass ich die ganze Zeit zwei Leben führen könnte, ohne etwas darüber zu wissen, macht mir panische Angst. Schizophrenie nennt man das, glaube ich. Gespaltene Persönlichkeit. Die Stimme in meinem Kopf gibt keine Ruhe. Du bist schizophren, Kira, geh zurück in die Klinik,

du bist krank, durchgeknallt, nicht ganz richtig im Kopf. Die können dich dann in die Psychiatrie einweisen.
Bei der Vorstellung, vielleicht für den Rest meines Lebens hinter irgendwelchen Krankenhausmauern zu verschwinden, wird mir speiübel.
Reiß dich zusammen! Tom ist nicht Tarek. Schlimmstenfalls will er nichts mehr mit dir zu tun haben. Aber selbst dann kann er dir vielleicht wenigstens erklären, warum das so ist. Und was es mit Julians Video auf sich hat.
Ich atme tief durch.
Einmal. Zweimal. Dreimal.
Dann nehme ich meinen ganzen Mut zusammen und überquere die Straße. Im gleichen Moment wird die Haustür von innen geöffnet. Tom tritt aus dem Haus, aber Tom ist nicht alleine. Neben ihm kommt eine zweite Person aus dem Haus. Ein Mädchen. Schnell husche ich hinter ein parkendes Auto und starre das Mädchen an.
Ich presse mir die Faust gegen den Mund, um nicht laut zu schreien.
Das Mädchen, das da zusammen mit Tom das Haus verlässt, bin ich.
Unter mir öffnet sich ein Abgrund. Ich falle.
Ich krümme mich hinter dem Auto zusammen, der Schmerz ist plötzlich überall. Meine Beine, meine Arme, mein ganzer Körper, alles ist nur noch Schmerz. Mein Kopf wird jeden Moment zerspringen, ich presse mir die Fäuste gegen die Schläfen, so fest, dass es wehtut, so fest, dass nur noch Platz für den Schmerz ist und er alle anderen Gedanken ausschaltet. Meine Zunge leckt über meine Lippen und schmeckt Blut, so sehr habe ich daraufgebissen. Meine Hände zittern, meine Zähne klappern so laut, dass ich fest damit rechne, dass Tom und dieses Mädchen mich jeden Moment hören.

Lauf!, schreit die Stimme in meinem Kopf. Lauf, lauf, lauf!
Wieder sehe ich mein Gesicht vor mir. Ich erinnere mich an die Spiegelung in der Glasscheibe im Krankenhaus. Etwas stimmt nicht. Etwas ist falsch.
Die ganze Zeit habe ich mein Gesicht gesehen, und die ganze Zeit habe ich gewusst, dass etwas nicht richtig war. Aber ich konnte nicht erkennen, was. Jetzt weiß ich es:
Das Gesicht, das ich gesehen habe, war mein Gesicht. Und war es doch wieder nicht. Das Gesicht in der Glasscheibe im Krankenhaus – *nur eine Spiegelung* –, es war keine Spiegelung. Dieses Gesicht hatte meine Augen, meine Nase, meinen Mund. Aber etwas war anders.
Ich hebe meine rechte Hand, die so zittert, dass ich sie kaum kontrollieren kann, hebe sie zu meiner Stirn und befühle vorsichtig die schmale Narbe über meinem Auge. Das Gesicht, das ich immerzu vor mir gesehen habe, war fehlerfrei. Es hatte keine Narbe.
Lauf, Kira, lauf!
Aber meine Beine sind wie festgeklebt hinter dem Auto, ich kann mich nicht bewegen, ich kann nur zusehen.
Zusehen, wie Tom das Mädchen mit meinem Gesicht auf den Mund küsst, wie das Mädchen lacht, wie es mein Lachen lacht, kann hören, wie es spricht, wie es mit meiner Stimme spricht, kann sehen, wie Tom an dem Haus vorbei zur Garage geht, wie er das große Schiebetor öffnet, in der Garage verschwindet.
Das Mädchen mit meinem Gesicht steht die ganze Zeit im Vorgarten, nur wenige Meter von mir entfernt. Ich höre, wie ein Auto angelassen wird, dann rollt ein kleiner schwarzer Sportwagen aus der Garage.
Ich erkenne ihn augenblicklich, weiß sofort, wie es sich anfühlt, neben Tom in diesem Auto zu sitzen, sich an ihn zu schmiegen,

das Radio aufzudrehen. Eisige Schauer laufen über mir über den Rücken.
Tom hält an und öffnet die Beifahrertür. Ich kenne jede seiner Bewegungen.
»Lea, steig ein!«, ruft er und fast wäre ich aufgesprungen und zu ihm gelaufen. In letzter Sekunde erst wird mir klar, dass er nicht mich meint. Und noch etwas wird mir klar. Lea.
Mein Name ist Lea. Nicht Kira.
Und auf einmal begreife ich, warum ich so lange gebraucht habe, um mich an meinen Namen zu gewöhnen. Weil ich nicht Kira *bin*. Weil ich nie Kira *war*. Weil ich Lea heiße. Und weil dieses Mädchen da jetzt nicht nur auf meinem Platz sitzt, sondern sogar meinen Namen trägt.
Die Gedanken in meinem Kopf überschlagen sich. Wenn ich nicht Kira bin, sondern Lea, wer ist dann dieses Mädchen da drüben?
Und wenn ich nicht Kira bin, dann gehöre ich doch auch nicht in Kiras Zuhause und Kiras Mutter ist auch nicht meine Mutter, aber wer zur Hölle ist sie dann und wo gehöre ich hin und warum wollen alle, wirklich alle, dass ich Kira bin?
Als das fremde Mädchen in Toms Auto steigt, habe ich nur einen Gedanken: Ich muss hinterher. Ich muss sehen, wo sie hinfahren.
Ich will gerade aufspringen, als mich jemand am Arm packt und wieder auf den Boden zieht.
Julian.
»Warte. Sonst können sie dich sehen.«
Fast hätte ich aufgeschrien vor Schreck. »Was machst du denn hier?«
Für einen kurzen Moment weiß ich nicht, ob ich mich über Julians Auftauchen ärgern oder freuen soll.
»Ich wollte verhindern, dass du den Kerl da noch mal küsst.«

Julian grinst verlegen. »Aber es hat 'ne Weile gedauert, bis das Internet mir verraten hat, wo er wohnt.«

»Julian, ich habe Tom nicht geküsst. Ich …«

Julian legt mir den Finger auf den Mund. »Ich hab's kapiert, du hast eine Doppelgängerin. Wer ist das?«

»Das wüsste ich auch gerne«, murmele ich. »Aber sie hat mir meinen Namen gestohlen …«

Julian sieht mich verwirrt an. Er scheint genauso wenig zu verstehen, was hier abläuft, wie ich. Dann springt er plötzlich auf. »Los, komm, bevor sie weg sind!«

Erst jetzt sehe ich sein Motorrad auf der anderen Straßenseite. Sogar an einen Helm für mich hat Julian gedacht. Schnell setze ich ihn auf. Toms Auto ist bereits um die Ecke gebogen. Julian stopft die Tüte mit meinen Sachen in den Stauraum unter der Sitzbank, startet den Motor und zieht mich hinter sich auf die Maschine.

27.

Als das Motorrad mit einem Ruck anfährt, zittere ich wie Espenlaub. Ich bin kaum in der Lage, mich richtig an Julian festzuhalten, während er mit Schwung die Kurve nimmt und den Abstand zu Toms Auto verringert. Zum Glück kommen die beiden nur langsam voran. Zwar entfernt sich das Auto immer wieder ein gutes Stück von uns, aber da Tom mitten durch die Stadt fährt und an zahlreichen roten Ampeln anhalten muss, können wir es jedes Mal wieder einholen.

Meine Gedanken überschlagen sich. Wer ist dieses Mädchen? Woher kenne ich Tom? Wohin fahren die beiden?

Ich presse mich fester an Julian, so als ob seine Nähe mir nicht nur den nötigen Halt, sondern auch die Antworten auf alle meine Fragen geben könnte. In jedem anderen Moment würde ich es vermutlich genießen, mich so eng an ihn schmiegen zu können, aber im Moment fühle ich mich mehr, als ob mich jemand mitten in einen riesigen Ozean geworfen hätte. Tiefer und tiefer werde ich gezogen, meine Gedanken, meine Ängste, meine Erinnerungen, die Bilder in meinem Kopf – alles das schlägt über mir zusammen wie riesige Wellen und ich klammere mich einfach an das Einzige in meiner Nähe, das mich vor dem Ertrinken bewahren kann: an den Jungen vor mir.

Ausgerechnet jetzt fängt es an zu regnen. Schon vorher konnte ich mit dem Helm auf dem Kopf und hinter Julians Rücken kaum etwas sehen, jetzt fühle ich mich vollkommen blind, zumal es auch bereits dämmert.

Mein Blick fällt auf die regennasse Fahrbahn, die das Licht der Scheinwerfer spiegelt.
Es war nur ein Spiegelbild.
Nur *dein* Spiegelbild.
Und wieder zerbricht der Spiegel zu tausend Eisscherben, die sich in meinen Verstand bohren.
Ich fühle mich, als wäre ich mitten in meinem schlimmsten Albtraum gefangen.
Meine Finger werden steif vor Kälte, ich klammere mich fester an Julians Jacke, versuche die Nässe, die mir in die Hosenbeine zieht, zu ignorieren, als ich spüre, wie das Motorrad unter mir wieder langsamer wird.
Offensichtlich sind die beiden vor uns an ihrem Ziel angekommen. Julian hat das Tempo gedrosselt, hält Abstand und versucht wohl herauszufinden, was Tom vorhat.
Vor einem großen Bungalow fährt das schwarze Auto rechts ran. Julian bremst so abrupt ab, dass das Motorrad mit dem Hinterrad leicht zur Seite rutscht. Ich schreie auf und schließe panisch die Augen.
Du bist in einer Kurve weggerutscht.
Erst als ich Julians Hand auf meinem Bein spüre, beruhige ich mich und mache die Augen wieder auf. Julian hat das Motorrad am Straßenrand angehalten. Wir stehen hinter einem parkenden Lieferwagen, sodass die beiden da vorne uns kaum erkennen können, selbst wenn sie uns sehen würden.
Ich springe ab, zerre mir den Helm vom Kopf, und es ist mir völlig egal, dass es regnet und mein Haar sofort in nassen Strähnen in meinem Gesicht klebt. Ich spüre einen feinen Stich im Herzen, als ich durch den Regenschleier sehe, wie dieses Mädchen im Auto sich zu Tom rüberbeugt und die beiden in einem langen Kuss versinken. Für einen Moment vergesse ich sogar Julian neben mir.

Dann öffnet sich die Beifahrertür, und das Mädchen, das mit meinem Gesicht herumläuft und meinen Namen trägt, steigt aus. Sie zerrt die Kapuze ihrer Jacke über den Kopf und läuft zum Haus.
Ich höre, wie Julian neben mir scharf die Luft einzieht.
Mein Herz schlägt schneller und schneller.
Ich will hinter ihr herlaufen, sie zur Rede stellen, aber ich kann mich keinen Millimeter bewegen. Wie versteinert sehe ich zu, wie Tom Gas gibt und mit einem kurzen Hupen davonfährt.
Ich komme mir vor, als würde ich mitten in einem Film stehen. In einem Film, den ich kenne. In einem Film, in dem ich selbst einmal mitgespielt habe. Und gleichzeitig sehe ich den Film von außen. Ich bin mein eigener Zuschauer.

Wie in Zeitlupe setze ich mich in Bewegung. Ich höre, wie Julian leise nach mir ruft, aber ich kann jetzt nicht auf ihn hören, kann mich nicht zu ihm umdrehen, ich muss weitergehen, werde wie von einem riesigen Magneten magisch angezogen. Hinter einer großen Platane bleibe ich stehen.
Ich sehe das Haus vor mir, nehme jeden einzelnen Winkel wahr, sehe die große Fensterfront zum Garten und zur Straße, die fast einem Wintergarten gleicht, sehe die breite geschwungene Treppe, die beiden großen Blumenkübel mit den immergrünen Buchsbäumen rechts und links von der Haustür.
Und ich weiß, dass ich das alles kenne. Und nicht nur das, ich weiß auch, wie es hinter dieser Haustür aussieht. Ich kenne die Farben der Fliesen im Windfang, kenne die Madonnenstatue aus Holz auf der Kommode im Flur, weiß, welche Bilder an den Wänden hängen. Ich blinzele die Regentropfen weg, die mir die Sicht verschleiern. Oder sind es Tränen?
Ich sehe noch einmal hin. Das Haus steht immer noch da, nichts

hat sich verändert, die Buchsbaumkugeln neben der Haustür glänzen vor Feuchtigkeit.
Ich träume nur. Ich bilde mir das alles nur ein. Nichts davon ist real. Nichts davon *kann* real sein.
»Bitte nicht«, flüstere ich, »bitte, bitte nicht.«
Und dann stürzen die Erinnerungen mit einer solchen Gewalt auf mich ein, dass ich aufstöhne und mir erschrocken die Hand auf den Mund presse.

Ich beobachte, wie das Mädchen die Treppe emporsteigt und einen Schlüssel aus der Jackentasche zieht.
Gerade als sie den Schlüssel in das Schloss stecken will, wird die Tür von innen aufgerissen und eine Frau erscheint auf der Treppe. Sie wirkt sehr wütend, sehr aufgebracht, ich höre ihre Stimme, die irgendetwas ruft.
Ich sinke neben dem Baum auf den Boden. Zwei starke Arme fassen mich, halten mich fest, aber ich nehme sie kaum wahr. Der Boden ist nass und eiskalt, aber das ist mir vollkommen egal, ich starre weiter auf die offene Haustür und kann die ganze Zeit nur ein einziges Wort denken: Mama.
Du hast nie ›Mama‹ zu mir gesagt, immer nur ›Mum‹.
Da öffnet sich die Haustür noch ein Stück weiter, und ich sehe einen Mann, der ebenfalls aus dem Haus tritt. Auch er ist sehr aufgeregt.
In der Dämmerung kann ich nicht erkennen, um was es da drüben wirklich geht, kann nur Wortfetzen verstehen, in denen es um »Sorgen machen« und »heute Nacht« und »Schule schwänzen« geht. Die Frau versucht den Mann zu beruhigen und schiebt das Mädchen ins Innere des Hauses. Dann zieht sie die Haustür hinter sich zu und beide gehen die Treppe hinunter zu einem Auto, das im Hof geparkt ist.
Ich höre, wie das Auto anspringt. Sehe es aus der Einfahrt rol-

len. Alles läuft wie in Zeitlupe vor mir ab und doch viel zu schnell. Noch bevor ich aufspringen kann, ist das Auto um die nächste Ecke gebogen.

»Papa«, flüstere ich. »Mama.«

Auf einmal verstehe ich. Auf einmal begreife ich, warum diese Frau an meinem Krankenbett immer eine Fremde geblieben ist für mich. *Sie ist deine Mutter, Kira, du kannst dich nur nicht an sie erinnern.*

Auf einmal wird mir klar, dass ich mich sehr wohl erinnern konnte, dass mein Herz sich erinnern konnte, dass diese Frau an meinem Bett nicht meine Mutter war. Wie schwer ist es mir gefallen, sie so zu nennen ...

Etwas Nasses läuft über mein Gesicht, der Regen mischt sich mit meinen Tränen. Die Erinnerung an meine Eltern trifft mich mit solcher Wucht, dass ich den Schmerz kaum aushalte. Ich habe eine Mutter. Und ich habe einen Vater. Ich weiß, wie er aussieht, und ich weiß, dass ich ihn heiß und innig liebe.

Ich krümme mich zusammen vor Schmerz, presse mir die Faust fester auf den Mund, starre auf die Stelle, an der eben noch meine Eltern standen.

Wieso haben sie nicht gemerkt, dass sie die falsche Lea ins Haus geschoben haben?

Ich zittere am ganzen Körper. Julian hält mich fest umarmt, streicht mir über den Kopf, flüstert irgendwelche Worte, die ich zwar höre, aber nicht verstehe.

Plötzlich überfällt mich ein Gedanke: Warum hält Julian mich so fest? Wollte er verhindern, dass ich zu ihnen laufe? Mir wird eiskalt. Steckt Julian mit diesem Mädchen unter einer Decke? Ist er deshalb die ganze Zeit so hilfsbereit, um mich besser im Auge behalten zu können? Wollte er verhindern, dass ich sie finde? Aber warum hätte er mich dann hierherfahren sollen? Das alles passt vorne und hinten nicht zusammen! Diese stän-

digen Fragen machen mich wahnsinnig. Ich will nicht mehr. Ich *kann* nicht mehr.
»Pst, Kira.« Langsam dringen Julians Worte in mein Bewusstsein. »Alles wird gut.«
»Lea«, schluchze ich, »ich heiße Lea. Das waren meine Eltern ...«
»Was auch immer hier gespielt wird, wir werden es herausfinden. Versprochen.«
Im Augenblick ist mir das alles egal. Es ist mir egal, wer ich bin, egal, was hier gespielt wird. Ich will nur noch eins: nach Hause!
Aber wo ist denn dein Zuhause?, fragt die Stimme in mir.
Ich weiß es nicht mehr. Ich weiß überhaupt nichts mehr.
Warum lag ich im Krankenhaus? Warum saßen nicht meine Eltern an meinem Bett, als ich aufgewacht bin?
Und wer hat mir die Todesanzeige geschickt? *Schneewittchen ...*
Beim Gedanken an die Mails und die anonymen Telefonanrufe steigt erneut Wut in mir hoch.
Wer hat mir das alles angetan? Und vor allen Dingen: warum?
Ich mache einen Schritt auf die Straße, als ich sehe, wie im oberen Stockwerk Licht angeschaltet wird.
Vor meinem inneren Auge erscheint ein Bild. Das Bild eines weißen Plüschhasen auf einem Bett. Mein Zimmer.
Ein Schatten taucht hinter dem Fenster auf und für einen kurzen Moment sehe ich mein eigenes Gesicht hinter der Scheibe. Sofort husche ich wieder in meine Deckung zurück. Ob sie mich gesehen hat? Gebannt starre ich zu dem Fenster hoch, aber das Gesicht ist wieder verschwunden.
Alles bleibt ruhig.
Nur der Regen fällt weiter mit einem leisen Prasseln auf die Straße.

Sie schaut aus dem Fenster und erstarrt.
Sie hat sie gefunden...
Ihre Gedanken überschlagen sich. Sie muss sie hier wegkriegen, das ist jetzt das Wichtigste.
Irgendwo hin, wo es keine Zeugen gibt.
Und dann: Bye-bye, Schneewittchen!
Ihr Blick fällt auf ihr ausgeschaltetes Handy und dann auf das durchsichtige Tütchen mit ein paar letzten blauen Pillen.
Plötzlich hat sie eine Idee. Sie zögert nur einen Moment. Sie muss handeln. Jetzt. Alles auf eine Karte setzen.
Und hoffen, dass die andere den Köder schluckt.
Sonst – war's das.

28.

»Und jetzt? Was machen wir jetzt?« Julian klingt genauso ratlos, wie ich mich fühle.
»Ich weiß nicht. Sie ist da oben.« Ich zeige mit dem Kopf in Richtung des Fensters, an dem ich das Mädchen eben noch gesehen habe. Aber das Licht hinter dem Fenster ist wieder erloschen. Für einen kurzen Moment überlege ich, einfach aufzustehen, rüberzugehen und zu klingeln. Und dann? Was werde ich dort finden? Die Wahrheit?
Ich zucke zusammen, als Julian mich anstößt und mir mit dem Finger ein Zeichen gibt. Die Haustür wurde geöffnet. Das Mädchen stürmt heraus, redet lautstark mit irgendjemandem – und läuft direkt auf uns zu. Lauf!, schreit die Stimme in mir. Aber dafür ist es jetzt zu spät. Ich drücke mich fester gegen den Baum, wünsche mir, ich könnte hineinkriechen.
Bleib stehen, bitte bitte bleib stehen.
Als ob das Mädchen mein Stoßgebet gehört hätte, hält es plötzlich nur ein paar Schritte von uns entfernt an. Jetzt kann ich auch erkennen, dass sie ein Handy an ihr Ohr hält und die ganze Zeit telefoniert. Auf einmal senkt sie die Stimme, flüstert fast nur noch.
»Hast du das Zeug? ... Gut. Das wird reichen ... Alles klar. Wo genau? In dem Schuppen hinterm Royal?«
Ich zucke zusammen, als ich den Namen des Jugendtreffs höre. Auch Julian neben mir wird sichtbar unruhig.
»... Nein. Lass nur, ich schaff das schon. Der Rest ist dann Sache der Polizei.«

Polizei? Zeug?
Mir fällt Jennys Frage wieder ein: *Hast du das Zeug?* Vor Aufregung halte ich die Luft an.
»... Keine Sorge. Spätestens morgen ist Schneewittchen erledigt.« Sie lacht.
Ich kann nicht glauben, was ich da höre. Ich will schreien, will mich auf das Mädchen stürzen, das jetzt schnell die Straße überquert, ohne uns zu sehen, aber Julian hält mich zurück.
»Lass mich los, verdammt!« Ich reiße mich los, stürze hinter ihr auf die Straße, als plötzlich von rechts ein Auto kommt, ich sehe die Scheinwerfer, höre das Hupen, jemand reißt mich zu Boden. Der Schmerz in meiner Hand schießt jetzt durch meinen Arm bis in meine Schulter.
»Bist du wahnsinnig?« Der Fahrer des Autos stürmt aus seinem Wagen. »Einfach so auf die Straße zu rennen! Ist dir was passiert?«
Benommen schüttele ich den Kopf. Ich liege auf Asphalt, der Boden ist nass.
»Du solltest besser auf deine Freundin aufpassen«, wendet er sich an Julian. Dann reicht er mir die Hand und hilft mir auf die Füße.
Das Mädchen – wo ist sie? Hektisch schaue ich mich um, aber von ihr ist weit und breit nichts zu sehen.
»Na dann. Wenn alles okay ist, fahr ich mal weiter.« Endlich wischt er sich die Hände an seiner Jeans ab und geht zurück zum Auto.
Ich beachte ihn gar nicht weiter, wende mich an Julian: »Wo ist sie hin?«
Er sieht mich fassungslos an. »Mensch, Kira, das ist doch egal. Du wärst gerade fast in ein Auto gelaufen!«
»Ich heiße nicht Kira«, schreie ich ihn an. Erschrocken zuckt Julian zusammen. »Hast du gehört, was sie gesagt hat?«, werde

ich wieder leiser. Julian nickt nur. »Schneewittchen«, wispere ich. »Sie hat ›Schneewittchen‹ gesagt …«

Fast bin ich froh, dass Julian es auch gehört hat, dass ich anscheinend doch noch nicht völlig den Verstand verliere, mir nicht alles nur einbilde. Aber auch so bin ich kurz davor, durchzudrehen.

Erst das Video mit Tom, dann dieses Mädchen, das mit meinem Gesicht herumläuft, die Erinnerungen an dieses Haus, an meine Eltern und jetzt noch das.

Schneewittchen. Zeug. Polizei. Erledigt.

In meinem Kopf dreht sich alles. Ich balle meine Hände zu Fäusten, um nicht so zu zittern, grabe meine Fingernägel in meine Handballen, bis es wehtut. Vielleicht hilft mir der Schmerz, mich wieder zu beruhigen.

Wo ist das Mädchen jetzt hingegangen? Was hat sie vor?

In dem Schuppen hinterm Royal.

Lass nur, ich schaff das schon.

Plötzlich fallen mir Tareks Worte wieder ein: *Du hast das Zeug von mir bekommen … Du bist nicht Kira.*

Und auf einmal trifft mich ein Gedanke wie ein Faustschlag in den Magen. *Rot wie Blut. Razzia …* Es geht um Drogen. Und um das Mädchen. Die ganze Zeit schon ging es um das Mädchen. Die andere. Die, die mit meinem Gesicht rumläuft.

Und jetzt will sie mir die Polizei auf den Hals hetzen. Schon bei dem Gedanken daran wird mir schlecht. Wie sollte ich beweisen können, dass ich damit nichts zu tun habe?

In deinem Blut wurden Spuren von Ecstasy gefunden.

Ich muss sie finden, bevor die Polizei bei mir auftaucht. Oder Tarek.

Ich verspreche dir, dass du aus dem nächsten Koma nicht wieder aufwachst.

Und plötzlich fällt es mir wie Schuppen von den Augen: Hat

Tarek dafür gesorgt, dass ich im Koma gelegen habe? Steckt Tarek mit diesem Mädchen unter einer Decke?
Bin ich seinetwegen in einem völlig falschen Film wach geworden? Wie eine unfähige Statistin in einem falschen Leben herumgestolpert?
»Los, komm mit!« Ich ziehe Julian in Richtung Motorrad.
»Was hast du vor?«
»Verstehst du denn nicht? Da oben am Royal liegt irgendwelches Zeug, das wichtig ist. Drogen vermutlich. Alle sollen denken, dass ich etwas mit diesen Drogengeschichten zu tun habe. Diesen Tarek hatte ich doch auch nur deswegen am Hals.«
»Und dieses Zeug will sie sich jetzt holen und dir unterjubeln«, ergänzt Julian und drückt mir meinen Helm in die Hand. »Dann los! Mit dem Motorrad sind wir auf jeden Fall schneller als sie, schließlich ist sie zu Fuß unterwegs. Selbst wenn sie irgendwo den Bus nimmt, sollten wir immer noch vor ihr da sein.«
Julian hat seinen Helm bereits aufgesetzt, aber ich nestele immer noch hilflos an dem Riemen von meinem herum. Meine rechte Hand tut so weh und nur mit der linken kriege ich es nicht hin.
»Warte, ich helfe dir.« Mit einer schnellen Bewegung schließt Julian den Riemen. »Mach dir keine Sorgen, wir werden das Zeug finden.«
Ich bin mir im Moment nicht einmal sicher, ob ich es wirklich finden *will*. Was soll ich denn machen, wenn ich plötzlich eine ganze Tüte oder Schachtel oder was auch immer voller Drogen habe? Ich atme tief durch, versuche, die aufsteigende Panik in mir wieder in den Griff zu bekommen. Ich habe keine Zeit, mir darüber jetzt weiter Gedanken zu machen.
Julian steigt auf und lässt den Motor an. Schnell klettere ich hinter ihn und halte mich fest. Ich wundere mich kurz über eine Gestalt, die sich zwischen den parkenden Autos herum-

drückt, aber da gibt Julian schon Gas und ich muss mich an ihn klammern, um nicht herunterzurutschen.
Zum Glück hat der Regen fast aufgehört, dafür ist es inzwischen richtig dunkel geworden und die Scheinwerfer des Motorrads spiegeln sich auf der nassen Straße. Mir ist völlig schleierhaft, wie Julian bei diesen Sichtverhältnissen überhaupt etwas sehen kann.
Als wir die Strecke gestern gefahren sind, hat Julian noch auf meine Ängste und meine Panik Rücksicht genommen und ist langsam gefahren. Heute rast er mit Vollgas die schmale Straße aus der Stadt hinaus.
Ich bin vollkommen durcheinander. Was werde ich finden? Und was werde ich erfahren, das ich vielleicht gar nicht wissen will? Die Gefühle in mir überschlagen sich, ich verliere immer mehr den Überblick. Ich drücke mich fester an Julian und versuche verzweifelt, zu verstehen, in was für einen Albtraum ich hineingeraten bin.
Da ist dieses Mädchen, da sind meine Eltern, und da ist die Frau, die glaubt, meine Mutter zu sein. Und da ist Tarek.
Tarek, der mir damit gedroht hat, mich wieder ins Koma zu schicken. Aber warum mich? Warum nicht sie, die andere?
Ich verstehe es nicht, ich verstehe es überhaupt nicht.

Ein Blick zur Seite zeigt mir, dass wir inzwischen den Wald erreicht haben. Die Straße wird jetzt steiler, kurviger und Julian drosselt das Tempo ein wenig.
Die Bäume huschen links und rechts an uns vorbei.
Schwarze Bäume, denke ich. Schwarze Bäume in weißem Schnee. Und plötzlich holt mich alles wieder ein.
Die Straße.
Der Schnee.
Die Bäume.

Der Fluss.
Die Kurve.
Das Eis.
Bin ich diese Straße mit dem Roller heruntergerast?
Hat Tarek mich verfolgt, weil er sein Geld wollte?
Bin ich deshalb zu schnell gefahren und in der Kurve weggerutscht?
Hätte da nicht dieser Baum gestanden.
Du hättest tot sein können.
Warum hast du keinen Helm getragen?
Ich schließe die Augen, wünsche mir, Julian würde einfach anhalten. Ich will das alles nicht. Ich will nicht auf dieser Straße fahren, will nicht hinter meinen Erinnerungen herjagen und will nicht länger von Tarek, von Jenny oder von der Polizei verfolgt werden.
Ich will endlich aufwachen aus diesem Albtraum.
Dein Name ist Kira. Kira Berger.
Warum haben sie mir im Krankenhaus einen falschen Namen gegeben? Warum hat die Polizei nicht gewusst, wer ich wirklich bin?
Irgendetwas stimmt nicht.
Erst als Julian das Tempo noch weiter drosselt, bemerke ich das Brummen. Ich fühle Julians Hand, mit der er erst mein Bein berührt und dann nach vorne zeigt. Jetzt sehe ich es auch.
Vor uns quält sich der Linienbus die schmale steile Straße hinauf. Und dann setzt Julian zum Überholen an.

Das war knapp.
Der Moment, in dem sie an ihr vorbeigehen musste, war ein Risiko. Sie wusste das, aber es gab nur diese Möglichkeit. Das Auto kam wie gerufen – man muss eben auch mal Glück haben.
Aber jetzt kommt es darauf an. Sie muss schneller sein.
Wenn ihr Plan aufgehen soll, muss sie vor ihr da sein.
Zum Glück reicht ihr Geld gerade noch für das Taxi.
Der Bus wäre viel zu langsam gewesen.
Sie lehnt sich zurück in die Polster. Atmet aus.
Gleich würde sie diese Sache zu Ende bringen.
Der Abgrund hinter dem Royal war steil. Hier würde kein Baum Schneewittchen am Fallen hindern.
Nur noch wenige Minuten.
Und Schneewittchen war einmal…

29.

Viel zu langsam für meinen Geschmack zieht das Motorrad an dem Bus vorbei. Der Berg ist steil und die gedrosselte Maschine hat nicht genug Kraft, um den Bus schneller zu überholen. Ich drehe meinen Kopf, versuche, irgendetwas zu sehen, versuche, die Insassen des Busses zu erkennen, aber die Scheiben sind immer noch nass vom Regen und von innen beschlagen. Plötzlich wird der Bus neben mir in gleißend helles Licht getaucht. Ich schreie auf, als ich begreife, dass das Licht von vorne kommt, von oben. Mit aufgeblendeten Scheinwerfern kommt ein Auto direkt auf uns zu. Julian reißt das Motorrad so weit nach rechts, dass wir fast den Bus berühren, die Maschine kommt ins Wanken, fängt sich dann wieder, die Scheinwerfer kommen näher, jetzt ertönt ein lautes Hupen, ein Quietschen, ich kneife die Augen zu und sehe nur noch im letzten Moment, wie das Auto an uns vorbeifährt, gerade als Julian das Motorrad knapp vor dem Bus wieder auf die richtige Fahrbahnseite zieht. Ich klammere mich an ihn, vor Entsetzen ist mir fast das Herz stehen geblieben. Jetzt schlägt es dafür umso schneller, ich ringe nach Luft und habe das Gefühl, unter dem Helm zu ersticken.

Als wir etliche Kurven später oben ankommen, springe ich vom Motorrad, noch bevor Julian den Motor ausgestellt hat. Ich kann mich kaum auf meinen Beinen halten, so sehr zittern sie.

Reiß dich zusammen. Du darfst jetzt nicht schlapp machen. Vorsichtig schaue ich mich um.

Der Parkplatz ist noch fast leer, nur ein einsamer Roller steht herum. Es ist noch früh.

Julian klappt sein Visier hoch. »Such du den Schuppen. Ich passe auf, dass niemand kommt. Und falls Kira tatsächlich hier auftauchen sollte, halte ich sie auf.«
Ich starre ihn an. »Kira?«
Am liebsten würde ich mir die Ohren zuhalten, als würde das, was ich tief in mir drin längst weiß und bloß nicht wahrhaben will, nur dadurch real, dass Julian es ausspricht. Sag es nicht. Bitte, bitte sag es nicht.
»Wenn du nicht Kira bist, dann muss sie Kira sein. Und wenn sie hierherkommt, kann sie wohl kaum einfach an mir vorbeistürmen. Schließlich kennt sie mich, wir haben zusammen ...«
»Deutsch-LK«, ergänze ich seinen Satz und auf einmal fühle ich mich, als ob mir jemand den Boden unter den Füßen weggezogen hätte.
Wenn ich nicht Kira bin, dann gehe ich auch nicht in Julians Schule und dann haben wir nicht zusammen Deutsch und Julian wollte eigentlich auch gar nicht mir die Hausaufgaben bringen, sondern der anderen, der richtigen Kira. Ich spüre, wie mir Tränen in die Augen steigen.
»Du warst mit der falschen Kira im Bett«, flüstere ich, während ich mir den Helm vom Kopf ziehe.
»Nein, ganz bestimmt nicht.« Julian legt den Arm um mich und zieht mich an sich. »Erstens waren wir überhaupt nicht im Bett, sondern nur auf dem Sofa.« Sein Grinsen ist ein bisschen müde, aber ich bin ihm dankbar für den kleinen Versuch. »Und zweitens bist du die, in die ich mich verliebt habe. Ganz egal, wie du heißt.«
Verliebt? Das Prickeln, das dieses Wort in mir auslöst, erscheint mir in diesem Moment vollkommen unpassend, trotzdem ist es ein wunderschönes Gefühl. Dankbar schmiege ich mich kurz an ihn. Für mehr ist keine Zeit.
»Also gut.« Ich seufze. »Versuch, sie aufzuhalten.«

Ich will gerade an ihm vorbeigehen, da nimmt Julian den Helm ab und zieht mich noch einmal an sich.
»So viel Zeit muss sein«, murmelt er und dann fühle ich seine Lippen auf meinen, spüre seine Zunge, die sich vorsichtig einen Weg bahnt, merke, wie alle Gedanken, alle Ängste, alle Sorgen, alle Verwirrung plötzlich von mir abfallen und die Erde stillzustehen scheint. Für einen kurzen Augenblick ist alles gut so, wie es ist, und ich wünsche mir, dass dieser Augenblick niemals vergehen möge. Ich erwidere Julians Kuss, klammere mich an ihn, ziehe ihn fester zu mir heran und greife in seine langen seidigen Haare, die wie immer in einem dicken Zopf auf seinem Rücken liegen.
Behutsam löst Julian sich von mir und schiebt mich sachte von sich. »Bringen wir das hinter uns«, sagt er.
Ich laufe los.
Gleich werden wir wissen, ob wir auf der richtigen Fährte sind oder nicht. Gebannt starre ich durch die Dunkelheit, die nur wenig von einer Außenlaterne am Gebäude erhellt wird, zu den schwach beleuchteten Fenstern.
Hinter dem Royal, hat sie gesagt.
Ich schiebe mich geduckt an den Fenstern vorbei. Auch wenn ich nicht wirklich glaube, dass jemand da drin ist, der mich beobachten könnte, will ich kein Risiko eingehen. Schließlich bin ich auf der Suche nach Drogen. Da kann ich wirklich keine Zeugen gebrauchen.
Endlich bin ich an der Rückseite des Gebäudes angekommen. Plötzlich geht ein Licht über mir an. Erschrocken bleibe ich stehen und starre auf die Tür neben mir. Mist, die hatte ich in der Dunkelheit gar nicht gesehen. Offensichtlich ein Hinterausgang oder die Tür zu einer Küche, überlege ich, während ich mich flach an die Hauswand drücke. Ich schaffe es kaum, meinen Atem zu beruhigen. Aber niemand kommt raus. Erst all-

mählich begreife ich, dass es nur der Bewegungsmelder war, den ich ausgelöst habe.
Ich atme aus. Warte noch einen Augenblick. Aber alles bleibt ruhig. So schnell ich kann, husche ich an der Tür vorbei um die Ecke.
Dann bleibe ich stehen. Irgendetwas macht mir Angst. Hier hinten versagt die schwache Beleuchtung völlig und es ist stockfinster. Ich brauche einen Moment, bis meine Augen sich an die Dunkelheit gewöhnt haben, dann sehe ich, was mich eben stutzen ließ.
Hinter dem Gebäude hört das Grundstück abrupt auf. Nur ein schmaler Weg führt noch an der Rückwand entlang. Dahinter fällt das Gelände steil ab. Mir wird schlecht, als ich daran denke, was passiert wäre, wenn ich einfach weitergegangen wäre.
So eng wie möglich presse ich mich an die Hauswand. Der Abgrund, der sich nur wenige Meter neben mir auftut, lässt mich am ganzen Körper zittern.
Etwas knackt. Vor Schreck fahre ich zusammen. Irre ich mich oder kann ich das Rauschen des Flusses tief unten bis hierher hören? Ich lausche gebannt in die Dunkelheit, aber alles bleibt still.
Mit zitternden Händen taste ich mich weiter an der Hauswand entlang. Wo zum Teufel ist bloß dieser Schuppen?
Mach langsam, versuche ich mich in Gedanken zu beruhigen. Jetzt bloß nicht die Nerven verlieren. Ich kneife die Augen zusammen. Da ist etwas. Ein paar leere Getränkekästen oder so. Aber kein Schuppen. Vorsichtig taste ich mich weiter.
Und plötzlich steht sie vor mir.
»Hallo, Schneewittchen«, raunt sie. »Na, hast du den giftigen Apfel wieder ausgespuckt?«
Ich schreie auf, presse mir aber sofort die Hand auf den Mund. Lauf!, ruft die Stimme in mir. Lauf!

Stattdessen bleibe ich wie angewurzelt stehen. Meine Beine gehorchen mir nicht mehr, mein Verstand wehrt sich dagegen, überhaupt noch irgendetwas zu wollen, meine Füße kleben wie festgefroren am Fußboden.

Sie steht genau vor mir.

Trotz der Dunkelheit sehe ich mein Gesicht klar und deutlich.

Sehe meine Augen, meine Nase, meinen Mund.

Ihren Mund.

Einen Mund, der sich zu einem bösen, hässlichen Grinsen verzieht.

Nur eine Spiegelung. Es ist nur eine Spiegelung ...

»Wer bist du?«, presse ich hervor. »Und was willst du von mir?«

»Schneewittchen, Schneewittchen.« Sie lacht leise. »Kannst du dir das nicht denken?«

Die Stimme kenne ich. Jetzt weiß ich, dass ich die Stimme kenne. Ich starre das Mädchen an, das Kira heißt, fühle, wie mir kalter Schweiß ausbricht, drücke mich an die Hauswand und jetzt höre ich auch den Fluss. Höre sein ständiges bedrohliches Rauschen tief unter uns.

»Du warst das«, flüstere ich, kaum in der Lage, überhaupt einen Ton hervorzubringen. »Du hast mich angerufen und mir die Mails geschickt.«

Sie zuckt nur mit den Schultern.

Ich fühle mich, als ob tatsächlich etwas in meinem Hals stecken würde, etwas, das ich nicht runterschlucken kann, ohne daran zu ersticken, das ich aber auch nicht ausspucken kann. Ich würge und huste und kann mich kaum noch auf den Beinen halten. »Warum hast du das getan? Warum?«

Ich kann kaum noch stehen, bestimmt werde ich jeden Moment einfach zusammenbrechen. Wenn Julian wenigstens hier wäre. Wo ist der überhaupt? Er wollte sie doch aufhalten!

Das hier ist eine Sache nur zwischen euch beiden, flüstert die Stimme in mir. Zwischen deinem Spiegelbild und dir.
»Warum?«, äfft sie mich nach. »Warum wohl?« Sie lacht ein schrilles, hohes Lachen. Ein Lachen, das jemand lacht, dem nicht wirklich nach Lachen zumute ist. »Du hattest alles, ich hatte nichts. Das war nicht besonders fair, oder?«
Ich verstehe nicht.
»Ich fand einfach, dass es jetzt an der Zeit wäre, dass ich mal dran bin. Dass ich auch mal in einem goldenen Bettchen schlafe und von goldenen Tellerchen esse. Schneewittchen!« Sie spuckt mir diese Worte fast ins Gesicht.
»Aber …«, stammele ich, »aber wer bist du und woher hast du gewusst, wo du mich findest, und …«
Und dann tut sich ein Abgrund auf wie ein riesiges schwarzes Loch und mir fällt alles wieder ein.
Wir haben uns bereits einmal hier getroffen.
Kira und ich.
Sie hatte mich herbestellt. Hierher ins Royal.
Wollte mir etwas Wichtiges sagen.
Und dann, nachdem ich den ersten Schock über unser völlig gleiches Aussehen verdaut hatte, erzählte sie mir, was sie herausgefunden hatte: Dass wir Zwillinge sind, die nach dem tödlichen Unfall unserer Eltern schon als Säuglinge getrennt und von verschiedenen Familien adoptiert worden waren.
Dass Kiras Mutter viel Pech im Leben hatte und deshalb jetzt ohne Mann und mit wenig Geld dastünde. Und dass sie, Kira, fand, dass wir einmal tauschen könnten.
An all das erinnere ich mich auf einmal und auch daran, dass ich von der ganzen Geschichte völlig verwirrt war, dass ich nicht wusste, was ich ihr glauben sollte und was nicht.
Aber dann weiß ich nichts mehr. Das Nächste, an das ich mich erinnern kann, ist der Sturz.

»Ich bin gerannt, nicht gefahren. Du hast mich verfolgt.«
Die Schritte auf dem Asphalt. Ich bin vor etwas weggelaufen. Ich habe es die ganze Zeit gewusst, aber niemand hat mir geglaubt.
»Du wolltest abhauen«, erwidert sie ungerührt.
»Aber der Roller. Es war dein Roller, oder?«
Sie nickt.
»Aber warum? Warum hast du mich verfolgt?«
Und plötzlich dämmert es mir.
Ich starre sie an, wie sie da vor mir steht, in der Dunkelheit, mich höhnisch angrinst, spüre, wie ich den Halt verliere, wie das Gebäude anfängt, sich zu drehen, greife mit den Armen zur Seite, um mich irgendwo festzuhalten.
Nicht fallen, du darfst nicht wieder fallen!
Diesmal darfst du nicht stürzen.
Diesmal gibt es keinen Baum, der dich auffangen wird.
»Warum?«, flüstere ich und weiß doch, dass ich die Antwort schon kenne.
»Du hast mich ausgelacht«, sagt sie. »Hast gesagt, ich soll mich zum Teufel scheren.«
»Und da hast du mir dieses Zeug in meine Cola gekippt?«, frage ich, immer noch fassungslos. Aber der Schwindel in meinem Kopf lässt nach, der Boden unter meinen Füßen kehrt zurück.
Wieder zuckt sie nur mit den Schultern.
Irgendwo weiter weg höre ich Geräusche. Ein Brummen wie von einem Motor. Und Stimmen. Der Jugendtreff füllt sich. Wo bleibt Julian nur?
Rede mit ihr. Versuch, sie am Reden zu halten. Lenk sie ab. Julian muss doch jeden Moment hier sein.
»Soll das heißen, du hast mich da runtergestoßen? Absichtlich?«

Kira schüttelt den Kopf. »Nein, habe ich nicht. Runtergefallen bist du von ganz alleine. Die Straße war glatt und du bist ausgerutscht. Ich habe nur meinen Roller hinterhergeworfen, damit es nach einem Unfall aussieht. Hätte ich gewusst, dass du wieder aufwachst …«

Die Kälte in ihrer Stimme lässt mich schaudern.

Dann fällt mir etwas ein: »Aber meine Mutter … ich meine, *deine* Mutter. Warum hat sie geglaubt, dass ich du bin? Warum haben alle geglaubt, dass ich du bin?«

Ich blinzele gegen die Dunkelheit an und erkenne, dass Kira lächelt. Sie greift in ihre Jackentasche. Hält mir etwas unter die Nase. »Das war leicht. Ich habe einfach unsere Papiere getauscht.«

Fassungslos starre ich sie an. »Und wenn ich das der Polizei erzähle?«

Sie lacht auf. »Versuch's doch. Was glaubst du wohl, wem die Bullen mehr glauben? Mir oder dir?« Sie wedelt mit meinem Personalausweis.

Mir wird schlecht. Ich greife nach dem Ausweis, will ihn an mich reißen, aber sie lässt nicht los. Stattdessen packt sie meine Jacke. Der Angriff kommt so plötzlich, dass ich völlig überrumpelt bin und sie es tatsächlich schafft, mich ein ganzes Stück von der schützenden Hauswand wegzuziehen. Ich höre den Fluss, denke an den Abgrund und werfe mich mit meinem ganzen Gewicht gegen sie. Sie taumelt kurz, fängt sich aber sofort wieder. Dann lässt sie meine Jacke abrupt los. Ich stolpere, meine Hände greifen in nasses Laub, panisch schreie ich auf, aber da ist nichts zum Festhalten, ich rutsche ab, falle, strampele mit den Beinen und versuche einen Halt zu finden. Endlich stößt mein Fuß gegen etwas Hartes, einen Baumstumpf, einen Stein, ich weiß es nicht.

»Lea?!«

Julian.
»Hier hinten! Wir sind hier hinten!« Ich versuche, auf allen vieren zurück auf den Weg zu robben, bekomme eine Wurzel zu fassen, will mich hochziehen, als Kira mir einen Tritt versetzt.
Der Schmerz in meiner Hand lässt mich aufschreien, ich lasse los und rutsche wieder tiefer. »Julian!!«
»Lea!« Julians Stimme klingt panisch. »Wir müssen weg hier! Wo bist du?«
»Ausgerechnet Julian, wer hätte das gedacht?« Kiras Stimme klingt höhnisch.
Verzweifelt versuche ich, wieder nach oben zu kriechen. Der Schweiß läuft mir in Strömen über das Gesicht. Meine Hand tut so weh. Ich kann nicht mehr.
Unter mir spüre ich den Abgrund.
»Lea, schnell, wir …«
Ich höre erst einen Schlag, dann einen Schmerzensschrei.
»Julian!« Panik erfasst mich. Was ist da los? »Julian! Was ist passiert! Julian?!«
Alles, was ich höre, ist ein leises Stöhnen.
»Kira, was soll das? Lass Julian aus dem Spiel, er hat doch …«
»Schön, dich endlich wiederzusehen, Schneewittchen.«
Ich erstarre. Diese Stimme werde ich niemals im Leben wieder vergessen.
»Tarek«, flüstere ich.
Ich höre Kiras überraschten Aufschrei. »Was … was willst du hier? – Wer bist du überhaupt?«
»Netter Versuch, Schneewittchen. Ich will meine Kohle! Und zwar jetzt!«
»Kohle?« Kiras Lachen klingt unsicher. »Ich habe keine Ahnung, wovon du sprichst. Du meinst bestimmt die da unten.«
Ich halte die Luft an. Presse mich flach auf den Boden.

»Ich bin einmal auf dich reingefallen, Süße. Ein zweites Mal passiert mir das nicht. Und ›die da unten‹«, er äfft Kiras Stimme nach, »war so freundlich, deine Pläne laut und deutlich auf der Straße zu erörtern.«
Verdammt. Der Typ zwischen den Autos …
Du musst da hoch und ihr helfen, flüstert die Stimme in meinem Kopf.
Ihr helfen? Sie hat versucht, mich umzubringen!
Sie ist deine Schwester! Die Stimme in mir gibt keine Ruhe. Zentimeter für Zentimeter krieche ich wieder nach oben, erreiche gerade den Wegrand, als Tarek aufschreit.
»Verdammtes Miststück!«
In der Dunkelheit sehe ich Kira davonstürzen.
Tarek krümmt sich vor Schmerzen am Boden.
Ich haste an ihm vorbei, um die Hausecke, da sehe ich Julian an der Wand lehnen und schwer atmen.
»Julian? Julian, ist alles in Ordnung? Was ist passiert? Geht es dir gut …?«
In dem Moment stürmt jemand an mir vorbei und gibt mir einen Stoß, sodass ich gegen Julian falle. Tarek.
»Verdammt. Ich muss ihn aufhalten!«
»Lea, warte!« Julian hält mich fest, als ich gerade losstürzen will. »Der Typ ist gefährlich. Und schließlich wollte sie dir …«
Ich lasse ihn nicht ausreden, falle ihm ins Wort.
»Egal, was sie mir angetan hat, sie ist meine Schwester!« Ich reiße mich von ihm los. Dann drehe ich mich noch einmal zu Julian um. »Ruf die Polizei! Schnell!«
Ich renne an der Hauswand entlang zurück zum Parkplatz. Sehen kann ich sie nicht, höre nur ihre Schritte, die sich immer weiter entfernen, aber von hier aus gibt es sowieso nur einen Weg: die Straße hinunter.
»Kira, warte!«

Ich renne los, will sie stoppen, will, dass sie zurückkommt, gemeinsam können wir Tarek vielleicht aufhalten, will, dass sie sich wenigstens irgendwo versteckt, bis die Polizei da ist, auf der Straße findet Tarek sie sofort.
Jetzt kann ich die Gestalt sehen, die vor mir die Straße entlanghastet, rufe noch einmal nach ihr, aber sie hört nicht auf mich. Immer schneller stürzt sie die Straße hinunter. Mein linkes Bein beginnt zu schmerzen, aber ich verbiete mir, langsamer zu werden.
Irgendwo hinter mir wird ein Motor angelassen. Ein Auto. Oder ein Motorrad?
Ich wage es nicht, mich umzudrehen, erst muss ich Kira erreichen, die wie eine Besessene den Berg runterrennt.
Schneller. Ich muss noch schneller laufen.
Scheinwerferkegel erfassen mich. Das Motorengeräusch wird lauter. Ich hole auf, der Abstand zu Kira wird immer geringer, gleich habe ich sie eingeholt. Der Schweiß läuft mir in Strömen über das Gesicht.
Vor uns sehe ich die Kurve. Kira läuft genau auf die Kurve zu. Die Scheinwerfer kommen näher, immer näher.
Jetzt ist es taghell um uns herum.
»Pass auf!«, will ich schreien, aber mein Schrei erstickt in der Luft, als ich begreife, dass Kira gar nicht vorhat, auf der Straße zu bleiben. Sie stürzt geradewegs auf den Abgrund zu.
»Kira, nein!!!«
Im selben Moment überholt mich ein Auto, der Außenspiegel streift mich, reißt mich von den Beinen, ich höre das Quietschen, ein grässliches, lautes Quietschen, Reifen, die in einer Kurve wegrutschen, das Schaben von Metall, höre das Dröhnen, ich falle, wir fallen, um uns, über uns, unter uns, überall das Licht der Scheinwerfer.
Ich sehe die Schatten der Bäume, höre den Fluss weit unter uns,

höre Kiras Schrei, der sich mit meinem zu einem einzigen lauten Schrei vermischt.
Und dann wird es still.

Als ich wieder zu mir komme, kniet Julian neben mir. Benommen setze ich mich auf.
»Ist sie ... ich meine, hat sie ...?« Ich wage es nicht, die Frage auszusprechen.
Julian schüttelt den Kopf. »Ich weiß es nicht. Es ging alles so schnell.«
Ich krieche auf allen vieren zum Straßenrand. Der Lärm ist verschwunden. Alles, was ich noch höre, ist das gleichmäßige Rauschen des Flusses. Ich starre in den Abgrund, versuche, in der Dunkelheit etwas zu erkennen, aber alles ist schwarz. Schwarz wie Schnee, denke ich, und dann sehe ich neben mir etwas auf dem Boden liegen. Kira muss es im letzten Moment verloren haben. Ich hebe es auf.
Lichter zucken durch die Dunkelheit. Ich höre Autos, Sirenen. Fragend sehe ich Julian an.
»Ich habe die Polizei gerufen«, sagt er. »Und den Notarzt.«
Ich nicke.
Dann fällt mein Blick auf das Stück Plastik in meiner Hand. Mein Personalausweis. Ich wische ihn an meiner Jeans ab und stecke ihn in meine Tasche.

Danksagung

Eine Geschichte schreiben zu dürfen, ist für mich immer wieder das größte Geschenk überhaupt. Dass aus meiner Geschichte dann aber auch tatsächlich ein Buch geworden ist, verdanke ich so vielen Menschen, dass ich sie hier gar nicht alle aufzählen kann.

Deshalb geht mein Dank diesmal vor allem an die gesamte Online-Schreibgruppe *KeepWriting:* Ohne euch und eure Unterstützung und Freundschaft hätte ich dieses Buch niemals fertig schreiben können.

Stellvertretend für wirklich alle Gruppenmitglieder danke ich Alex T., Sarah, Stefan, Andrea, Petra, Gitta, Susanne, Liz, Judith, Ingrid, Sean, Andreas und Carsten für literweise Kaffee zu jeder Tages- und Nachtzeit, Gabriele, Claudia und Philipp für ganz viel Seelenmassage und Zuhören, ich danke Tom & Tom für die stets offenen Türen und das strikt verfolgte Jammerverbot, ein ganz herzliches Danke an Kai für seine unermüdlichen Motivationsversuche und danke auch an Katja für die passenden DVDs genau zur richtigen Zeit.

Danke an Uwe B. für viele Lacher und seinen seelischen Beistand via Chat und ein herzliches Dankeschön ganz ausdrücklich an Uwe Laub und seine Peitsche ;-)

Danke auch an Heike und Angelika, die stets bereit waren, mich vom Prokrastinieren in Form von Fensterputzen abzuhalten, und last but not least mein ganz besonderer Dank an Ivo, der mich *»immer wieder gern«* daran erinnert hat, dass ich den besten Beruf überhaupt habe.

Ein riesiges Dankeschön geht an die beste aller Agentinnen Michaela Hanauer für ihren unermüdlichen Einsatz, ihr immer offenes Ohr und dafür, dass sie nie den Glauben an mein Schreiben verloren hat.

Von Herzen danke ich auch meiner Lektorin Nele Thiemann, die meinen Text mit viel Einfühlungsvermögen und Verständnis gegengelesen und korrigiert hat und die diese Geschichte von Anfang an mit großer Begeisterung und gegen Ende mit einer Engelsgeduld begleitet hat.

Nicht zuletzt danke ich dem Sauerländer Verlag und all seinen Mitarbeitern für die wunderbare Umsetzung dieses Projekts. Danke.